CAVE CANEM

Danila Comastri Montanari

Tradução de
JOANA ANGÉLICA D'ÁVILA MELO

EDITORA RECORD
RIO DE JANEIRO • SÃO PAULO
2009

CIP-Brasil. Catalogação-na-fonte
Sindicato Nacional dos Editores de Livros, RJ.

Comastri Montanari, Danila, 1948-
C722c   Cave canem / Danila Comastri Montanari; tradução
de Joana Angélica D'Ávila. – Rio de Janeiro: Record,
2009.

Tradução de: Cave Canem
ISBN 978-85-01-07960-2

1. Romance policial italiano. I. Melo, Joana Angélica
D'Ávila. II. Título.

08-5132
CDD – 853
CDU – 821.131.3-3

Título original italiano:
CAVE CANEM

Copyright © 1999 Hobby & Work Publishing S.r.l.
Publicado mediante acordo com agência literária Piergiorgio
Nicolazzini

Todos os direitos reservados. Proibida a reprodução, no todo ou
em parte, através de quaisquer meios.

Direitos exclusivos de publicação em língua portuguesa somente
para o Brasil adquiridos pela
EDITORA RECORD LTDA.
Rua Argentina 171 – Rio de Janeiro, RJ – 20921-380 – Tel.: 2585-2000
que se reserva a propriedade literária desta tradução

Impresso no Brasil

ISBN 978-85-01-07960-2

PEDIDOS PELO REEMBOLSO POSTAL
Caixa Postal 23.052
Rio de Janeiro, RJ – 20922-970

É estupidez pedir aos deuses
aquilo que podemos obter por nós mesmos

Epicuro

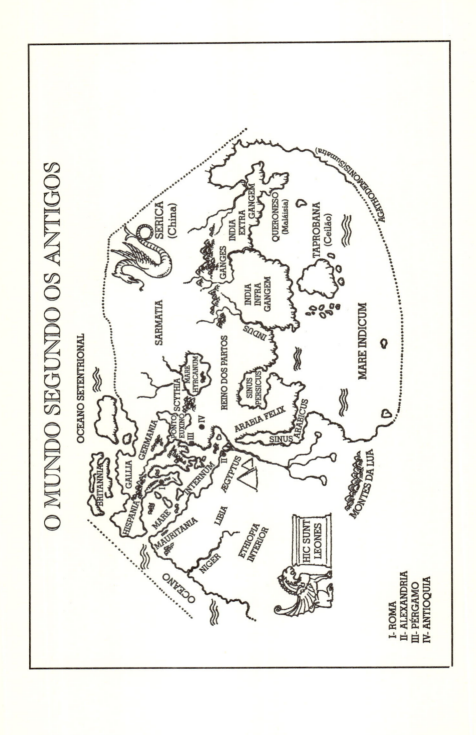

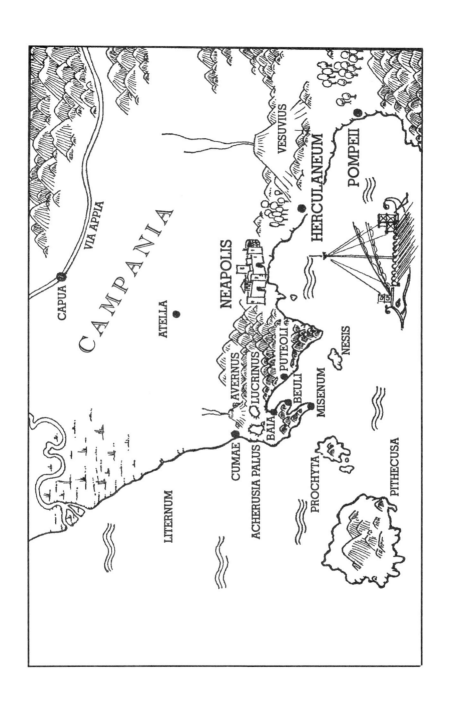

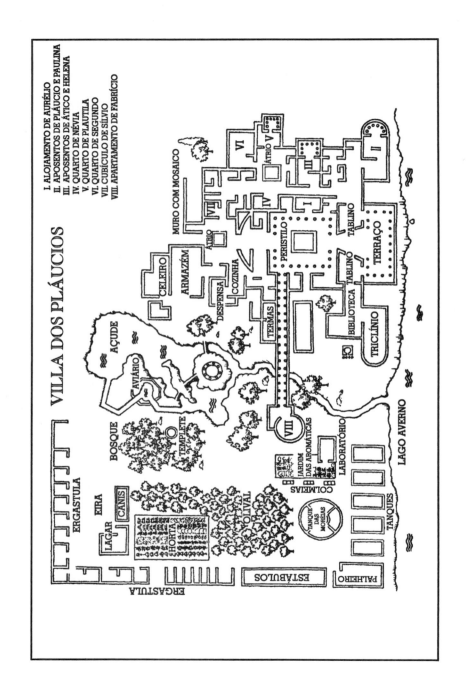

PERSONAGENS

PÚBLIO AURÉLIO ESTÁCIO	*senador romano*
CASTOR	*servo de Aurélio*
POMPÔNIA	*amiga de Aurélio*
CNEU PLÁUCIO	*provinciano rico*
PAULINA	*segunda mulher de Cneu*
PLÁUCIO ÁTICO	*primogênito de Cneu*
HELENA	*mulher de Ático*
NÉVIA	*filha do primeiro casamento de Helena*
PLÁUCIO SEGUNDO	*segundogênito de Cneu*
TÉRCIA PLAUTILA	*terceirogênita de Cneu*
LÚCIO FABRÍCIO	*filho do primeiro casamento de Paulina*
SÍLVIO	*liberto dos Pláucios*
DEMÉTRIO	*piscicultor*
PALAS	*pintor*
XÊNIA	*ancila*

PRÓLOGO

Roma, ano 772 ab Urbe condita
(ano 19 d.C.)

As tochas já tinham sido apagadas havia muito tempo, e a grande *domus** na colina Viminal jazia imersa no tenebroso abraço da noite.

Colado à parede do peristilo, o homem olhou ao redor em atitude furtiva e avançou cautelosamente à sombra da colunata, atento a não fazer rangerem as sandálias. Chegado em frente à entrada, deu um longo suspiro e espiou através do orifício da porta entalhada. Como havia previsto, o tablino estava deserto: na ausência do patrão, que se encontrava em Âncio para um banquete, nenhum outro ousaria pôr os pés naquele aposento. Silencioso como um ladrão, esgueirou-se para dentro e fechou a porta atrás de si.

---

*Encontra-se no final do volume um glossário com palavras em latim, grego e português.

Avançando alguns passos, o intruso procurou às apalpadelas uma candeia e acendeu-a, circunspecto, baixando o pavio até o mínimo. Ao débil clarão da chama apareceram o *lectus lucubratorius*, as banquetas e, bem encostada à parede, a grande *arca* de terebinto ornada de prata, cuja fechadura negra cintilava como os olhos de uma mulher apaixonada.

O intruso remexeu entre as pregas da túnica, tirou dali uma chave e se inclinou para a caixa-forte.

Um instante depois, perdeu os sentidos.

O corpo foi caindo lentamente sobre a tampa do cofre e a candeia se partiu em mil pedaços, enquanto o óleo quente se espalhava pelo mosaico do pavimento numa larga mancha pegajosa.

No dia seguinte, no átrio da *domus* sobre o Viminal, dois garotos cochichavam entre si, interrompendo-se atentos sempre que viam passar um servo ou uma ancila.

— É tudo mentira, eu te juro! Meu pai não é ladrão! — protestava o menor, um menininho tão magro que chegava a se perder nas dobras da veste abundante. — Podiam pelo menos me deixar vê-lo!

— Impossível, Páris. Áquila, o chefe da criadagem, trancou-o no cubículo que serve de cela para os escravos punidos — respondeu o outro, ostentando, do alto dos seus quatro anos a mais, uma calma madura que estava bem longe de sentir.

— Como posso acreditar em acusações tão infames? Roma inteira sabe que meu pai, Diomedes, é o mais honesto dos intendentes! Ele vai ser solto imediatamente, não?

— Se os fatos forem os que me relataste, não contes muito com isso, Páris. Ele foi encontrado sem sentidos sobre a *arca* vazia, com a chave na mão — logo o desiludiu o companheiro.

— Ajuda-o, Aurélio... nobre Públio Aurélio Estácio! — insistiu obstinado o menino. — Eu te peço, podes fazer isso. Tens quase 16 anos e és o herdeiro!

— E daí? Ainda uso a *bulla* e não tenho nenhuma possibilidade de opinar sobre as questões de família — explicou o jovem, tocando o pingente de ouro que os meninos romanos nascidos livres sempre traziam por cima da toga *praetexta*. — E de qualquer modo, enquanto meu pai viver, pela lei eu sempre serei menor.

Páris anuiu com um olhar conturbado: em Roma, todos os poderes cabiam ao *paterfamilias*, o membro mais velho da estirpe. Até a morte dele, os filhos não gozavam de direitos de qualquer espécie, tanto que não era incomum ver cidadãos de idade veneranda ainda submetidos à autoridade de um genitor excessivamente longevo, enquanto quem ficava precocemente órfão podia dispor da vida e do patrimônio ao seu bel-prazer.

— Tua mãe, talvez... — hesitou Páris, sabendo muito bem que tocava num tema delicado.

— Está em Antioquia, com o quinto marido. Não a vejo há três anos — descartou Aurélio.

— A *kyria* Lucrécia, então! — insistiu Páris.

— A amante do meu pai me detesta e sequer procura esconder isso. É jovem, bela, ambiciosa, e espera obter não sei quais vantagens da relação com um patrício poderoso. Mas ele a trata como serva e, quando se enfurece, assenta a mão: muitas vezes eu o vi espancá-la sob o efeito do vinho — disse Aurélio, silenciando sobre as horas passadas agachado, com o ouvido colado à porta, espiando a esplêndida e inacessível matrona. — Longe de se lamentar, Lucrécia engole em silêncio qualquer humilhação para não perder seus privilégios, que na verdade são um tanto míseros: um punhado de sestércios, a permissão para ostentar as jóias da família nas grandes ocasiões e o uso gratuito de uma casinha na colina Célio. Aquela iludida acha que, se não fosse por mim, mais cedo ou mais tarde meu pai se convenceria a desposá-la, ou pelo menos a registrar em seu nome alguma propriedade. Por outro lado, para ele é conveniente deixar que ela acredite nisso... e usar meu nome sempre que não quiser abrir a bolsa.

Os lábios de Páris tremeram.

— Então, não há mesmo nada que possamos fazer para socorrer meu pai?

Ante a expressão consternada do menino, Aurélio não teve ânimo para desiludi-lo.

— Vamos refletir um pouco, Páris. Talvez exista alguma outra explicação para o furto. De fato, o episódio apresenta muitos lados obscuros — murmurou, tentando convencer mais a si mesmo do que ao amigo. — Por exemplo, como teu pai terá conseguido abrir a *arca* no escuro?

— Tinha consigo uma candeia, que se despedaçou. Dizem que lhe caiu da mão, fazendo-o escorregar no óleo e bater a cabeça na quina do cofre que estava saqueando.

— Nesse caso, onde terá escondido o butim?

— Ninguém sabe. Isso, na verdade, é o único detalhe capaz de levantar dúvidas sobre sua culpa.

— Esquece, Páris. Será fácil afirmar que teu pai se valeu da ajuda de um cúmplice — disse Aurélio, balançando a cabeça e frustrando as esperanças do amigo.

— Um escravo, talvez!

Ou seu próprio filho, pensou o outro, cuidando de não expor seu temor.

— O fato é que Diomedes admitiu espontaneamente haver entrado no aposento — declarou.

— Sim, mas só para se assegurar, antes de ir dormir, de que estava tudo em ordem. E justamente nesse momento foi golpeado pelas costas — justificou Páris.

— No entanto, não apresenta ferimentos visíveis na nuca, nem qualquer sinal suficiente para demonstrar que a agressão realmente aconteceu — objetou Aurélio.

— Se afirmas isso, Aurélio, significa que nem mesmo tu acreditas nele! — disse o garoto, desconsolado.

— Eu não disse isso — replicou o amigo. — A ausência de equimoses não prova nada. De fato, sabe-se que certos golpes não deixam nenhuma marca na pele. Contra teu pai, porém, há outras provas, realmente preocupantes: por exemplo, como Diomedes pode justificar a chave que segurava, ou a fíbula de ouro descoberta no vosso quarto? Áquila, o chefe da criadagem, encontrou-a esta manhã, escondida num relicário, no cubículo onde costumais dormir. É uma jóia antiga e preciosa, provém do dote de uma antepassada e nossa família a usava raramente, preferindo conservá-la em segurança na caixa-forte.

— Obviamente, o verdadeiro ladrão a colocou entre nossas coisas justamente para incriminar meu pai! — protestou Páris.

— Mas quem poderia ter a chave do cofre? — observou Aurélio. — Por tradição, o *paterfamilias* sempre a traz pendurada ao pescoço e jamais a confia a ninguém. Mas o secretário Umbrício está convencido de que teu pai conseguiu fazer uma cópia às escondidas. Se ele estiver correto, as coisas ficariam realmente mal!

— Por qual motivo?

— Páris, na *arca* também está guardado o sinete de rubis dos Aurélios, e esse sinete equivale à assinatura do *paterfamilias* em qualquer documento... Compreendes o que significa?

— Mas o sinete não foi furtado! Não podem condenar um homem honesto somente com base nisso! — insurgiu-se o jovem.

— Infelizmente, há mais — prosseguiu Aurélio, pesaroso. — Áquila sustenta que algum tempo atrás meu pai ordenara, em grande segredo, uma revisão do livro de contas...

— E então?

— E então, significa que ele suspeitava de alguma irregularidade na administração.

— Um controle? — empalideceu o menino, sem ousar perguntar o que se descobrira.

— Calma, Páris, não se apurou nenhum ilícito — tranqüilizou-o Aurélio, que havia intuído os pensamentos do amigo.

— Então, ainda podemos conseguir. Eu te suplico, Aurélio, fala com o *dominus* assim que ele estiver de volta; tenta fazê-lo raciocinar. Tremo só de imaginar o que pode acontecer, se ele se convencer da culpa do meu pai. Não seria a primeira vez em que ele manda um homem à morte! Recordas Pulvilo?

Aurélio assentiu com tristeza: lembrava-se até bem demais daquele episódio. Por ter levantado a mão para o patrão, na tentativa de se defender das chibatadas, um pobre escravo tinha sido condenado à cruz, e os companheiros que tentaram defendê-lo haviam sido postos à venda no mercado como animais de carga.

Desde então, o respeito que Aurélio sentia pelo pai sofrera um duro golpe. Confrontado bruscamente à violência e à vil mesquinhez paternas, o jovem começara a julgá-lo com o rígido critério moral que é próprio dos adolescentes. Aos poucos, até o afeto havia diminuído, como a água que desce gota a gota, mas incessantemente, de um cone a outro da clepsidra.

— Bem sabes que entre nós não há um bom entendimento; ele me considera rebelde e insubordinado, e acredita poder obter minha obediência ameaçando me deserdar — observou com tristeza o jovem Estácio. — Mas se acha que eu, vencido por tais métodos, pretendo baixar a cabeça, pois bem, ficará decepcionado. Não é com intimidações ou com chantagens que se conquista a estima de um filho.

— Ainda assim, deves ser um pouco afeiçoado a ele... — ousou intervir Páris, que por sua vez amava profundamente seu pai, Diomedes.

— Por que eu deveria? — rebateu Aurélio. — É um covarde, sempre disposto a falar grosso com os fracos, ao passo que não se envergonha de rastejar aos pés de quem é mais poderoso do que ele.

— Esquece os teus rancores e fala-lhe: ele te escutará, afinal és seu único filho! — insistiu Páris, com a força do desespero.

— Não parece, a julgar pelo modo como me trata — respondeu Aurélio. — Sofri mais vezes a chibata do que muitos dos meus servos... Sabes que ele deu ordem ao pedagogo Crisipo de me bater sempre que julgar necessário? E te asseguro que aquela velha múmia não se priva: morre de raiva por ser tratado como um escravo qualquer, ele que estudou com os melhores mestres; assim, não podendo descontar no patrão, desafoga seus ressentimentos sobre o filho deste.

— Sei quanto te custa pedir um favor ao teu pai, mas faz isso por mim! — suplicou ainda o amigo.

— Está bem. Pela amizade que nos liga, deixarei de lado meu orgulho e tentarei conseguir alguma coisa.

— Vais pedir-lhe piedade?

— Seria inútil, Páris. Meu pai é irascível e vingativo, e quando se encoleriza não escuta argumentos. Para convencê-lo da inocência de Diomedes, deveremos levar alguma prova, e mesmo nesse caso não é certo que ele nos escute. Infelizmente,

Áquila trancou com chave o tablino; portanto, para nós será impossível inspecioná-lo.

— Mas eu recolhi do monturo os pedaços da candeia que se quebrou; talvez possam se revelar úteis. Estão aqui comigo, olha!

— Deixa ver! — disse Aurélio, pegando os cacos para examiná-los detidamente. — De saída, aqui está um detalhe bastante estranho: muitos fragmentos ainda estão untados de óleo, e no entanto se revelam ásperos ao tato, como se alguma coisa se tivesse grudado a eles — observou, passando o indicador sobre os pedaços de terracota.

— Talvez seja poeira.

— Não, os grãos são muito grandes. Parecem de areia.

— É um indício importante?

— Sim — afirmou o jovem, com voz excitada. — Significa que, muito provavelmente, teu pai falou a verdade! Se Diomedes tiver sido golpeado com um saquinho de areia, de fato as marcas na nuca podem não ser percebidas. Parece evidente que o verdadeiro ladrão usou justamente uma arma desse tipo para atordoá-lo, sem perceber que, no impacto, o tecido se rompeu, deixando escapar um fio de areia sobre o pavimento. Quando a lâmpada caiu em cima, os grãos se grudaram ao óleo quente.

— Bravo! — exclamou Páris, iluminando-se todo.

Aurélio sorriu, aliviado. Na verdade, não estava seguro de que sua brilhante dedução correspondia aos fatos, mas sem dúvida não podia afligir com suas dúvidas o jovem companheiro, já tão perturbado.

— Sinto que estamos no caminho certo — disse, para animá-lo. — Devemos prosseguir!

— Mas como? — perguntou o menino, perplexo.

— Antes de mais nada, apoderando-nos da fíbula encontrada no vosso cubículo, para também examiná-la a fundo.

— Imagina se nos permitirão vê-la! — gemeu Páris.

— Certo, tens razão... Portanto, como ninguém se disporia a deixá-la conosco espontaneamente, só nos resta roubá-la! — exclamou o outro concedendo-se um amplo sorriso, enquanto passava o braço sobre o ombro do amigo, em atitude protetora.

Uma hora mais tarde, Aurélio encontrava Páris no peristilo e lhe mostrava a fíbula.

— Como conseguiste pegá-la? — perguntou este, fitando o jovem Estácio com olhos cheios de admiração.

— Desci do teto para o cubículo do chefe da criadagem, passando através da seteira. Eu tinha certeza de que Áquila havia trancado com chave, no seu próprio quarto, uma prova tão importante. De fato, ela se encontrava no fundo do estojo de madeira que fica ao lado da cama. Forçar a fechadura foi fácil!

— E de que te servirá, afinal? — perguntou Páris, já plenamente confiante: tudo se resolveria da melhor maneira, agora que Aurélio se encarregara do assunto.

— Para ser sincero, não faço idéia — respondeu o jovem, manuseando a fíbula. — Que esplêndido trabalho de cinzeladura; não achas, Páris?

— Um leão rampante, uma mulher alada ao fundo e uma inscrição em grego... *NAMEO*: é o nome do famoso leão vencido por Hércules — observou o amigo.

— Certo. Aqui, porém, a grafia está errada; em grego se deveria dizer *Nemeios*. Mas este objeto é muito antigo, e talvez naquele tempo essa palavra se escrevesse assim. Ou então...

Aurélio se interrompeu, pensativo, enquanto o menino o observava em expectativa, com a respiração suspensa.

— Escuta. Eu conheço alguém capaz de me dizer muito mais sobre esta fíbula. Na biblioteca de Asínio Polião encontrei algumas vezes um indivíduo grotesco, que coxeia como Hefesto e gagueja penosamente. À primeira vista, parece também um pouco maluco, por isso podes imaginar qual não foi o meu espanto ao saber que se tratava do irmão mais novo do general Germânico.

— Não me digas! — exclamou Páris, surpreso. De fato, o general, sobrinho do imperador Tibério, era o herdeiro dos Césares e talvez o homem mais popular da Urbe. Não havia mulher que resistisse a lançar flores à sua passagem, nem rapaz que não alimentasse no coração o sonho secreto de entrar para suas legiões. E, quanto mais Roma amava seu herói, mais Tibério e sua mãe, Lívia, o encaravam com desconfiança...

— É isto mesmo! — confirmou Aurélio, aludindo ao irmão caçula de Germânico. — É aquele Cláudio que a família imperial se envergonha de deixar aparecer em público: todos o tomam por idiota só porque ele caminha mal e é afligido por balbucios, mas eu, ao contrário, achei-o um homem simpático e arguto. Além disso, a julgar pelo número e pela qualidade dos livros que consulta, creio que é um grande erudito. Provavelmente, sobre essas antigualhas ele sabe mais do que qualquer outro em toda a Urbe. Não há um instante a perder; vou mostrar-lhe a fíbula!

— Mas te ordenaram permanecer em casa! — objetou o outro, sempre submisso ao dever.

— Justamente por isso, não posso sair passando pelo vestíbulo. Crisipo me supõe empenhado em fazer os exercícios de retórica e ordenou ao porteiro que não me deixe ir lá fora por nenhuma razão. Por sorte, há outro modo de escapulir daqui... — disse Aurélio, acenando ao amigo para que o seguisse silenciosamente até o pátio dos fundos.

Pouco depois, encarapitava-se na figueira da horta com a agilidade de um gato, seguido pelo olhar apreensivo de Páris.

— Espera! Se Crisipo te descobrir... — tentou detê-lo o menino, mas Públio Aurélio já havia transposto o muro, alcançando com um salto a viela do outro lado.

Três horas depois, o jovem retornava pelo mesmo caminho.

Pé ante pé, esgueirou-se para o peristilo e já ia se apresentar à porta do tablino, onde Páris deveria esperá-lo, quando escutou o som inconfundível de uma vara em ação.

— Toma! — trovejava o pedagogo, furioso, descendo a *ferula* sobre os frágeis ombros de Páris. — E mais esta, e esta, e esta! — esbravejava, encolerizado, sem sequer permitir que sua jovem vítima se protegesse de algum modo com as mãos.

— Ladrão, filho de um ladrão! Roubaste a fíbula do estojo de Áquila para que não pudesse ser usada como prova contra teu pai, hem? Mas isto não ficará assim, eu te farei confessar onde a escondeste, nem que te descasque as costas!

— Chega! — interveio Aurélio, interpondo-se aos dois. — Deixa-o, Crisipo. Fui eu.

— Tu, desgraçado? — rosnou o pedagogo. — E o que esperavas obter?

— Queria demonstrar a inocência de Diomedes — tentou justificar-se Aurélio; mas o mestre, verde de cólera, já se voltara para ele com a *ferula* estendida.

— Faz três horas que te procuro, onde te escondeste? Acharei o modo de te fazer baixar a crista, ranhento arrogante! — gritou, jogando-se sobre o outro com todas as suas forças.

O jovem Estácio nem sequer tentou se defender. Impassível, deixou que a vara o golpeasse em pleno rosto, e depois fitou o mestre com uma nova e fria determinação. No enésimo golpe, lançou-se sobre Crisipo com olhos flamejantes e agarrou a vara, puxando-a para si com um gesto brusco.

— Bate mais uma vez e eu te mato — disse gélido ao pedagogo.

— Pequeno delinqüente, por acaso queres atentar contra minha autoridade? Enquanto usares esta aí — retrucou Crisipo, apontando a *bulla* infantil pendurada ao pescoço do aluno —, me deves absoluta obediência. O patrão exige que te apresentes a ele como bom filho, humilde e devotado. No dia do teu aniversário, nas próximas *nundinae*, deverás declamar um discurso perfeito diante dos convidados. Faltam apenas sete dias para a data, e tu ainda vais começar a redigi-lo! Teu pai te esfolará vivo, se não o contentares!

— Esfolará vivo também a ti, Crisipo! — riu o jovem.

— Devolve-me a *ferula*, ou contarei tudo ao patrão. Sabes como ele trata os rebeldes: já não o viste marcar a fogo os escravos fujões? Até mandou crucificar um... Se te recusares a ser punido, como bom aluno submisso, vou te bater fazendo os servos te imobilizarem! — ordenou o impiedoso pedagogo, avançando ameaçador para o jovem, que continuava a desafiá-lo, impávido.

Nesse momento a porta se abriu e à soleira apareceu Umbrício, o secretário do patrão, com uma expressão grave e solene no rosto.

— O que foi, Umbrício, por acaso não aprovas os meus métodos? — perguntou Crisipo com ar arrogante. — O *dominus* me confiou a educação do seu único filho, e eu só respondo a ele!

— Acaba de chegar de Âncio um mensageiro — anunciou o secretário em tom preocupado. — Traz más notícias. Houve uma festa muito movimentada, numa *villa*, e o patrão se excedeu na comida e na bebida. Caiu do triclínio e bateu com a cabeça...

— O ferimento é grave? — quis saber Crisipo, enquanto Aurélio se perguntava por que não conseguia experimentar nenhum sentimento pelo homem que lhe dera a vida. No entanto, quando a ama Aglaia adoecera, ele a assistira amorosamente, dia e noite, até o fim...

— Está morto — declarou Umbrício com voz incolor.

— *Morto*? — empalideceu o pedagogo, olhando com desconcerto o rapaz que, à sua frente, exibia o orgulhoso rosto sulcado pelos golpes da vara.

Umbrício virou-se para Aurélio e prosseguiu, em tom rigidamente formal:

— Dou-te minhas condolências, nobre Públio Estácio, *paterfamilias* da estirpe dos Aurélios.

Em seguida recuou um passo e se inclinou profundamente ante o novo *dominus*, que a partir daquele momento se tornava o patrão absoluto de todos os servos da casa.

Aurélio se retesou numa espécie de espasmo e sentiu sua cabeça girar vertiginosamente. Um instante atrás, não passava de um rapazelho indefeso, a quem qualquer um podia espezinhar impunemente, e agora... Em seus lábios surgiu a sombra de um sorriso, enquanto ele lançava olhares eloqüentes a Crisipo e apertava com mais força o cabo da *ferula* que pouco antes lhe subtraíra. Foi só um instante, contudo, passado o qual seu rosto ainda ruborizado se recompôs numa máscara impassível.

— Oh, Aurélio, que os deuses te bendigam! — exclamou Páris, tencionando lhe beijar a mão. Esboçou aproximar-se do amigo, mas logo se corrigiu e murmurou, embaraçado: — *Domine*...

— Ânimo, Páris — sussurrou-lhe Aurélio ao ouvido. — Nossos sofrimentos acabaram!

Depois, saiu sem dizer uma palavra e adentrou o peristilo, entre duas alas de escravos que, ao saberem da notícia, tinham se reunido apressadamente para lhe prestar homenagem.

— Patrão... — saudaram-no com respeito todos os fâmulos da *domus*.

Umbrício lhe abriu caminho, e Áquila inclinou a cabeça com excessiva deferência, enquanto as ancilas mais atrevidas tagarelavam entre si, dirigindo-lhe olhares maliciosos. Imóvel atrás de uma coluna, Lucrécia o perscrutava com expressão preocupada e a cabeça cheia de indagações sobre seu incerto futuro.

— Por que te escondes, minha cara? — perguntou-lhe Aurélio, num tom sarcástico que não prenunciava nada de bom.

Hesitante, a mulher ergueu a cabeça, impondo-se não evocar as muitas ocasiões em que havia ridicularizado e humilhado aquele orgulhoso rapazinho para compensar os vexames a que o pai dele a submetia: o novo *paterfamilias* ainda era muito jovem, pensava ela, e bastaria alguma lisonja astuciosa para manobrá-lo a contento.

Aurélio a observou por um instante com evidente curiosidade e depois lhe tomou a mão, apontando a faixa cravejada de gemas que lhe enfeitava o pulso:

— Esta *armilla* te orna muito, Lucrécia, mas não te esqueças de devolvê-la a mim — disse, num tom persuasivo o suficiente para enganar por um momento a esperta matrona.

Aliviada, a mulher já se dispunha a responder com alguma adulação astuta quando seus olhos encontraram os do jovem, que a fitavam com uma mirada de gelo. Lucrécia mastigou um ganido que mais parecia um soluço do que um assentimento e, após uma reverência apenas sugerida, correu a se refugiar em seus aposentos.

— Tuas ordens, *domine*? — perguntou Áquila obsequiosamente.

— Envergarei a toga viril no dia do meu aniversário, logo após o banquete fúnebre. Organiza a cerimônia no Campidoglio — afirmou o rapaz, e, com um gesto desdenhoso, arrancou do pescoço a *bulla* infantil.

— Tens somente 16 anos, *domine* — objetou Umbrício. — Seria mais correto esperar os 17...

— Por quê? O general Germânico foi declarado maior aos 15.

— Patrão, Germânico é um membro da família imperial! — escandalizou-se o chefe da criadagem.

— E eu sou Público Aurélio Estácio, patrício romano de família senatorial e *paterfamilias* da minha estirpe — escandiu orgulhosamente o jovem, indo ocupar o lugar que lhe cabia na alta cadeira central do tablino. — E agora, ocupemo-nos do furto...

— Mas como, justamente agora? Com uma dor tão grande... — protestou o secretário, temeroso de violar as convenções.

— Eu me esforçarei por dominá-la — respondeu Aurélio secamente, sem que ninguém ousasse contradizê-lo. — Explicaime, os dois, como aconteceram as coisas ontem à noite.

— O patrão suspeitava havia tempo que o administrador Diomedes o estava enganando, e recentemente mandara conferir as contas da casa por um especialista — contou Áquila.

— Contas que se mostraram perfeitamente corretas, ao que eu saiba — observou Aurélio.

— Mas ainda temos a questão da fíbula! — interveio Umbrício. — Justamente alguns dias atrás, o *dominus* me informou haver notado o desaparecimento de um broche que representava a deusa Aurora, o mesmo encontrado por Áquila no quarto de Diomedes. Evidentemente, o administrador pretendia apropriar-se do tesouro dos Aurélios, subtraindo-o peça por peça.

— Uma fíbula? Queres dizer esta aqui? — Aurélio abriu a mão e a mostrou, mas evitando deixar ver a decoração inteira.

— Não sei, eu nunca a tinha visto — hesitou Umbrício. — Estava sempre trancada no cofre, junto com as outras jóias. Posso apenas te relatar o que o patrão me confidenciou — admitiu, de má vontade.

— A fíbula com o leão não é o único objeto de valor desaparecido desta casa — reforçou Áquila. — Também faltam dois colares, várias *armillae*, o serviço de cálices de ouro reservado aos convidados importantes, um custoso bracelete de placas octogonais cravejadas de safiras e alguns preciosos artefatos gregos.

— E o sinete de rubis? — informou-se Aurélio.

— Estava ao lado de Diomedes, quando o encontramos desmaiado. Certamente aquele refinado ladrão estava prestes a se apropriar também dele — replicou Áquila.

— De fato, a história que o intendente nos contou não se sustenta, *domine* — continuou Umbrício. — Diomedes afirma ter sido golpeado por um desconhecido, mas está claro que ele foi surpreendido por um mal-estar durante o furto.

— Neste caso, onde teria ido parar o butim?

— Sem dúvida ele tinha um cúmplice nesta casa, pronto a esconder os objetos roubados — observou o pedagogo Crisipo. Nem Áquila nem Umbrício acrescentaram uma só palavra, mas os olhos de todos se voltaram simultaneamente para o pequeno Páris, que enrubesceu como um camarão frito.

— O que Diomedes afirma em sua defesa?

— Ninguém o interrogou ainda, *domine*. Esperávamos o retorno do patrão, para que o julgasse ele mesmo, conforme o antigo direito do *paterfamilias*.

— Tragam-no à minha presença! — ordenou o jovem.

Pouco depois o administrador foi arrastado até o tablino e jogado com brutalidade aos pés de Aurélio.

Diomedes protestou de imediato sua inocência:

— Não fui eu que roubei tuas jóias, *domine*! Teu pai era um jogador inveterado e estava se arruinando com as dívidas. Talvez ele mesmo tenha cedido algumas daquelas preciosidades a um credor, como já fizera outras vezes.

— Esse discurso não vale para o bracelete de safiras. Creio havê-lo visto em uso poucos dias atrás — rebateu Aurélio, voltando-se interrogativamente para a bela Lucrécia.

— De fato eu o ostentei na festa de Frontão, mas o devolvi ao teu pai assim que voltamos para casa — afirmou a mulher, esforçando-se por disfarçar a irritação que sentia por ser obrigada a se dirigir com deferência ao rapazinho a quem destratara impunemente até o dia anterior.

— E desde então não o viste mais?

— Não, o *dominus* não teve mais oportunidade de me emprestar.

— Nem mesmo para te ordenar que o mandasses limpar por uma serva? Tens certeza?

— Nesta casa não se costuma confiar os objetos preciosos às ancilas. O *dominus*... — começou a matrona, impaciente.

Aurélio a interrompeu com brusquidão.

— Sou EU o *dominus*, Lucrécia. Farás bem se te lembrares disto, de agora em diante — frisou com estudada altivez, enquanto a mulher baixava a cabeça, sufocando uma exclamação irada.

— Então, Diomedes: sustentas que alguns dos objetos desaparecidos podem ter sido empenhados pelo meu falecido pai — recomeçou o jovem.

— O serviço de gala, certamente não: eu mesmo o poli, ontem, para que estivesse pronto no dia do teu aniversário — declarou Áquila, olhando com severidade para o intendente, que continuava ajoelhado aos pés de Aurélio.

— O que sabes sobre o broche, Diomedes? — perguntou este último.

— A fíbula com o leão sempre esteve na *arca*, junto com as outras jóias. Não sei mesmo como foi parar no meu quarto — gemeu o administrador.

Aurélio se calou um instante, refletindo.

— Que horas são, Áquila? — perguntou em seguida, quase absorto.

— Começou há pouco a hora oitava, *domine* — respondeu o chefe da criadagem, após uma rápida olhada para a clepsidra.

— Alguém da casa já saiu para o banho? — perguntou Aurélio.

— Não, patrão, as termas abrem justamente agora.

— Bem. Trazei-me um pano branco e estendei-o diante de mim — ordenou em tom imperioso, enquanto os escravos se apressavam a obedecer.

Do rosto imperturbável do jovem nada transparecia da tempestade de dúvidas, incertezas e perplexidades que o agitava. Estava apostando alto, tentando impor sua autoridade sobre homens muito mais maduros e experientes do que ele. Dar ordens era fácil, o difícil era fazer-se obedecer; e, se errasse nesse seu primeiro e precoce julgamento, nada mais lhe devolveria a estima e a confiança dos servos que tinham nas mãos sua casa, sua vida e sua reputação de cidadão romano.

— Agora, Umbrício, despe-te e dá-me tua túnica.

— Como assim? — perguntou o secretário, espantado.

— Ouviste muito bem — respondeu Aurélio.

Umbrício começou a tirar uma vestimenta após a outra, balançando a cabeça, sem compreender. Quando estava só com o *subligaculum* em torno da virilha, Aurélio o deteve.

— Já basta, Umbrício — disse. Depois, voltando-se para os servos, mandou: — Agora, batei bem estas roupas sobre o lençol.

Enquanto os servos executavam a ordem, o jovem *dominus* não parou um só instante de fitar o secretário, que aguardava seminu em meio às risadinhas das ancilas.

— Onde nasceste, Umbrício? — perguntou Aurélio de repente.

— Num pequeno *pagus* entre Tuscana e o lago de Vico — respondeu o outro.

— De fato, assim me foi referido... — murmurou Aurélio, pensativo.

Dito isto, desceu da cadeira, inclinou-se para examinar o pano de linho e, com a ponta dos dedos, recolheu os grãozinhos de areia caídos da túnica.

— Realmente foi uma pena que, ao golpear Diomedes pelas costas, teu saquinho se tenha rompido, Umbrício! Mas deve ter sido um rasgão muito pequeno, ou terias percebido logo e corrido a vestir uma túnica limpa. Em vez disso, foste para a cama trajando a suja, esperando trocá-la após o banho vespertino. Por sorte, em Roma raramente se usam roupas de dormir!

— O que queres dizer, *domine*? — balbuciou o secretário, pálido como o tecido que jazia aos seus pés.

— Que na noite passada tu seguiste Diomedes e o golpeaste à traição, para depois saquear a *arca* usando a chave da qual, não sei como, obtiveste uma cópia. Sabendo do controle da contabilidade que meu pai tinha ordenado, havias decidido atribuir o furto ao intendente; assim, para te certificares de que todos acreditariam na culpa dele, escondeste no seu cubículo uma das fíbulas subtraídas do cofre.

— Eu nunca vi aquele broche, patrão! — protestou Umbrício.

— Tens certeza?

— Juro pelos Numes Imortais! — declarou o secretário, levando a mão ao tórax balofo.

— Então, como podias saber que ele representava a deusa da Aurora? — perguntou Aurélio, brusco.

— Teu pai me disse, já te expliquei!

— Não, Umbrício, é impossível. Todos aqueles a quem mostrei a fíbula reconheceram somente o leão Nemeo, por causa da inscrição gravada abaixo da imagem. Tu foste o único a falar da Aurora.

— E daí? — intrigou-se o secretário, franzindo a testa.

— A deusa representada na jóia é de fato a Aurora, mas ninguém conseguiria deduzir isso a partir desta figurinha alada, que é totalmente irreconhecível. Somente quem fosse capaz de ler a inscrição poderia identificá-la! — explicou Aurélio, mostrando o nome gravado no broche: *NAMEO...*

— Mas é o nome do leão Nemeo! — objetou Áquila, o chefe da criadagem, enquanto os outros assentiam com convicção.

— É aí que estais equivocados! — rebateu Aurélio, peremptório. — Fostes induzidos ao engano, todos, pelo fato de que uma parte da decoração em relevo representa a fera, ao passo que a mocinha alada aparece somente ao fundo. Mas o nome de Nemeo está errado, e de saída me pareceu estranho que, trabalhando numa obra de tanta finura, um hábil artesão se tivesse descuidado da ortografia, sem contar que esta jóia não me parecia de feitura grega. Conseqüentemente, suspeitei que a incisão pudesse significar algo diferente, e recorri a um especialista em antiguidades, o irmão do general Germânico...

— Não estás aludindo a Cláudio, aquele bobalhão, espero! Todos sabem que ele não passa de um pobre idiota! — espantou-se o pedagogo Crisipo.

— Nada disso — respondeu imperturbável o jovem Estácio.

— Longe de ser um estúpido, Cláudio é um grande estudioso, talvez o melhor conhecedor que existe hoje na Urbe da língua e da história etruscas. Mal viu a fíbula, traduziu imediatamente a escrita. Aqui está, olhai: esta letra, que todos nós tomamos por um *O*, na realidade é o *TH* etrusco, inicial de um nome que se lê, como muitas palavras dessa língua, da direita para a esquerda, e não da esquerda para a direita. Depois vem o *E*, em seguida um signo que à primeira vista parece um *M*, mas que em etrusco assume o valor do nosso *S*... Enfim, a palavra que afinal resulta disso é *THESAN*, ou seja, a deusa da Aurora dos nossos ancestrais tirrenos!

— E daí? — interveio Umbrício, em tom levemente provocador.

— Meu pai não sabia uma palavra de etrusco — replicou Aurélio. — Conseqüentemente, jamais poderia interpretar a inscrição e te informar o autêntico significado dela. Mas tu, Umbrício, nasceste perto de Tuscana, um dos últimos lugares onde ainda se fala e se escreve uma língua já tão rara que até os próprios sacerdotes correm o risco de errar as fórmulas sacras, quando oficiam os ritos mais antigos.

Umbrício apertou os braços em torno do tórax nu e começou a tremer.

— Assim, ontem à noite — continuou o jovem Estácio —, enquanto te apoderavas da fíbula a fim de poderes inculpar Diomedes do furto, viste pela primeira vez a incisão e tendeste espontaneamente a lê-la em tua língua materna, na qual de fato ela foi escrita. Se a isso acrescentarmos a areia que se infiltrou nas dobras da tua túnica, não restam dúvidas: o ladrão és tu!

Incapaz de opor qualquer argumento à férrea reconstrução que o tinha desmascarado, o secretário nem sequer tentou um fraco desmentido; em vez disso, limitou-se a escutar, atônito, entregue à onda de pânico que havia começado a invadi-lo ante o pensamento da iminente e terrível punição.

— Mas então, *domine*, se as coisas foram assim, como explicas a desconfiança do teu pai em relação a Diomedes? — hesitou Áquila, ainda não inteiramente convencido.

— Contando justamente com tal desconfiança, Umbrício ousou roubar do cofre, sabendo que as suspeitas cairiam sobre Diomedes — esclareceu Aurélio. — Quanto ao famoso livro de contas, quero que me seja entregue. Tenho a intenção de mostrá-lo a alguém que sobre essas coisas sabe o necessário para não se deixar enganar facilmente.

— E dele, o que faremos? — perguntou Áquila, indicando o culpado.

Perdida toda a esperança, Umbrício se prostrou com a fronte no chão:

— Piedade, patrão, não me condenes à morte, restituirei tudo! O que disseste é verdade; fui eu que saqueei a *arca*, mas esta já fora aberta quando entrei no tablino, e o bracelete com safiras não estava lá!

— Se nos indicares como recuperar o resto do butim, terás a vida salva... Todavia — continuou Aurélio —, vejo pela tua carne flácida que a existência demasiado sedentária entre as comodidades da Urbe põe tua saúde em sério risco. De agora em diante, Umbrício, serás trabalhador braçal numa das minhas propriedades na Campânia, a fim de retemperares o físico com as saudáveis fadigas do campo!

Um murmúrio de aprovação sublinhou suas palavras.

Aurélio olhou ao redor. Das faces admiradas dos circunstantes transparecia um novo e profundo respeito: daquele momento em diante, os servos lhe obedeceriam porque confiavam nele, e não por serem obrigados a isso mediante ameaças de severas represálias.

A essa visão, o jovem finalmente relaxou e emitiu um imperceptível suspiro de alívio. Tendo entrado antes do tempo na arena dos adultos, onde a mentira, o crime e a violência corrompem a verdade e contrariam a justiça, havia conduzido com sucesso sua primeira investigação; havia prevalecido sobre o engano; havia vencido sua primeira batalha!

— Mais alguma coisa, patrão? — informou-se Áquila, enquanto o ladrão era levado sem protestar, ainda incrédulo de ter evitado a forca.

— Sim. Prepara os documentos do gramático Crisipo: quero vendê-lo no mercado de escravos — anunciou o jovem em tom decidido, pregustando as súplicas do cruel pedagogo que tantas vezes se encarniçara contra ele.

O mestre, porém, esquadrinhou-o com a costumeira expressão dura, como se ainda lidasse com um aluno rebelde, e não com o senhor do seu destino.

— Evidentemente, junto com o nome e o patrimônio, também herdaste a capacidade de aprender sem esforço, jovem Estácio. Vende-me então, não me agrada ser escravo de um ignorante! — declarou Crisipo com uma careta de desprezo.

Entre a pequena multidão correram palavras de indignação: o pedagogo devia ter enlouquecido, para dirigir-se daquele modo ao novo *dominus*!

— Voltai às vossas tarefas — ordenou Aurélio, sem replicar a Crisipo. — Áquila, prepara exéquias dignas do nome da nossa família: banquete, carpideiras, trompas, timbales e todo o resto; exijo sobretudo as máscaras dos antepassados, que desfilarão no cortejo. Quanto ao elogio fúnebre, eu mesmo o pronunciarei. Será um discurso breve e sóbrio. Não há necessidade de longas dissertações retóricas para homenagear um homem cujas qualidades eram bem conhecidas por todos! — fez o jovem, seriíssimo, enquanto o chefe da criadagem o fitava incerto, sem ousar perguntar a si mesmo se aquelas palavras cheias de amor filial não escondiam um toque de cruel ironia.

— Logo após o fim do luto, festejaremos minha maioridade e meu novo status de *paterfamilias*. Ah, Áquila, anula a última ordem relativa ao pedagogo: mudei de idéia. A propósito, onde achas que vais, Crisipo? — bradou depois em tom enérgico ao mestre, que havia começado a se afastar. — Ainda não te dispensei!

O pedagogo se deteve, rígido como um poste, e Aurélio não pôde deixar de notar a semelhança dele com aqueles cadáveres mumificados que às vezes afloram do deserto egípcio: a mesma rigidez macabra, a mesma pele apergaminhada, o mesmo ríctus maléfico...

— Contigo, acertarei as contas mais tarde — disse o jovem. — Podes retirar-te, agora.

Dez dias haviam transcorrido, e Aurélio estava sentado no tablino, envolto na cândida toga viril envergada na manhã da véspera, depois de ter depositado sobre o altar do Campidoglio a lanugem da primeira barba.

Lucrécia, esplêndida como sempre, mantinha-se de pé diante dele, na vã expectativa de ser convidada a se acomodar numa das cadeiras que circundavam a mesa.

— Mandei te chamar a fim de discutirmos tua próxima partida. Esperei devidamente que o cadáver do meu pai ardesse sobre a pira, mas agora chegou o momento de tua pessoa deixar para sempre a minha *domus* — afirmou o jovem, acentuando bem o *minha*.

— Amanhã mesmo me transferirei para a casa na colina Célio, se é isso o que desejas — respondeu ela, despeitada.

— Talvez eu não me tenha explicado bem, Lucrécia. Esqueceste que aquela casa me pertence?

— Teu pai me havia prometido...

— Meu pai era um grande mentiroso. Seu testamento, depositado junto às Virgens Vestais, foi aberto ontem. Pois bem: não traz o mínimo aceno que seja a legados em teu favor.

— Aquele porco, velho trapaceiro! — praguejou entre dentes a matrona.

— Achas gentil falar dessa maneira do meu augusto genitor, com quem tantas vezes compartilhaste a mesa e o leito? — gracejou Aurélio, maligno. — Pena que ele não se tenha mostrado nem um pouco agradecido...

— Não vais querer que eu vá embora assim, de mãos vazias! — exclamou Lucrécia, indignada, com os olhos soltando faíscas.

Aurélio teve um instante de hesitação, furioso consigo mesmo ao constatar que aquela mulher, poucos anos mais velha do que ele, ainda conseguia intimidá-lo, quer pela beleza, quer pela determinação que ostentava. O importante, porém, era que ela não percebesse sua insegurança...

— É justamente o que te estou pedindo, amável Lucrécia — retrucou então o jovem Estácio. — Deixarás aqui os elegantes móveis do teu cubículo, os vasos coríntios, o estojo de prata, a mesinha de palissandro, a estatueta grega de Psiquê e, naturalmente, todas as jóias, inclusive o bracelete de que te apropriaste de maneira indevida.

— Eu o devolvi a Áquila, assim que me ordenaste! — declarou Lucrécia, ressentida.

— Não aludo à *armilla* ornada de pedras que vi no teu pulso na tarde da desgraça — prosseguiu Aurélio com um sorriso zombeteiro. — Refiro-me ao bracelete com placas de safira, aquele que deveria estar na *arca* quando Umbrício a saqueou. O secretário, ou melhor, o ex-secretário, jura que no momento do furto o bracelete já não estava lá.

— Eu não sei nada sobre isso! — afirmou a matrona, aborrecida. — Provavelmente aquele ladrão já o tinha vendido, antes de te restituir o butim.

— Creio poder excluir tal hipótese, bela Lucrécia. Se não me engano, afirmaste não ter mais visto o bracelete desde o dia da festa de Frontão...

— Isto mesmo! — confirmou ela, ácida.

— Lamento, mas certamente estás enganada — desmentiu-a o jovem —, porque recordo bem que ainda o usavas na véspera da morte do meu pai.

— Estás confundindo! — insistiu a mulher.

— Não, graciosa Lucrécia, asseguro que sempre te observei com a máxima atenção — ironizou Aurélio. — E o que aconteceu me parece bastante claro... o suficiente, ao menos. Provavelmente meu pai te autorizou a usar o bracelete por mais alguns dias após o banquete, ou então, na noite em que retornastes os dois da casa de Frontão, estava bêbado demais para pedi-lo de volta. Assim, quando a culpa de Umbrício veio à tona, pensaste em impingir ao autor do furto também o desaparecimento daquela jóia, sabendo muito bem que teu falecido amante já não podia te desmentir.

— Deliras, nobre Estácio; o poder que veio repentinamente às tuas mãos te subiu à cabeça! Vê-se que te esforças por bancar o grande homem, mas não passas de um menininho presunçoso, e eu juraria que, por dentro, estás tremendo como uma folha! — liqüidou-o a matrona em tom depreciativo.

Aurélio apertou os lábios, sabendo que Lucrécia tinha visto certo: ele era apenas um rapaz apavorado, diante de uma adulta forte e decidida. Contudo, não devia permitir que ela o dominasse.

— Fascinante Lucrécia, tu usavas o bracelete exatamente no dia que mencionei... e posso prová-lo — declarou.

— De que modo? — perguntou ela, de repente menos segura.

— Fazia sol, na manhã antes do infortúnio, e ficaste muito tempo sentada no banco do peristilo, para secar teu cabelo. No dia seguinte, quando nos chegou a notícia da morte do meu pai, ao passar em meio aos servos eu soergui tua mão e percebi em tua pele algumas manchas brancas que não coincidiam em absoluto com a *armilla* que exibias naquele momento. As marcas claras no teu pulso correspondiam exatamente à forma octogonal das placas com safiras do bracelete desaparecido.

— Tolice! O que dizes é verdade, mas não prova nada: eu poderia ter me exposto ao sol em qualquer momento!

— É mesmo, adorável Lucrécia? No entanto, antes daquela manhã tinha havido dias e dias de céu nublado. E um leve bronzeamento não permanece visível por muito tempo.

A mulher mordeu os lábios, dividida entre a raiva e o temor.

— Convém que me devolvas logo a jóia, minha cara. Eu sou de índole generosa, e poderia facilmente perdoar o esquecimento de uma bela senhora — aconselhou Aurélio, sarcástico.

— Já no que se refere à casa na colina Célio... uma dama fascinante como tu certamente não terá dificuldade para encontrar outras instalações.

— Mas não sabes quanto custa uma casa decente na Urbe? — insurgiu-se a matrona, transtornada pela cólera.

— Sei que és proprietária de uns dois quartinhos na Suburra; sempre podes transferir-te para lá — comentou Aurélio, irônico.

— Trata-se de uma toca imunda, embaixo do teto de uma *insula*, e só serve para algum mendigo. Sem dúvida não estás imaginando que uma mulher da minha posição possa ir viver ali! — protestou Lucrécia, presa de indignação.

— Pensando bem, eu também poderia te deixar a casa — propôs Aurélio em tom neutro, esperando que sua voz não denunciasse a emoção que o agitava.

— Obrigada, caríssimo Público. Sempre acreditei que eras um rapaz correto! — exclamou Lucrécia, tranqüilizada.

É agora ou nunca, pensou o jovem, com o coração disparado. Desde que sua voz não tremesse...

— Mas sob uma condição: que me pagues o aluguel como pagavas ao meu pai! — acrescentou, de um só fôlego.

Lucrécia o fitou de boca aberta, perplexa demais para replicar.

— Tens até a noite de hoje para pensar. Espero-te no meu quarto após a ceia — encerrou Aurélio, dispensando-a às pressas, não sem notar o novo olhar de interesse com que a matrona o observava.

Ela virá, disse a si mesmo, fortalecido pelo inabalável otimismo da pouca idade. Depois agitou a sineta para chamar o intendente.

*

— Entra, Diomedes. Eu quis te convocar em particular porque não desejo que teu filho Páris escute o que pretendo te dizer.

Diomedes avançou lentamente e parou a poucos passos do jovem patrão.

— Apurei que, apesar do salário de fome que meu pai te pagava, possuis uma fazenda no Piceno, uma casa no Esquilino e muitos depósitos nos bancos da cidade. Além disso, o livro de contas mostra algumas transações estranhas...

— Como conseguiste descobrir, *domine*? — rendeu-se o administrador, com a pressa excessiva de quem deseja tirar um peso do coração. — Eu fui muito cauteloso e acreditava que nenhum contador seria hábil o bastante para me desmascarar...

— Não é mérito meu, claro. Foi Palante, o escravo de Cláudio, quem examinou o rolo página por página: ele é um gênio para os números! Mas diz-me: como justificas semelhante traição? Durante anos, minha família depositou em ti a máxima confiança!

— Pedi ao *dominus* um empréstimo para melhor instalar meus velhos no campo e obter a alforria de Páris, mas ele me negou. Então subtraí uma certa quantia da *arca* e a investi prudentemente. No ano seguinte, já tinha uma herdade, uma casinha, um pequeno capital e a liberdade para o meu filho. Então me apressei a repor aquele valor na caixa-forte, com os juros.

— Mas, depois, repetiste esse joguinho várias vezes. O que procuravas naquela noite era o sinete de rubis, não? Com ele, poderias firmar qualquer documento com o nome do meu pai. Portanto, Umbrício não mentiu ao afirmar que eras tu quem tinhas a chave do cofre! Como conseguiste obtê-la?

— Uma noite, muitos anos atrás — começou Diomedes a contar — , o patrão estava mais embriagado do que de costume: adormeceu de chofre e eu tive de arrastá-lo até o leito. A chave lhe pendia do pescoço, e eu conhecia um serralheiro que me faria uma cópia em segredo...

— Então, usaste muitas vezes a firma dos Aurélios para tuas especulações! — disse o jovem em tom severo.

— Especulações que no entanto se revelaram bastante profícuas — frisou o intendente. — Estipulei contratos para terrenos e propriedades imobiliárias, adquirindo um lote de novas *insulae* em Óstia, atracadouros em Taranto, hortas na Campânia, vinhas na Lunigiana e até uma fábrica de *dolii* nos arredores de Roma. Agi desse modo porque estava convencido de que teu pai acabaria por nos arruinar a todos, mas te asseguro que sempre restituí o que havia tomado emprestado!

— Ainda assim, cometeste uma ação gravíssima.

— Estou pronto a pagar, *domine*. Quando vi que te afastavas com o livro de contas na mão, compreendi estar perdido e me preparei para o pior. Desde há muito tempo eu tinha um laço pronto para me estrangular, se meu jogo fosse descoberto, e agora chegou o momento de usá-lo. Jura-me apenas que Páris nunca tomará conhecimento daquilo que fiz. Se viesse a saber dessas artimanhas, meu filho se envergonharia de mim, e isso eu não posso suportar. Páris é a honestidade em pessoa, cuida dele, quando eu não estiver mais aqui.

— Poderias enfrentar o processo — propôs Aurélio.

— E perder a estima de Páris? Não, não!

— Como preferires — concordou Aurélio, contendo as lágrimas.

Diomedes se dirigiu para a porta, curvado sob o peso da culpa. Quando já estava na soleira, voltou-se mais uma vez para o jovem patrão.

— Ah, *domine*, uma última coisa. Peço que te recordes de mandar suprimir a palavra *júnior* dos dizeres "Públio Aurélio

Estácio o Jovem" nos documentos das propriedades que registrei no teu nome. Do contrário, agora que teu pai morreu, poderias enfrentar dificuldades para reivindicá-las — aconselhou, com voz apagada.

— Queres dizer que compraste todas aquelas coisas no meu nome? — exclamou Aurélio, estupefato.

— Certo, *domine*, o que havias compreendido? Teu pai era um desvairado e acabaria por dilapidar tua herança... Eu me empenhei em salvaguardar o patrimônio da família, mesmo ao preço de cometer um delito imperdoável: um escravo não pode decidir pelo patrão, e eu fiz isso. E agora, desculpa, mas permite que eu saia de cena com aquele laço, antes que a determinação me falte.

— Esquece essa estupidez, Diomedes! — trovejou Aurélio, comovido, correndo ao encontro dele.

— Mas as terras no Piceno, a casa no Esquilino, os depósitos em banco...

— São bem pouca coisa diante do trabalho que fizeste! Eu te confirmo no cargo de administrador e espero que Páris queira seguir tuas pegadas. Prepara o documento de alforria; quero te dar imediatamente a liberdade, não tenho a menor intenção de confiar uma tarefa tão importante a um simples escravo!

— Patrão, eu te servirei para sempre, e depois de mim o meu filho, e o filho do meu filho! — prometeu o intendente, entre soluços.

— Basta com essas lágrimas tão pouco romanas, Diomedes! Agora me resta um último assunto a resolver: manda-me o pedagogo Crisipo — ordenou Aurélio ao administrador, que se retirava chorando de alegria.

Assim que o carrancudo preceptor entrou, Aurélio abanou a vara embaixo do nariz dele.

— Agora a *ferula* é minha, e eu faço com ela o que quiser — comunicou, em tom de ameaça.

O pedagogo baixou a cabeça e esperou os golpes, maldizendo sua língua solta.

Aurélio sentiu as mãos coçarem, mas, ao ver Crisipo trêmulo e resignado, de repente recordou todos os episódios de magnanimidade narrados nos livros de história; episódios que o velho preceptor o fizera decorar, à custa de vergastadas... Agora, cabia-lhe dar uma lição ao inflexível mestre.

— Vai buscar os livros, ainda não terminamos o segundo volume de retórica — ordenou, enquanto partia a *ferula* ao meio e jogava longe os pedaços.

Dois meses depois que Públio Aurélio Estácio passou a envergar a toga viril, Germânico, o valoroso general predileto da Urbe, morreu em Antioquia na flor da idade, ceifado por uma misteriosa doença. Houve quem suspeitasse de um envenenamento por obra de Plotina, grande amiga de Lívia, a mãe do imperador Tibério. Esta, de fato, interveio pessoalmente para salvar do patíbulo a acusada.

Estação após estação, ano após ano, a água nas clepsidras cadenciou o inexorável escorrer do tempo. Com a morte de Diomedes, o integérrimo Páris assumiu o posto como administrador do patrimônio de Públio Aurélio, e como intendente da grande casa do patrício no Viminal.

Aurélio, por sua vez, prestou serviço nas legiões, casou-se com resultados infelizes e em seguida se divorciou. Convicto seguidor da filosofia de Epicuro, dedicou-se ao estudo dos clássicos, percorreu as regiões do mundo então conhecido e, em Alexandria do Egito, adquiriu como escravo, salvando-o do patíbulo, o impertinente Castor, um grego astuto e de honestidade duvidosa, destinado a tornar-se seu inseparável secretário.

Em 41 d.C. — já se haviam passado mais de vinte anos desde o décimo sétimo aniversário de Aurélio — , Cláudio, o desprezado irmão de Germânico de quem a família tanto se envergonhava, subiu ao trono dos Césares, apressando-se a nomear para o cargo de ministro o experiente Palante, seu ex-escravo contador... o mesmo "gênio dos números" que já ajudara o jovem Estácio a esclarecer contas que não batiam.

Chegou-se assim ao ano 44 d.C.. O verão tinha passado tranqüilamente, sem crimes de qualquer espécie, sem mistérios a investigar, sem culpados a desmascarar. Aurélio, tendo concluído um período de férias em Baia na companhia de sua amiga Pompônia, preparava-se para retornar à Urbe, acompanhado, como sempre, pelo fiel secretário Castor.

Porém, antes da volta para Roma, impunha-se mais um descanso...

CAPÍTULO I

Ano 797 ab Urbe condita
(ano 44 d.C., outono)

Sexto dia antes das Calendas de novembro

A pequena caravana deixou para trás o lago Lucrino e começou a subir lentamente o aclive da cratera.

— Que ninguém se iluda, Baia já não é a mesma! — suspirou Pompônia, tentando acomodar a cabeça encimada pelo pesado aplique nas almofadas da carruagem, sem estragar o imponente penteado.

— No entanto, certamente não te faltaram festas! — protestou o senador Público Aurélio Estácio, refestelado junto dela, dando uma última olhada no cenário do Golfo.

— Hoje em dia a costa está cheia de recadistas de Cláudio e burocratas ministeriais! — deplorou a matrona.

— De fato, neste veraneio encontramos mais libertos palacianos do que pais conscritos — concordou Aurélio. — Por outro lado, até entre os senadores da Cúria, quem não tem pelo menos um avô mercante, ou mesmo nascido em cativeiro?

— Natural! Entre condenações e conjuras, agora os verdadeiros nobres podem ser contados nos dedos de uma das mãos, sem falar que os poucos remanescentes desbaratam o patrimônio para manter um modo de vida digno de Creso: hoje em dia, nem sequer um taberneiro está disposto a se contentar com apenas cinqüenta servos de séquito! A continuarmos assim, eu me pergunto o que restará da grande aristocracia romana.

Públio Aurélio balançou a cabeça, condescendente. Não concordava com o drástico juízo de Pompônia. Os novos tempos avançavam, e convinha levá-los em conta: com a necessária sabedoria, certo, mas sem ceder à nostalgia por uma época já consignada à História, se não à lenda. Assim, replicou:

— É justo que Cláudio favoreça os cavaleiros e os provincianos: o patriciado parece ter perdido a capacidade de agir.

— É bizarro que justamente o rebento de uma das mais ilustres famílias da Urbe critique a classe da qual faz parte — observou a matrona, cáustica.

— E tu então, incurável pródiga, que reclamas das despesas insensatas? Com o modo de vida que manténs, realmente não sei o que faz teu marido para evitar a bancarrota! — gracejou o patrício, que bem conhecia a disponibilidade financeira do amigo Servílio, consorte da mundaníssima matrona. — Só a festa de despedida deve ter te custado meio milhão de sestércios, afora os marcadores de lugar em ouro maciço que, na tua liberalidade, presenteaste aos convidados como lembrança...

— E aqueles aldeões os sopesavam para calcular o valor, sem ao menos se darem conta do friso cinzelado! — lamentou Pompônia. — Tu é que fazes bem ao construir em Pithecusa. Baia está se vulgarizando: a costa é muito próxima de Neapolis, a cada *feria* a estrada se entope com as carruagens dos mais rudes veranistas... Não compreendo por que Servílio decidiu ficar lá, mesmo após o fim da estação!

— Para os tratamentos termais, Pompônia — explicou paciente o patrício. Na realidade o pobre cavaleiro, após meses de banquetes extenuantes, queria apenas descansar longe de uma esposa tagarela e excessivamente ativa.

Nisso, um pigarro discreto, atrás das cortinas da carruagem, anunciou a presença do grego Castor, o secretário faz-tudo de Públio Aurélio.

— *Domine...* — começou ele com ar sonso. — Os carregadores das bagagens estão exaustos e os *basternari* não agüentam mais puxar as mulas.

— Mas se nós acabamos de partir! — protestou o patrão.

— Meu senhor, tu estás a cômodo, em amáveis conversações com uma dama de altíssima linhagem — e, aqui, Castor inclinou graciosamente a cabeça para Pompônia. — Mas nós avançamos a pé, com cargas pesadas nos ombros, por ásperas trilhas, subidas árduas e sendas intransitáveis...

O grego, que não vinha caminhando, mas sim montado numa plácida jumenta de garupa larga e acolhedora, apontou com gesto dramático a magnífica estrada lajeada que contornava o lago Lucrino.

— Poderíamos fazer um pequeno descanso... — concedeu Aurélio.

— Que Adeona te proteja, patrão! — agradeceu Castor, invocando a deusa do feliz retorno. — Além disso... a canícula nos atormenta e os carregadores têm a boca ressecada.

O patrício ergueu o olhar para o horizonte: estava-se no meio do outono, com o céu encoberto e uma brisa um tanto úmida.

— Pretendes talvez dizer que sentes sede, Castor? — disse, fitando-o friamente. — Tens sorte: ali está uma fonte de água fresquíssima.

O levantino balançou a cabeça, escandalizado:

— Queres por acaso que adquiramos o mal divino, bebendo algo frio quando estamos encharcados de suor?

— Eu te oferecerei vinho, Castor — interveio Pompônia, rindo.

— Pára de mimá-lo! — reprovou Aurélio, enquanto o grego desaparecia na direção dos outros. — Todos dizem que eu sou condescendente demais com aquele purgante. No entanto, sempre que lhe nego alguma coisa, ele logo encontra um defensor.

— Deixa-o beber, Aurélio, ou ele conseguirá nos fazer parar outras dez vezes, e não chegaremos a tempo à casa de Tércia. Falta pouco, agora.

De fato, a caravana já se dirigia para a entrada da cratera. Transposto o último espigão de rocha, um lago escuro se abriu à visão em toda a sua inquietante beleza.

— O Averno está entrando na moda — comentou Aurélio, espantado pelo fato de muitos dos seus concidadãos aspirarem a erigir moradas faustosas na própria soleira do Tártaro, o reino do Além-Túmulo: dali, o pio Enéas descera para sua visita aos defuntos, ali profetizava a primeira Sibila e os mortos recuperavam a voz. Quase a pique sobre as águas, sobressaíam alcantiladas as paredes da cratera; o terreno edificável era mínimo, porque toda a margem direita do lago era ocupada pelas instalações portuárias em desuso e por um enorme edifício termal. A trilha de carroças, estreitíssima, em alguns pontos parecia se precipitar no contorno regular do Averno, antigamente considerado a foz do Estige infernal: até Aníbal, o Cartaginês, que viera saquear os prósperos campos cumanos, havia parado junto àquelas águas misteriosas, a fim de sacrificar aos deuses do Orco um rebanho de cordeiras negras.

— Nesta ravina, onde antes só viviam pobres camponeses, agora uma jeira de terra alcançou valores estonteantes — considerou o senador.

— De fato, os Pláucios já moravam aqui desde quando o avô de Cneu era só um liberto — comentou a matrona. — Hoje, a propriedade deles não tem preço. O velho havia enriquecido com o comércio de peixe, na época das guerras civis, quando os generais e os políticos, entre uma batalha e outra, competiam nos refinamentos da boa mesa. Em vinte anos, ele conseguiu adquirir todas as terras a setentrião da cratera, vendidas a baixo preço pelos proprietários arruinados por débitos e proscrições. E ali está o resultado! — acrescentou, apontando, numa estreita faixa de terra, a esplêndida construção que branqueava imponente entre as árvores.

— Sem dúvida, um resultado de primeiríssima ordem — destacou o patrício em tom admirativo. — Embora seja neto de um escravo, Cneu tem bom gosto, não se pode negar.

— Imagina que Tércia Plautila espalhou a versão de sua suposta descendência dos supremos magistrados etruscos! Eu não a contradigo: um pouco de mistério fará bem ao nosso empreendimento.

— O que pretendeis vender? — indagou Aurélio, curioso: a habilidade de sua corpulenta amiga em conseguir dinheiro quase igualava a capacidade dela para gastá-lo a mãos-cheias.

— Óleos fragrantes e essências afrodisíacas — respondeu Pompônia. — Plautila é especialista em ervas aromáticas e montou um verdadeiro laboratório, passando a abastecer os melhores perfumistas de Neapolis. Eu me ocuparei da distribuição e da propaganda.

— Propaganda? — admirou-se Aurélio.

— Mas é claro! Durante as eleições, todo candidato não remunera centenas de desocupados para mandá-los escrever seu nome nos muros da cidade? Todas as melhores tabernas penduram, bem visíveis nas estradas, placas que enaltecem sua cozinha, e até as *lupae* se preocupam em magnificar as próprias capacidades sobre as colunas do Fórum. Portanto, não vejo por que esse sistema não deveria funcionar também com os cosméticos. Se, além disso, um patrício de renome se prestasse a lançar a moda...

O senador se limitou a sorrir, evitando olhar para a amiga.

— Agora Plautila cismou de desposar Semprônio Prisco, um nobre cheio de ambições, e por isso necessita de um dote atraente: quer receber logo sua parte na herança, e aqui entras em jogo tu, meu caro Públio Aurélio, como especialista legal. Deves estar atento a que os irmãos dela não tentem enganá-la!

— Como assim? Tércia Plautila não dispõe de um dote?

— Já desperdiçou dois, este será seu terceiro casamento. Recordas quando ela desposou Balbo? — inquiriu a matrona com um sorrisinho malicioso. Sabia que entre o patrício e a amiga tinha havido uma relação, antes daquelas núpcias apressadas.

— Lembro sobretudo como Paulina, a madrasta, fazia de tudo para mantê-la longe de mim.

— E com muita razão: a pobrezinha nunca acharia marido, se não a deixasses livre — afirmou Pompônia, que sobre aquela velha aventura recordava mais do que o próprio protagonista. — Pronto, chegamos. Sacra Ártemis, como o lago é turvo, no outono!

O Averno se oferecia à visão bem ali embaixo, imóvel e escuro, cada vez mais próximo, cada vez mais inquietante. No lado oposto da sombria extensão líquida, em meio à vegetação selvagem, entrevia-se o porto abandonado, a ruína de um ciclópico empreendimento de engenharia realizado poucas décadas antes, mas que agora cedia ao tempo, afundando a cada dia na areia traiçoeira.

A carruagem se deteve diante de um grupo de edifícios imponentes, cingidos por um muro um tanto baixo. Entre as pedras esquadradas, abaixo do mosaico que representava um feroz mastim, uma inscrição ameaçadora advertia os passantes: *CAVE CANEM*, cuidado com o cão!

— Aurélio, Pompônia! Aconteceu uma coisa terrível!

Tércia Plautila correu para eles, ofegante. Com certa emoção, o patrício observou sua antiga amante. Dez anos de vida tinham deixado marcas no rosto expressivo, encimado pelo longo nariz aquilino: a pele, que Aurélio recordava cor-de-rosa e delicada como a das crianças, agora se mostrava mais escura, menos luminosa; o corpo de sílfide, antes delgado como um junco, se arredondara como convém a uma matrona no fulgor da idade, e a grande massa de cabelos escuros estava recolhida numa construção artificiosa de cachinhos cerrados.

— Meu irmão Ático está morto! — conseguiu finalmente contar Plautila, entre soluços. — Foi encontrado esta manhã no tanque das moréias, com a mão direita reduzida a um coto!

— Numes imortais! — gemeu Pompônia.

— Escorregou para dentro do aquário durante a noite. Ninguém o escutou se afastar da *domus*, nem mesmo os escravos — explicou abatida a amiga. O patrício lhe circundou os ombros num gesto protetor, informando que iria embora imediatamente, a fim de não incomodar a família enlutada.

— Não, não, Aurélio; pelo contrário, eu te peço que fiques! Aqui todos parecem enlouquecidos, e eu, neste momento terrível, mais do que nunca necessito de um amigo confiável. Meu pai ficará honrado pela tua presença na cerimônia fúnebre. E também é preciso lavrar o testamento e tua ajuda seria preciosa.

— Está bem. Posso apresentar minhas condolências à viúva? — perguntou o senador, em tom formal.

— Sim, claro — respondeu Tércia, evidentemente contrariada.

— Priscila não é uma pessoa extraordinária, mas... — justificou-se Aurélio. A esposa do primogênito dos Pláucios, desleixada e briguenta, era uma das mulheres menos apetecíveis que ele já conhecera: enfadonha, desajeitada e queixosa, estava sempre pronta a reclamar de tudo; além disso, tinha o irritante hábito de fungar a toda hora.

— Mas como? Não sabes? Ático se divorciou poucos meses atrás, depois de vinte anos de casamento! Arrumou uma mulher sem um só asse de patrimônio e que... bem, prefiro não te dizer nada, verás por ti mesmo. Fica sabendo somente que ela é mais jovem do que eu: todas as manhãs lava o rosto com leite fresco, e passa uma boa hora sendo penteada. Além do mais, chama-se Helena!

A atenção de Aurélio despertou de repente, como sempre, quando se mencionavam certos assuntos.

— Era casada com um certo Névio de Neapolis, que meu pai recompensou com um pecúlio respeitável. Em poucos meses, com suas manhas e seus ares de preciosa, conseguiu enredar Ático, aquele imprevidente, e entrar em nossa casa munida de um regular contrato de matrimônio. Nada é suficientemente refinado para ela. E pensar que, antes de conhecer meu irmão, devia se contentar com uma única ancila decrépita para servi-la! Seja como for, não é problema meu; preciso apenas do dote para me casar!

— Semprônio Prisco, uma família consular já ilustre nos tempos de Sila... — mexericou Pompônia. — Será teu terceiro marido, não?

— Eu queria que fosse o último! Desposei Mécio por desejo do meu pai, e Balbo para esquecer *outro homem*...

O patrício, que agora só nutria por Plautila um afetuoso companheirismo, fingiu não perceber a alusão.

— Não sentirás falta de um tal jardim de delícias? — perguntou, olhando admirado ao redor. O peristilo, de rara elegância, ainda estava atulhado de andaimes, sobre os quais se demorava a trabalhar um minúsculo operário.

À direita, além do grande arco de mármore, uma passagem coberta levava ao jardim, até uma curiosa torreta entre as árvores. Da pérgula se gozava a vista do grande parque, percorrido por um pequeno canal revestido de mármore que branqueava em meio aos arbustos. O euripo se perdia gorgolejando no bosque, dentro de um grande aviário.

— Não me importo de deixar a *villa*. A vida longe da Urbe não é digna de ser vivida. Recordo que antigamente tu também dizias isso — explicou Tércia.

— Na verdade, ainda penso assim.

— É aqui que cultivas as ervas aromáticas para nossos perfumes? — perguntava enquanto isso, com pouco senso de oportunidade, a valorosa Pompônia, a quem nem o grave luto nem a beleza do panorama haviam feito esquecer os negócios.

— Não, este canal leva ao açude onde Segundo cria suas aves. Minhas plantas ficam mais embaixo, perto dos tanques. Foi justamente lá, no maior, que encontramos Ático...

Aurélio olhou na direção do lago, onde se viam reluzir os viveiros de peixes. O lugar, no triunfo da vegetação, pareceria selvático a um observador distraído, mas o senador não se deixou enganar: o parque era fruto de um projeto acuradamente concebido e executado, e a natureza, selvagem só na aparência, fora submetida tronco por tronco, seixo por seixo, às exigências estéticas do refinado construtor.

Os seis grandes reservatórios junto à margem provavam que, à diferença de tantos novos-ricos inclinados a se livrar de todo empreendimento produtivo, na tentativa canhestra de imitar os aristocratas, Pláucio continuava, sem vergonha alguma, a se ocupar da rendosa atividade à qual devia sua fortuna.

— Meu pai se orgulha da sua casa e do seu comércio. Mas já é um ancião, e os negócios tinham passado às mãos de Ático. Agora, não sei...

— Coragem, Tércia, pensa em tuas núpcias! — exortou Pompônia. *E em nosso comércio*, acrescentou mentalmente.

— Acomodai-vos nas termas: o *calidarium* está pronto e os *balneatores* vos esperam. A refeição será servida à hora nona: infelizmente, em vez da festa que eu gostaria de vos oferecer, teremos o banquete fúnebre...

— Belo momento escolhemos para vir — suspirou a matrona, já sozinha com Aurélio, entregando a ampla *palla* de viagem a um escravo capsário.

O senador não respondeu. Olhava para longe, na direção do grande reservatório redondo, onde serpenteavam os monstros que haviam experimentado o sabor da carne humana.

— Castor, onde te escondeste? — gritava Aurélio, inspecionando em vão os cubículos contíguos ao seu alojamento, onde um secretário digno desse nome deveria estar à sua disposição.

Do grego, porém, nem sombra: desde quando obtivera um discreto patrimônio por meios não totalmente honestos, o ex-escravo obedecia com relutância, e muitas vezes desaparecia da vista justamente no momento de máxima necessidade.

O senador começava a se irritar: quem lhe ajeitaria devidamente as pregas da toga? Não, certamente, um rústico servo vernáculo, nascido e crescido numa fazenda! Talvez fosse melhor escolher uma bela clâmide, ou uma *synthesis* grega, mais fácil de vestir... mas como renunciar a impressionar a bela Helena exibindo as insígnias da sua classe?

Sem a ajuda de Castor, via-se de fato em dificuldade, lamentou o senador, perguntando-se por que mantinha ao seu serviço aquele petulante alexandrino, que continuamente ameaçava expor a grave risco sua honrada reputação de pai conscrito. A última de Castor havia sido em Baia, no mês anterior: o secretário se permitira usar o nome do patrão como aval para a venda de uma partida de jóias receptadas. Aurélio só percebera isso depois de executada a transação, quando a mulher do cônsul em exercício já se pavoneava pela Capital com um colar de safiras indevidamente subtraído à filha de um edil, e era melhor nem imaginar o que iria acontecer no dia em que as duas matronas se encontrassem face a face no mesmo banquete.

— Castor! — invocou pela última vez, já resignado a aceitar a ajuda do escravo. — Assim, não, desgraçado! — gritou para o desajeitado cubicular que, com movimentos canhestros, tentava lhe arrumar a toga. — A prega tem de chegar até os pés, mas sem cobri-los! Por Júpiter, ela deve apenas lambê-los!

Com um gesto de impaciência, arrancou das mãos do pobre servo a lã macia e tentou drapeá-la sozinho, resmungando entre dentes alguma enfática observação sobre a *rusticitas* dos servos locais e a inconfiabilidade do seu secretário.

— *Domine, domine!* — irrompeu nesse momento o grego, em estado de grande excitação. — Está aí uma senhora... — e esboçou com as mãos um desenho sinuoso, como de uma ânfora abundantemente rotunda.

— Ah, finalmente apareces! — explodiu Aurélio, preparando-se para puni-lo, mas Castor já lhe ajustava a toga com gestos seguros.

— Pronto, ficaste mais apresentável! Agora vai, estão à tua espera! — incitou o alexandrino, e, antes que o patrão pudesse abrir a boca, desapareceu no corredor.

Contudo, no breve momento de sua fulminante intervenção, Castor havia afinal realizado um trabalho perfeito. O patrício, quando se apresentou à porta do tablino, pouco antes da hora nona, estava absolutamente impecável, em seus *calcei* curiais, com a lúnula bem polida, e sua toga branca, ornada pelo laticlavo que lhe caía a prumo dos ombros robustos.

— Públio Aurélio! — chamou uma voz vibrante.

À soleira tinha aparecido uma matrona já não jovem, exibindo no rosto aristocrático e altivo um cálido sorriso de boas-vindas.

— Paulina! — exclamou o patrício, aproximando-se com respeito. A mulher inclinou levemente a cabeça, quase para se fazer observar melhor. O porte ereto e orgulhoso ainda era régio, e a face, sulcada por rugas profundas, conservava intacta na idade avançada aquela nobreza de traços que outrora dera à sua dona a fama de matrona mais refinada da Urbe. Ela ergueu a cabeça para acolhê-lo com um beijo; entre os cabelos raiados de cinza, o diadema de camafeus oscilou tilintando.

— Estás sempre esplêndida! — afirmou o senador. E era sincero.

— Aurélio, eu tenho um filho general nas legiões. Não te parece um pouco tarde para me cortejar? — gracejou a matrona.

— A beleza pode desaparecer com a idade, mas o fascínio, nunca, nobre Paulina!

— Passaram-se mais de dez anos desde a última vez em que te vi; sei que assumiste teu posto no Senado, depois de uma juventude um tanto dissipada. Mas dos teus malfeitos falaremos mais tarde! Agora, infelizmente, temos outra coisa em que pensar — suspirou Paulina, estendendo-lhe a mão para que ele a acompanhasse até a mesa.

Depois de alguns passos, veio ao encontro deles um homem de expressão sombria e desconfiada.

— Meu enteado, Pláucio Segundo — apresentou a aristocrata.

Aquele devia ser o criador de aves, calculou Aurélio, saudando-o com um aceno amigável. A pele branquíssima e o nariz adunco davam ao recém-chegado um aspecto melancólico, quase crepuscular, e os olhos de um azul desbotado também não contribuíam para lhe reavivar a expressão. *Parece um gavião, talvez seja por isso que prefere a companhia dos pássaros*, refletiu de si para si o patrício, e, tentando não sorrir, procurou agradá-lo perguntando-lhe sobre seus amados penudos.

A iniciativa acertou em cheio: o homem teve um sobressalto de alegria, ou pelo menos foi o que Aurélio supôs ler na imperceptível elevação das sobrancelhas, sinal máximo de júbilo naquele rosto funéreo.

— E esta é Helena, a viúva de Ático — disse Paulina, gélida.

A atenção do patrício despertou de chofre.

A mulher que avançava solitária pelo terraço florido sabia até demais que era bela: face contraída num ríctus de decoroso pesar, movimentos estudados e graciosos, Helena mal tocou a mão do hóspede com dedos finos e bem cuidados, de unhas muito longas. Nenhum músculo se movia em sua face, para não arruinar, com as marcas de uma emoção qualquer, a transparência de cerâmica da esplêndida cútis.

— Fico apenas um instante, já que os deveres da hospitalidade me impõem cumprimentar nosso ilustre hóspede. Quanto ao banquete, porém, estou muito prostrada para sequer tocar no alimento — declarou a viúva em tom compungido, mas ao senador pareceu que ela exibia o aspecto relaxado e saciado de quem acabou de se revigorar.

Com gestos estudados, a estátua viva passou a mão sobre a juba cor de mel. Seguramente era loura natural, avaliou o patrício com uma olhadela de entendido: uma esfumatura de cabelos rara, nas terras do Meridião. Também o corpo, enfaixado na cândida túnica de luto, estava à altura dos seus traços esplêndidos.

— Sei o quanto estás dilacerada pelo tormento, cara nora — interveio Paulina com voz ácida —, mas peço-te que fiques, por atenção ao senador Estácio, que nos honra com sua visita.

O pedido soou como uma ordem, e à bela só restou obedecer.

— Minha filha, Névia — anunciou Helena pouco depois, quase distraidamente, fazendo avançar uma mocinha de uns

16 anos, com longos cabelos castanhos soltos sobre os ombros em sinal de condição virginal. A jovenzinha, que não se parecia em absoluto com a mãe, fitou o patrício com uma expressão séria no rosto regular, no qual Aurélio leu uma grande inteligência e uma força de caráter incomum.

Por fim compareceu Cneu Pláucio, o *paterfamilias*. Do velho, embora abatido pela horrível desgraça, ainda emanava uma energia poderosa, e nos seus olhos cansados podia-se entrever aquela luz astuta que fizera dele um temível concorrente no mundo dos negócios.

— Gostaria de te conhecer em circunstâncias menos tristes, senador Estácio: infelizmente, chegaste num momento terrível. Mas não temas, os deveres de hospitalidade são sagrados e tenho certeza de que meu desafortunado filho também se sentiria honrado por te saber presente ao seu banquete fúnebre. Assim, sê bem-vindo à minha modesta morada.

Ao lado de Cneu Pláucio, Públio Aurélio se encaminhou para o terraço e deixou escapar de repente uma exclamação de sincero maravilhamento: a imensa varanda se apoiava sobre colunetas de alabastro tão delgadas que pareceriam incapazes de sustentar uma folha de papiro, e ao redor se abria um jardim pênsil de requintada elegância, com as plantas sabiamente distribuídas a fim de criar um cantinho ameno na escura paisagem do reino dos mortos.

— Compreendes agora por que não sinto falta da Capital, Estácio? Eu não pedia mais do que estar aqui, tranqüilo, com minha mulher e meus filhos, longe da poeira, do rumor, da confusão da Urbe. A propósito, como vai a proibição de circulação dentro de Roma? Eu soube que já distribuíram tantas derrogações que a *Lex Iulia Municipalis* se tornou letra morta.

— Pois é, todos reclamam do tráfego, mas ninguém quer renunciar à comodidade da carruagem... Seja como for, o bloqueio está em vigor há quase um século, e bem ou mal ainda funciona. E pensar que, quando foi adotada essa medida tão impopular, esperava-se que a revogassem no prazo de alguns dias! — comentou o patrício, acomodando-se sobre as almofadas agradavelmente aquecidas do triclínio.

Nesse momento, um homem de aspecto marcial apareceu à soleira.

— Meu filho, Lúcio Fabrício, comandante das Legiões do Reno — apresentou a dona da casa.

Aquela, sim, era de fato uma presença imprevista, pensou Aurélio, que não esperava em absoluto encontrar o general na casa do padrasto. Corriam notícias de que as relações entre o rebento da ilustre estirpe e a família postiça da mãe eram bem tensas: o nobre Lúcio Fabrício, crescido à sombra do pai, de antiga e orgulhosa linhagem senatorial, não via com bons olhos aqueles parentes negociantes, plebeus, provincianos, sem outras glórias sobre os ombros além do dinheiro sonante.

Fabrício avançou, fazendo uma rígida saudação enquanto sua boca se franzia numa careta amarga e quase cruel: os traços esquadrados ostentavam um tipo de beleza rara de se encontrar num homem, aquela que nada retira à virilidade da expressão.

Seria preciso se empenhar muito com as senhoras para não se deixar eclipsar por aquele severo militar de carreira, refletiu Aurélio, sopesando atentamente o rival: as mulheres sempre se dispunham prontamente a sucumbir ao fascínio da armadura.

Os Pláucios, por sua vez, não se esforçavam por fingir simpatia em relação ao recém-chegado: ao contrário, a jactância aristocrática de Fabrício parecia suscitar nos endinheirados vendedores de peixe uma espécie de maldisfarçada intolerância.

— Tudo o que se come nesta mesa é produto das minhas terras! — declarou o velho Pláucio com orgulho, enquanto os servos chegavam com a *gustatio*.

Uma enorme travessa cheia de ostras, mexilhões e vieiras foi destampada no centro da mesa, suscitando em Pompônia um entusiasmo tão grande que chegou a deter o ininterrupto vozerio.

— Se meu marido Servílio estivesse aqui! — exclamou ela, arrebatada, dedicando um pensamento ao guloso consorte, entregue ao tratamento do seu reumatismo nas termas de Baia.

— As ostras foram pescadas há poucos minutos: acompanhai-as com este Ulbano de Cumas — sugeriu o anfitrião, e, após as obrigatórias libações aos deuses e um breve elogio do defunto, deu início ao banquete.

— Queres ver como cultivamos as ostras? — perguntou Pláucio ao senador, que estava observando a bela Helena pegar uma vieira com a ponta dos dedos, como se tivesse medo de executar um gesto deselegante.

— Precisamos mesmo falar de peixes? — interveio com rudeza o general.

— Por que não? É um assunto apaixonante — discordou perfidamente Aurélio, que mal suportava tanta arrogância aristocrática... *E minha família é mais antiga do que a tua, portanto não podes te permitir me olhar de cima para baixo*, acrescentou com o pensamento.

— Precisaremos discutir aqueles problemas legais... — sugeriu Tércia.

— Quanta pressa tens, minha cara, de te tornares uma patrícia! — zombou Fabrício.

— Tu também deverias desposar uma plebéia rica, Lúcio, para reerguer tuas finanças! — rebateu acidamente a filha de Cneu.

— Não preciso de dinheiro — declarou o general, com desprezo. — Na frente de batalha não usamos vestes refinadas, não nos perdemos em conversas amenas, não nos abandonamos a costumes preguiçosos. Combatemos, e só! E um bom comandante come o mesmo rancho dos legionários, tal como fazia o divino Júlio...

— Ah, mas depois das campanhas de guerra César se transformava em outro homem — interveio a informadíssima Pompônia. — Aos 25 anos, já havia acumulado 10 bilhões em dívidas e teve de conquistar as Gálias para saldá-las. Bem sabeis que ele presenteou Servília com uma pérola de 6 milhões de sestércios e a divina Cleópatra com...

— Um soldado não precisa jogar dinheiro fora em presentes para as mulheres! — interrompeu Fabrício.

— Por falar em presentes, Aurélio, o pano que me mandaste é esplêndido — intrometeu-se Plautila, com inconsciente perfídia. — Parece pintado, mas o desenho é muito regular...

— Trata-se de um procedimento usado nas Índias: o tecido vem da ilha de Taprobana, onde entalham o motivo sobre madeira impregnada com a cor desejada, e depois estampam o desenho sobre o pano com uma prensa.

— Muito estranho! — espantou-se Plautila.

— Parece até que, mais a oriente, usam esse sistema para fixar os caracteres escritos, a fim de obter muitas cópias de um mesmo rolo.

— Quanta tolice! É claramente uma historieta espalhada pelos crédulos: jamais verás um volume desses, senador; o papiro se despedaçaria! E também, como podes pensar que um povo distante e selvagem conheça métodos ignorados pelos romanos? Fora dos limites do Império só existe barbárie! — explodiu Fabrício, com patriotismo exacerbado.

Enquanto isso, dois servos tinham entrado com uma enorme terrina de prata.

— Vejamos o que se come! — exclamou Cneu, levantando a pesada tampa adornada.

O velho se inclinou sobre o recipiente e emudeceu. Sua boca permaneceu aberta, enquanto os olhos se arregalavam, vítreos, numa expressão de atroz assombro.

— Quem se atreveu? — invectivou, com a voz embargada pela indignação. No fundo do recipiente fumegante, uma moréia aspergida por um molho avermelhado parecia imersa em sangue.

— Numes do céu... Ático! — murmurou Plautila, muito pálida, levando as mãos ao estômago.

— Açoitai imediatamente os escravos da cozinha! — ordenou Fabrício, enquanto tentava amparar o padrasto aterrorizado. Nesse meio tempo, um jovem servo se adiantara, agitadíssimo.

— Patrão, não olhes...

— É culpa tua, indolente! — sibilou Segundo, atacando-o com raivosa antipatia. — És tu que te ocupas das refeições!

O velho o silenciou com um gesto e se levantou, soltando-se do braço protetor de Fabrício.

— Quem encenou este escárnio contra um pai enlutado? Responde-me, Sílvio — perguntou, com um fio de voz.

— Ninguém pretendeu zombar de ti, patrão. Recordas que mandaste honrar os hóspedes com nossos melhores produtos? A moréia tinha sido pescada ontem no tanque pequeno, conforme tua ordem, e deixada por toda a noite em salmoura com ervas e suco de ameixa. Nenhuma indicação contrária foi transmitida aos escravos, e eles a cozinharam.

— Serpente maligna, fizeste de propósito... — resmungou Fabrício entre dentes.

Mas Cneu já parecia menos abalado. Passando a mão pela testa, admitiu:

— É verdade, não me lembrei de advertir...

— Como não pensaste nisso, Sílvio? — comentou Tércia, maligna. — No entanto, dizem que és muito inteligente...

— Um servo não pensa, patroa: obedece — respondeu impávido o rapaz, sem baixar os olhos.

Ao ouvido atento do senador, tais colóquios pareceram excessivamente informais. Seria Sílvio o "delicado" do patrão, seu jovem amante? Na juventude, Cneu Pláucio tivera fama de impenitente mulherengo... mas, como se sabe, os gostos podem mudar.

O jovem se afastou calmamente: apesar das suas palavras, não havia traços de humildade servil no seu comportamento. Públio Aurélio prometeu a si mesmo que mandaria o secretário observar o ambiente. Naquela casa havia domésticos no mínimo singulares...

— Finalmente te dignas de aparecer, Castor! — resmungou Aurélio pouco depois, ao ver aparecer o inencontrável liberto.

— Fiz amizade com os servos — respondeu o grego, mantendo-se vago.

— O que soubeste sobre os donos da casa? — perguntou o senador, certo de que o alexandrino tinha aproveitado bem seu tempo.

— A velha é temida e respeitada por todos. Como sabes, ela desposou Pláucio em segundas núpcias, depois que Tibério a obrigou a se divorciar do primeiro marido, o general Marco Fabrício, pai do belo militar que conheceste no banquete. Pláucio tinha feito um grande favor ao imperador e o casamento com Paulina lhe facilitava a ascensão social. Ela, querendo ou não, obedeceu, e convém reconhecer que se comportou como esposa exemplar.

— É uma matrona à antiga: acompanhava o primeiro marido em todas as campanhas de guerra, vivendo nos acampamentos junto com os soldados — recordou Aurélio.

— Como Agripina, a mulher de Germânico.

— Certo. Paulina era muito afeiçoada a Fabrício. Para os dois, a ordem imperial de divórcio deve ter sido um golpe terrível.

— Ele morreu no ano seguinte — reforçou Castor. — Se não me engano, foi vítima de uma emboscada numa floresta.

— E só assim Paulina pôde se resignar — replicou o senador. — Mas não pretendes me fazer crer que tua curiosidade se limitou a ela...

— Claro que não. Tércia, se dermos ouvidos aos mexericos dos servos, com o passar dos anos se tornou ainda mais generosa das suas graças...

— Quem sabe se Semprônio Prisco não conseguirá impor sua autoridade?

— O defunto Ático não acreditava muito nisso, tanto mais quanto, mesquinho como era, achava que a aquisição de um cunhado nobre viria a pesar demais sobre o balanço familiar. E também temos a viúva...

— Helena? — perguntou Aurélio, interessado.

O liberto começou a lhe massagear o pescoço, para fazê-lo relaxar: era o melhor que o patrício poderia esperar na ausência de Nefer, a esplêndida ancila egípcia pela qual havia desembolsado uma quantia exorbitante.

— Aquela mulher não é bem-vista pelos servos — continuou Castor. — Dá-se ares de rainha, mas antes de vir para cá não tinha um sestércio: duvido que ela tenha desposado o tedioso Ático movida por uma paixão irrefreável!

— E agora que ele morreu, não precisará de muito tempo para achar outro frango a depenar... E dos homens, o que se diz?

— Ático era bastante inexpressivo, e ainda por cima avarento, com dois interesses apenas: o dinheiro e a nova mulher. Vivia com o terror de cair na miséria e de ser traído.

— E Segundo?

Fingindo-se apavorado, o alexandrino levou rapidamente a mão direita à virilha:

— Não pronuncies esse nome, *domine*! Ele tem fama de ser um terrível agourento!

— Acreditas nessas tolices? No máximo, pode-se pensar que o pobre Segundo trouxe azar para o irmão mais velho — retrucou Aurélio, levantando-se. — Seja como for, fizeste um bom trabalho. Agora, podes retirar-te para o quartinho ao lado; eu me preparo sozinho para a noite.

— Esperas visitas? — perguntou o grego, com a costumeira indiscrição.

— Mal cheguei e já pretendes que eu tenha seduzido alguma jovem? Desafio quem quer que seja a realizar uma conquista numa única tarde!

— Perguntei porque conheço tua fama. Que os deuses protejam tua noite e vigiem teu repouso, patrão...

— O mesmo para ti. Cuida, porém, de não roncares muito forte, teu cubículo é bem encostado ao meu.

— Oh, não te preocupes, *domine*. Não vou dormir aqui.

— Onde, então?

— Com a primeira camareira de Helena. É uma mocinha agradabilíssima, e eu dispus da tarde inteira para conquistá-la — explicou Castor, sorrindo com ar de triunfo. E desapareceu na escuridão do corredor, sem que Aurélio pudesse protestar pela sua impertinência.

CAPÍTULO II

Quinto dia antes das Calendas de novembro

Ao amanhecer, o patrício saiu para o peristilo, sozinho, e caminhou em passos lentos ao longo do parque, pensando na bela Helena.

Embora não mostrasse sinais de desespero incontrolável, ela parecia abalada pela perda do marido: talvez, mais do que deplorar o insípido consorte, lamentasse que a viuvez demasiado precoce a tivesse impedido de pôr as mãos no patrimônio dos Pláucios, como tutora de um herdeiro na menoridade. Em todo caso, durante todo o serão, em seu rosto não aparecera nenhum indício de lágrimas: o pranto, como se sabe, borra a pintura dos olhos. *É bela, admito, mas me agrada pouco*, concluiu Aurélio, indagando-se se não estaria mentindo a si mesmo.

Deixou o *ambulatio* que levava à torreta e dirigiu-se para a margem do lago.

Chegado aos tanques, de repente o pensamento em Helena cedeu a vez a uma indagação: como Ático podia ter escorregado? E o senador passou a inspecionar o local da desgraça.

Os viveiros retangulares eram cinco, sem contar os obtidos pelo represamento das águas do lago, tão comuns também no Lucrino; havia séculos, os romanos gulosos criavam mexilhões, ostras e outros petiscos a fim de tê-los sempre à disposição, frescos e em quantidade abundante. O próprio avô de Cneu, nascido escravo, se matara de trabalhar com as manzorras malcheirosas naquela atividade ingrata. Duas gerações depois, porém, o fruto dos seus esforços estava diante dos olhos de Aurélio, transformado num recanto dos Campos Elíseos bem na soleira do reino dos Infernos.

O senador chegou ao tanque redondo, onde o primogênito dos Pláucios havia encontrado a morte, e se inclinou para observar a borda: quatro passarelas em alvenaria permitiam alcançar a plataforma central, onde nas grandes ocasiões era preparada a mesa, para que os convidados pudessem observar, vivos, os mesmos peixes que estavam degustando, assados, em seus pratos.

Enquanto o patrício ainda estava ocupado em examinar o local, alguns escravos carregados de grandes cestos se aproximaram, seguindo um homem robusto, que gritava ordens em tom peremptório. Evidentemente, o magro pasto constituído pela mão amputada de Ático não tinha sido suficiente para acalmar o apetite insaciável das famélicas moréias; presas vivas e saltitantes, amontoadas em baldes cheios até a borda, foram lançadas pelos escravos na água escura, sob o olhar atento do supervisor.

Um coleante exemplar malhado, de dentes agudos, subitamente exibiu a cabeça à flor d'água. Um salto prateado, e a moréia se lançou sobre a vítima, que foi despedaçada e devorada num abrir e fechar de olhos. A comprida nadadeira se deixou entrever por um instante, encrespando a superfície, e desapareceu de novo.

— Criaturas magníficas! — afirmou o homem, com uma pontinha de orgulho.

— És o piscicultor? — perguntou Aurélio.

— Demétrio, responsável pelos tanques, para te servir, patrão! — apresentou-se o outro. — Aconteceu um grande dano!

— Pois é. O desventurado Ático foi ao encontro de um pavoroso fim, que eu não desejaria a ninguém, nem mesmo ao meu maior inimigo.

— E o que é pior: minhas pobres moréias correm o risco de adoecer! — exclamou Demétrio com viva preocupação. — Contrariamente àquilo que se crê, a carne humana não traz vantagem alguma a estes bichinhos. Trabalhei neste ofício a vida inteira e sei o que digo, senador: elas devem comer bom peixe de mar, para se manterem saudáveis. Ático talvez tivesse alguma doença, e minhas pequeninas podem estar infectadas!

— Mas como? Depois do que fizeram, todas elas não serão mortas?

— Impossível: há um verdadeiro patrimônio aí embaixo! Perdoa-me, nobre senhor, mas se um teu parente se estrangulasse com uma gargantilha de ouro, tu a jogarias fora? Certamente não, no máximo tentarias vendê-la!

— Certo, é desagradável que as moréias tenham comido um alimento tão indigesto! — exclamou o patrício, estarrecido pela ingenuidade daquele homem.

Demétrio assentiu, sem perceber minimamente a ironia.

— Deveriam ficar longe dos tanques, os patrões, com seus calçados de couro! Vê por ti mesmo como a borda é escorregadia, e ainda por cima inclinada para dentro...

De fato, a mureta de pedra ultrapassava o nível do terreno em apenas um palmo, e era recoberta por um traiçoeiro lodo amarronzado e pegajoso.

— Imagino que de vez em quando algum servo deslize para a água... — insinuou o senador.

Demétrio coçou a cabeça, perplexo.

— Realmente nunca aconteceu; basta ficar um pouco atento. E também, que necessidade há de se debruçar? Os peixes podem muito bem ser vistos daqui!

— Por que não os manter num represamento no próprio lago?

— Esqueces que este é o Averno, senador, e sua água é mortal! Os gases sulfurosos matam até as trilhas e as douradas; no tempo dos gregos, aqui não havia um peixe sequer. Olha ao redor. Por acaso vês alguma ave sobrevoando a superfície?

Públio Aurélio anuiu: Averno, em grego *a-ornon*, sem aves, pensou, recapitulando os versos do poeta Lucrécio: *Quando as aves aqui chegam, precipitam-se dentro d'água e sobre a terra, esquecidas de bater as asas...*

De fato, havia séculos as exalações mefíticas impediam os pássaros — tão comuns nos outros espelhos d'água — de pousar e nidificar em torno das margens. As fumarolas venenosas que se abriam ao redor, a densa vegetação dos bosques nos flancos íngremes da antiga cratera, o odor estranho que se percebia no ar, tudo isso tinha contribuído para criar a lenda da Porta dos Infernos. O Averno, a pátria dos subterrâneos cimérios, o reino dos mortos ao qual tinham descido o pio Enéas e o sagaz Ulisses, o lago sem vida dos gregos, o lugar solene onde vaticinavam as mais antigas Sibilas, agora se vingava sobre os prosaicos romanos, criadores de animais, agrônomos, engenheiros, os quais — em obediência àquele pragmatismo que, para o bem ou para o mal, desde sempre constituíra um dos traços distintivos de sua civilização — haviam querido transformá-lo num estaleiro naval e num lugar de confortáveis férias, sem nenhum respeito pela sacralidade daquelas águas.

Aurélio acordou do devaneio e seu pensamento retornou a Ático.

— Por isso, os tanques foram construídos em terra firme...

— Sim — confirmou Demétrio. — Alguns peixes precisam de um ambiente salobro e outros exigem água doce. Dois dos tanques são até alimentados pelas cisternas do aqueduto — prosseguiu, meticuloso, feliz por ter encontrado um ouvinte. — E a água nunca fica estagnada: temos um sistema de renovação perfeitamente eficiente!

— Ático vinha aqui com freqüência? — interveio Aurélio, temendo ter de escutar uma detalhada explicação hidráulica.

— Nunca, e essa é a coisa mais estranha! Ático só sabia fazer contas... Cneu, sim, entende disto. Vinte anos atrás, quando se estabeleceu aqui depois do segundo casamento, mandou reformar todas as instalações. Mas nos últimos tempos se dedicou totalmente à casa: agora, ela é mais moderna e funcional do que qualquer *domus* da cidade!

— E Paulina?

— Não se interessa por essas coisas. É uma boa patroa, embora muito severa: quando um camponês adoece, trata dele com suas ervas e tenta curá-lo, em vez de correr a vendê-lo, como tanta gente faz... Mas com ela convém andar na linha, e não somente nós, os servos. Devias ver como os jovens Pláucios lhe obedeciam, mesmo já sendo homens feitos! Ela cuidou de todos os quatro, sabes? E também do primeiro filho, aquele que agora é general.

— Vejo que estás perfeitamente informado sobre vários assuntos. Trabalhas aqui há muito tempo?

— Sou vernáculo, nascido nesta terra.

— És escravo?

— Minha mãe era. E também sua mãe e a mãe de sua mãe. Os pais... — Demétrio balançou a cabeça. — Só os deuses sabem quem é o pai de um escravo. As mulheres da criadagem são de todos, e tu seguramente conheces o ditado: *não há vergonha em fazer aquilo que o patrão manda*. Em toda a família, fui o primeiro a ser alforriado, quando o patrão me confiou as moréias. Aqui é bem diferente de Roma, sabes? No campo os proprietários raramente aparecem para ver suas terras, e ignoram até quantos homens possuem. Eu estive em Cápua, e sei como funcionam as coisas na cidade: o patrão compra um servo, afeiçoa-se a ele e de repente lhe concede a alforria. Mas no campo um escravo continua escravo por toda a vida, e seus filhos também.

— Sem dúvida é difícil, aqui, que um doméstico se torne ministro — comentou Aurélio, pensando nos poderosos libertos do imperador Cláudio, que controlavam toda a administração do Império.

— Minha sorte foi aprender este ofício. Sempre gostei de peixes!

— Eu também — mentiu Aurélio despudoradamente, já sufocado pelo fedor que lhe atormentava as delicadas narinas.

— Queres visitar o armazém? — ofereceu-se Demétrio.

— Em outra oportunidade, talvez — disse o senador, rejeitando o oferecimento. E afastou-se às pressas para ir recuperar o fôlego na horta de ervas aromáticas.

CAPÍTULO III

Terceiro dia antes das Calendas de novembro

Dois dias mais tarde, Aurélio, pouco inclinado a se deixar envolver pela atmosfera de luto da casa, caminhava ocioso ao longo do canal, através do bosquezinho de loureiros, imerso em seus pensamentos.

Estranho que Ático tivesse ido até o tanque em plena noite, e estranho também que tivesse caído lá dentro. Inacreditável, além disso, que não tivesse gritado enquanto se afogava, sem sequer tentar sair: sobre a lama coberta de algas que recobria a borda do viveiro não havia rastro de alguma tentativa de emergir, nem da encarniçada luta contra a morte que um homem naquelas condições desesperadoras deveria travar.

Distraído por essas considerações, o patrício não se dera conta da paisagem que mudava. Portanto, foi com estupor que, deixadas para trás as últimas frondes, viu o amplo açude apinhado de aves, ao lado do qual se erguia o grande aviário. Fascinado, contemplou o espetáculo de grous, cegonhas, garcetas e flamingos que se confundiam em plena liberdade no plácido espelho artificial. Um pavão, habituado à presença dos seres humanos, passou indiferente ao seu lado.

— Nobre Estácio!

A voz límpida provinha de um pequeno pavilhão sobre a ilha. Em poucos passos o senador transpôs a pequena ponte e alcançou Névia, a filha do primeiro casamento de Helena.

— O que fazes aqui; não ficaste com tua mãe?

— Oh, eu já não agüentava chorar meu padrasto. Este é o meu refúgio; venho aqui com freqüência, quando os domésticos não estão me vendo. Para falar a verdade, estou muito bem nesta *villa*: será duro retornar a Neapolis — concluiu a mocinha, amuada.

— Não vejo por que devas ir embora. Tua mãe Helena, como viúva de um Pláucio, tem o direito de viver aqui enquanto desejar.

— Não, a mamãe não vai querer ficar nem um dia a mais. Ela se entedia terrivelmente no campo: não há festas, teatro, nenhuma amiga com quem conversar...

— E tu, o que fazes o dia inteiro? Na *villa* não há rapazes da tua idade.

— Há Sílvio. Naturalmente, é só um liberto... mas de qualquer forma não se agradaria de mim: não sou bonita como minha mãe!

— Helena é realmente esplêndida — replicou Aurélio, sem muita convicção. — Embora haja nela alguma coisa que não me atrai.

— Achas mesmo? — riu Névia, comprazida um pouco além da medida. — Afinal, não existe homem no mundo a quem mamãe não agrade!

— Existe, sim — desmentiu-a o senador em tom brinca-lhão. — Queres saber seu nome? Públio Aurélio Estácio.

— Fala baixo, não a deixes escutar: ela te odiaria! Seja como for, irá embora logo. — Névia deu de ombros. — Precisa achar outro marido.

— O que foi feito do primeiro? Do teu pai, quero dizer.

— Mora em Neapolis, mas não é o tipo que possa fazer a mamãe feliz. É alegre, generoso, mas também trapalhão, extra-vagante, sempre empenhado num monte de projetos bizarros... — contou Névia, com uma ponta de nostalgia. — Ficou muito aborrecido quando eu deixei a cidade. Por outro lado, sem um mísero sestércio, ele não tinha a menor possibilidade de me sustentar: *Quero que tenhas todas as oportunidades que eu não pos-so te oferecer, Névia,* foi o que me disse. *Vais morar com os Pláucios, numa* villa *fabulosa, e certamente um homem importante e rico te to-mará como esposa!* A propósito, tu, sim, és um verdadeiro aristo-crata: agora entendo por que a pobre Tércia se deixou envolver naquele velho escândalo!

— E tu, o que sabes disso, pequena intrometida? — per-guntou o senador, despeitado.

A certa altura, passou a encarar a jovem sob um novo aspecto. Névia se expressava como uma mulher adulta, embora ainda fos-se uma menina. As pessoas falavam livremente em sua presença, e ela, aproveitando o fato de que ninguém a levava em considera-ção, aprendia caladinha mais coisas do que seria oportuno.

— Todos os Pláucios têm um fraco por ti, até Paulina! — dis-se Névia, e Aurélio abriu um largo sorriso: as palavras da jovem lisonjeavam sua vaidade, mais do que ele se dispunha a admitir.

— Quantos anos tens?

— Quase 16 — respondeu ela, fitando-o com ar provocador.

Nesse momento Castor anunciou a própria presença, pigarreando sonoramente.

— *Domine*... lamento te interromper: Cneu Pláucio precisa de ti na biblioteca — anunciou com uma inclinação exagerada, lançando à mocinha um olhar de avaliação.

— Já vou — disse o senador, despedindo-se de Névia. — E vem tu, também! — ordenou ao liberto, ao notar o interesse com que este contemplava a jovem.

— Certo, certo... — murmurou o alexandrino, sorrindo de leve enquanto se afastavam.

— A propósito, Castor, eu também te procurava: tens de encontrar os calçados que Ático usava na noite em que se afogou.

— Já devem tê-los dado a algum escravo — tergiversou o secretário, tentando evitar o encargo.

— Não te será difícil recuperá-los. Preciso vê-los o mais depressa possível, quero examinar a sola.

— O que há, patrão? Crês que essa morte tem algo pouco claro? Todos falam de acidente...

— Talvez porque muitas vezes, em vez de bradar por vingança, é mais conveniente repartir o espólio — observou cinicamente o patrício, apressando-se em direção à *villa*.

O aposento usado como biblioteca dava para o parque através de uma grande varanda hemisférica, ocupada por uma ampla mesa de leitura. Públio Aurélio se acomodou diante de Cneu Pláucio, numa alta cadeira de ébano.

— A morte do meu primogênito foi para mim um duro golpe, senador Estácio. Ainda mais daquela maneira...

— Ele era teu braço direito, não?

O velho anuiu gravemente:

— Ático sabia administrar minhas rendas com escrúpulo e competência. Um homem pacífico, sem grilos na cabeça; não sei como farei, sem ele. Na família, só Tércia tem algum faro para os negócios, mas deixar o patrimônio com ela equivaleria a metê-lo no bolso de todos os seus prováveis futuros maridos. O nobre Prisco vai desposá-la só pelo dinheiro, todos sabemos disso, mas eu não posso fazer nada: ela insiste em entrar para a alta sociedade romana! Eu, porém, quero apenas um herdeiro que traga meu nome e leve adiante a propriedade, continuando a tradição da família. Ático seria perfeito. Era um homem sensato e responsável, cuja única loucura foi se casar com Helena. Mas tinha trabalhado a vida inteira, suportando em silêncio a primeira esposa, aquela harpia; se ele deseja tanto essa mulher, pensei, vamos lhe dar essa satisfação! Então pactuei o divórcio com Névio e me exauri para indenizar minha nora Priscila. Mas não me arrependo: pelo menos, nos últimos meses de sua vida, meu pobre filho foi feliz. Também eu, quando conheci Paulina, decidi que devia tê-la a qualquer custo, embora ela fosse muito superior a mim, e além do mais casada com outro. Não me enganei. Como vês, vivemos juntos há duas décadas, em perfeita harmonia!

Aurélio assentiu, compreensivo.

— Vamos ao problema — continuou Cneu Pláucio. — Preciso redigir um testamento que, reservado o dote de Plautila, destine o patrimônio inteiro a Segundo, na esperança de que ele não me arruíne tudo, tonto como é! Depois de receberem sua parte, nem minha filha nem seu futuro marido poderão pretender mais alguma coisa. Espero que isso induza aquela tresloucada a fazer o casamento durar um pouco mais do que os outros!

Aurélio duvidava fortemente disso, mas, por respeito ao velho Pláucio, preferiu não expressar sua opinião em voz alta.

— Esta é a lista dos legados — continuou Cneu. — Duzentos mil sestércios para meu enteado Lúcio Fabrício, 10 mil para o liberto Demétrio, piscicultor...

O patrício começou a tomar notas com o estilo sobre as tabuinhas de cera.

— ...E meio milhão para o liberto Sílvio, a quem confio o cargo de intendente da propriedade.

Aurélio ergueu as sobrancelhas, espantado. O rapaz entrevisto poucos dias antes seria realmente o amante de Cneu? Do contrário, como explicar uma dotação de tão alto valor para um servo que ainda não tinha 20 anos?

Abstendo-se de fazer comentários, o senador registrou as vontades do velho; mas, assim que saiu da biblioteca, correu de novo em busca de Castor.

Encontrou-o no aposento contíguo ao apartamento de Helena, ajudando com grande zelo uma ancila a drapear no próprio corpo a melhor túnica da patroa.

— Castor, quero saber tudo de Sílvio! — ordenou, brusco.
— E anda, vai, esta moça sabe muito bem se vestir sozinha!

— Adeus, Xênia, o dever me chama a destinos mais altos! — saudou teatralmente o alexandrino, enquanto Aurélio se apressava a encontrar a informadíssima Pompônia no cubículo dela.

A matrona estava de costas para ele, instalada num assento suficientemente amplo para conter seu considerável volume; ao redor se azafamavam duas ou três cabeleireiras, seriamente empenhadas em fazer e desfazer um cacho rebelde que se recusava a permanecer no lugar.

— Cara Pompônia, eu... Deuses do Olimpo, mas que doença é esta?! — gritou o patrício, em pânico, quando ela se voltou, mostrando-lhe um rosto besuntado e tirante ao verde. Do emplastro viscoso e gotejante que havia tomado o lugar da face da matrona, Aurélio escutou provir a voz um pouco alterada mas sempre reconhecível da amiga:

— É uma das máscaras de beleza de Plautila; serve para tornar a pele aveludada, caro Aurélio. Contém argila verde, menta, mel e suco de glândulas de fuinha. Uma maravilha!

— Sacra Ártemis... — murmurou o senador.

— Não devias estar aqui olhando; os homens devem usufruir somente do resultado! — redargüiu Pompônia.

Aurélio franziu o nariz; Tércia Plautila certamente havia escondido da amiga algum ingrediente misterioso daquela papa, ao menos a julgar pelo penetrante odor de peixe podre que pairava no cubículo abarrotado de âmbulas e potinhos.

— Pretendes vendê-la como preparado afrodisíaco? — informou-se o patrício, perplexo.

— Certo. É uma pena que Servílio não esteja aqui esta noite, para gozar dos efeitos extraordinários desta pomada!

Aurélio agradeceu aos Numes benignos por terem poupado seu sensível amigo, consorte da matrona, de uma prova tão árdua, e se aproximou de Pompônia, que estava atormentando a cabeleireira.

— Mais alto, esse cacho aí! Os cabelos devem parecer ondas de um mar tempestuoso!

Com a paciência resignada de quem traz às costas várias gerações de servidão, a pobre *cosmetica* recomeçou do início a arrumar a madeixa rebelde.

— Minha amiga — retomou Aurélio — , preciso da tua habilidade para obter todas as informações possíveis sobre esta família.

— Existe alguma razão que te impele a indagar, afora o legítimo e normal interesse pelos assuntos dos outros? — perguntou a matrona.

— Só uma idéia...

— Ah, é? — fez Pompônia, interessada. Com um gesto brusco, dispensou as ancilas, que dirigiram ao seu salvador um olhar de gratidão.

— Se Ático não tiver caído sozinho, mas empurrado por alguém... — começou o senador.

Pompônia estremeceu e o revestimento de argila, que a essa altura já estava duro como reboco, não foi suficientemente ágil para acompanhá-la: boa parte do mingau verde que ainda não se calcificara em suas bochechas se soltou de repente para se espalhar em amplo raio sobre a túnica imaculada de Aurélio, bem onde as hábeis mãos de experientes artesãs a tinham bordado arduamente durante meses inteiros.

— Oh, lamento...

— Não foi nada, vou me limpar.

— Não adianta, é indelével — desculpou-se a matrona.

O patrício correu ao seu quarto para se trocar. Desta vez, o inencontrável Castor não estava longe: do cubículo contíguo provinha o inequívoco cacarejo de Xênia.

Meio aborrecido, Aurélio se dispunha a intervir de imediato quando seu olhar deu com o par de sandálias, infelizmente já bem limpas, que jazia sobre o pavimento.

Difícil escorregar com estas aqui, disse a si mesmo, passando o dedo sobre a sola áspera como lixa. E ficou tão satisfeito por ver confirmadas as próprias suspeitas que resolveu deixar o secretário em paz.

CAPÍTULO IV

Véspera das calendas de novembro

Empertigado em sua toga de gala no meio do peristilo, Públio Aurélio esperava impaciente que Cneu decidisse dar início à cerimônia fúnebre.

Havia imaginado algo simples, visto que os Pláucios eram plebeus e nenhum deles exercia cargo público, mas não contara com as ambições sociais do velho, que, tendo desposado uma patrícia, açambarcara para seu altar dos Lares as imagens vindas dos aristocráticos parentes da mulher, e agora pretendia fazê-las desfilar solenemente no cortejo do primogênito defunto. Também o número de carpideiras mobilizadas para as lamentações pareceu excessivo ao senador: bandos de megeras enlutadas, de vozes particularmente estridentes, estavam chegando dos campos vizinhos e até de Cumas, atraídas pela vultosa remuneração que o dono da casa oferecia em troca do lúgubre serviço.

Do alto dos seus quatro séculos de antepassados, cônsules e senadores, Aurélio achava um tanto ridícula aquela pretensão; mas, sabendo o quanto o velho Cneu fazia questão de sua presença em trajes curiais, não pretendia faltar às exéquias.

Na espera, enganava o tempo olhando o trabalho do hábil Palas, o pequeno artesão que, encarapitado nos andaimes, já no primeiro dia havia chamado sua atenção. Desde então, observava-o com freqüência: vira-o preparar os cartões para o afresco, fixá-los sobre o reboco e pulverizar este último com fuligem. O minúsculo artista se dispunha agora a recobrir com o pincel aquele primeiro esboço, antes de espalhar uma segunda mão de cal. Quem sabe se o grude de Pompônia não funcionaria igualmente bem, perguntou a si mesmo o patrício, aproximando-se.

— Depois, depois, que a massa está secando! — enxotou-o o homenzinho, pouco mais alto que um côvado e encolhido por uma corcova proeminente que lhe entortava a espinha. Uma tremenda desgraça, pensou o senador; por sorte o pobrezinho era dotado de talento para a pintura. De fato, as figuras que ele estava pintando eram ousadas e singulares: nenhuma cena mitológica nem largas e arejadas perspectivas, mas somente pequenos quadriláteros, unidos entre si por frisos decorados, como peças de um grande mosaico.

O pincel corria naquele momento sobre o desenho levemente esboçado de uma quimera. De perto seria difícil compreender do que se tratava, mas, à distância de uns dez pés, o afresco aparecia em todo o seu genial esplendor.

Terminado o monstro, Palas retocou uma deliciosa mascarazinha de teatro; por toda parte, ao redor, outras figuras extravagantes se sucediam sem nenhuma conexão aparente: um pássaro exótico de topete vistoso, um Cupido nu ocupado em tocar a siringe, um Ícaro alado no instante em que se precipitava sobre as ondas...

— Quem te ensinou esta técnica? — perguntou o patrício, admirado.

Enquanto isso o pequeno aleijado, concluídas as últimas figuras, havia descido do andaime e agora enxugava o suor da testa com a manga imunda.

— Aprendi com um certo Fábulo. Um artista admirável, com uma boa mão. Durante algum tempo, trabalhamos juntos.

— É uma maneira completamente nova de pintar — notou o senador.

— Gostas? Os clientes costumam reagir mal. Eu desenho o primeiro tema que me passa pela cabeça e nunca sei onde vou parar! Gosto de imaginar realidades inexistentes, absurdos, estranhezas. Talvez porque também sou uma brincadeira da natureza... — disse o outro, rindo.

— Estou para iniciar a obra de uma *villa* em Pithecusa; gostarias de trabalhar para mim? — propôs Aurélio.

O homenzinho se aprumou orgulhosamente em toda a sua reduzida estatura.

— Aviso-te que custo caro, e quero ser bem tratado: um quarto só para mim, com uma escrava à disposição. Melhor ainda se forem duas.

— Duas? — repetiu o patrício, divertido. — Não achas exagero?

— Bom, eu sou corcunda mas também tenho minhas necessidades. Seja como for, uma é o mínimo para entabular uma discussão de negócios.

— Terás um quarto, e a melhor comida — prometeu Aurélio, intrigado pela petulante desfaçatez do pintor.

— E a mulher? Sem mulher eu não trabalho, me falta inspiração!

— Certo, certo — assegurou o patrício, perguntando-se a qual das suas belíssimas ancilas poderia impor o pesado sacrifício.

— Aqui me deram uma cozinheira decrépita. A um artista como eu, imagina! E além do mais ela tem mau hálito!

Aurélio suspirou, resignado às exigências do minúsculo pintor: teria de alforriar a serva disposta a se encarregar dele!

Nesse instante apareceu Pompônia, impecável na túnica de luto, e com um aceno avisou que o funeral ia começar.

O senador correu ao seu encontro.

— E não esqueças: que seja apetitosa, a moça! — gritou atrás dele o anãozinho. Pompônia se virou para olhá-lo, estupefata, enquanto o patrício lutava para reprimir o riso.

— Vem, Aurélio — convidou Paulina com ar grave. — Estou sozinha, meu marido se trancou na biblioteca; não sei como conseguiu resistir durante toda a cerimônia fúnebre. Aproveito para te mostrar uma coisa que me perturba um pouco.

A matrona se aproximou de um móvel, pegou ali um estojo de prata, tirou de dentro um pingente de forma estranha e o estendeu a Aurélio.

O senador revirou-o nas mãos, observando-o com atenção. Era um belíssimo camafeu de jaspe sangüíneo, talhado sobre um fundo de calcedônia cor de anil. A imagem mostrava a cabeça de uma deusa... Palas Atena, talvez. A admirável miniatura era de rara delicadeza e a cabeça da divindade, cuidadosamente esculpida em todos os detalhes, trazia um diadema na mesma pedra azulada do fundo.

— É um objeto de feitura requintada — comentou Aurélio, como entendido que era.

— Fazia parte dos ornamentos de Apiana, a primeira esposa de Pláucio — revelou Paulina. — Era uma mulher de origem modesta e tinha paixão por jóias, talvez por não ter possuído nenhuma na primeira juventude. Olha... — convidou ela, continuando a mostrar o pequeno tesouro: braceletes de ouro e ônix, pingentes de âmbar e crisoprásio, fíbulas de malaquita e lápis-lazúli. Nenhum rubi ou esmeralda, notou o patrício, mas somente pedras duras, habilmente marchetadas para formar retratos, flores e animais mitológicos: um gosto estranho, quase bárbaro, apesar da refinada elegância da lapidação. Aurélio tomou entre os dedos um anel de coral, sobre o qual estavam esculpidas duas mãos entrelaçadas, e admirou sua apreciável feitura.

— Gracioso, não? — interveio Paulina. — Eram modelos em voga no tempo de Apiana. Havia outro neste estojo, de madrepérola cor-de-rosa. Quem sabe onde terá ido parar... — disse ela, remexendo entre as jóias. — Mas observa melhor o camafeu, por favor.

— O que ele tem de particular? — perguntou o senador.

Sem falar, a matrona passou o indicador sobre o pingente, fazendo uma leve pressão. A jóia, que parecia absolutamente compacta, se dividiu em duas lâminas delgadas, revelando uma pequena cavidade no interior.

— É um medalhão — constatou Aurélio, sem espanto. Com freqüência as senhoras traziam penduradas ao pescoço as lembranças secretas dos velhos amores: cartas, poemas, cachos de cabelo... De fato, bem dobrado ao meio, embaixo da tampa côncava, estava encaixado um fino pergaminho.

O patrício o extraiu com precaução e o abriu. Escritos numa caligrafia miúda, liam-se alguns versos em língua grega:

Definham os ramos das árvores
plantadas no jardim.
Peixes, aves e insetos
farão apodrecer seus frutos.
Mas a figueira da horta,
fecundada pelo mesmo pólen,
irrigada pela mesma água,
cresce vigorosa
e toda a casa se nutre dos seus frutos.

— Não se trata de um poema, já que a métrica não foi respeitada. Mais parece uma predição ou um vaticínio — comentou Aurélio.

— Apiana era supersticiosa. Acreditava em todo tipo de presságio e, além de recorrer a vários adivinhos, muitas vezes ia consultar a Sibila Cumana. Daqui da *villa*, chega-se facilmente ao antro da Pítia, através da galeria de Cocceio — explicou a matrona.

O senador anuiu. Na época da última guerra civil, Agripa havia mandado construir um túnel, com pouco menos de uma milha de extensão, que, perfurando a montanha, comunicava a cratera com o exterior. Por ali passava a madeira da Silva Gallinaria, necessária aos estaleiros navais do lago Averno.

— Os Campi Flegrei pululam de grutas sacras, habitadas por velhas feiticeiras. Também se diz que aqui vivia o misterioso povo dos cimérios, dos quais fala Homero — recordou Aurélio.

Paulina acenou com a cabeça em sinal de concordância.

— Lembraste bem, Aurélio... os selvagens do subsolo, incapazes de suportar a luz do sol. Sim, este lugar se presta às lendas e aos mitos mais sombrios: os gregos situavam aqui a porta do Inferno... — observou a matrona.

— E Virgílio ambientou aqui a viagem do pio Enéias ao Além-Túmulo. Mas e tu, quando encontraste este presságio? — perguntou o senador, reconduzindo a conversa ao assunto principal.

— Assim que cheguei aqui, 18 anos atrás. Mostrei-o ao meu marido, que na época não lhe deu nenhuma importância. Agora, porém, com o que aconteceu...

O patrício a encarou sem compreender.

— Pensas saber o que significa? — perguntou, em dúvida.

— Ático foi devorado pelos peixes — sussurrou ela.

— *Peixes, aves, insetos...* é muito vago, Paulina. E, também, teu enteado morreu afogado. Não entendo: és uma mulher lúcida e racional, certamente não sugestionável. Eu me recuso a acreditar que tenhas medo de uma profecia. Ou será que temes alguma outra coisa?

— O que eu poderia temer? — retrucou a mulher, evitando o olhar do senador. A voz firme não conseguia esconder totalmente a inquietação.

— Um homem é encontrado morto entre as moréias; ninguém o ouviu pedir socorro e sequer se sabe por que estava ali. Além disso, usava sandálias feitas especialmente para não escorregar, e não há vestígios de alguma tentativa de se agarrar à borda do tanque... Não achas que é o suficiente para cultivar certas dúvidas?

Paulina, pensativa, demorou um pouco a responder.

— O que dizes não me surpreende, Aurélio; estou velha, mas não completamente estúpida. Mesmo assim, é impensável — afirmou, balançando a cabeça.

— Por quê? Talvez Ático tenha prejudicado alguém...

— Não acredito. Ele era inexpressivo demais para causar incômodo — excluiu a matrona.

— Então, a quem interessaria sua morte?

— Este é o ponto: ninguém tem nada a ganhar com isso! Segundo herdará a propriedade, mas, se o conhecesses como eu conheço, saberias que, longe de interessá-lo, essa circunstância só lhe cria problemas. É pacato, distraído e gosta de se isolar. Não tem nenhuma vontade de se ocupar de negócios e questões práticas. Com Ático administrando a propriedade, ele podia se dedicar às suas manias, ao passo que agora deverá assumir um monte de responsabilidades, e esta é justamente a última coisa que deseja.

— A viúva, então...

Paulina considerou a idéia, em silêncio.

— Aquela mulher não me agrada nem um pouco, mas não posso permitir que meu juízo negativo me faça perder de vista a realidade: também para ela, Ático era mais útil vivo, pelo menos até o dia em que ela parisse um filho dele. Enfim, se formos por esse caminho, até Plautila, Fabrício e eu mesma deveríamos ser considerados suspeitos. Quando te chamei aqui, esperava que pudesses afugentar minhas dúvidas, mas não fazes senão aumentá-las! — exclamou, irritada. Logo depois, seu tom se suavizou: — Ajuda-me, Aurélio, estou sozinha. Cneu é frágil, embora pareça muito seguro de si, e não tenho nenhuma outra pessoa em quem confiar. Eu te estimo muito, como sabes, e conhecia bem tua mãe.

— Provavelmente melhor do que eu — respondeu Aurélio, nem um pouco emocionado pela menção à sua desatenta genitora. — Não tive a sorte de encontrá-la muitas vezes, em minha vida.

— Pareces com ela em muitas coisas. Era uma mulher dura, e sabia se tornar odiosa, quando queria! — sorriu Paulina.

— Suponho que queria com freqüência — cortou o senador, a quem o assunto não agradava muito.

A matrona balançou a cabeça:

— Não sejas tão rígido, Aurélio. Apesar da tua abastança, tiveste uma vida difícil, mas achas que a minha foi melhor? Meu marido Marco morreu um ano depois do nosso divórcio forçado. Eu o desposei aos 14 anos, ele tinha apenas 17, e nos conhecíamos desde crianças. Vivemos juntos entre os acampamentos, em meio aos bárbaros, nas terras desoladas do norte; dei a ele quatro filhos, dos quais só Lúcio sobreviveu. Tínhamos jurado não nos separar nunca, mas Cneu Pláucio me arrancou dele, com a cumplicidade de Tibério; se isso não tivesse acontecido, eu estaria ao seu lado quando ele tombou na Germânia. Servi com devoção o meu segundo marido, mas, por toda a vida, alimentei o pesar de não ter estado naquela floresta com Marco, quando os rebeldes caíram sobre a guarnição e a massacraram.

— E hoje?

— Há vinte anos sou a mulher de Cneu. No bem e no mal, temos permanecido juntos, como dois bons esposos. Portanto, é meu dever protegê-lo.

— De quem? — inquiriu Aurélio, baixinho.

A matrona balançou a cabeça e não falou mais nada.

Já na soleira, o patrício se deteve. Virou-se e perguntou de chofre:

— Como era realmente a minha mãe?

— Queres a verdade ou uma mentira bondosa?

Aurélio esperou.

— Era uma egoísta impiedosa. Não a deplores — disse a matrona num só fôlego, fechando a porta.

CAPÍTULO V

Calendas de novembro

— Estupendos! — exclamou Aurélio com sinceridade, admirando os pássaros do viveiro. Segundo exultava em silêncio, com uma sombra de triste satisfação no rosto, enquanto o patrício tentava — na verdade, com magros resultados — imaginá-lo nas vestes de um cruel fratricida.

— E não é só isso, Estácio — respondeu Segundo com maldisfarçado orgulho. — O jardim pulula de aves trepadoras e de rapaces noturnos, que eu mesmo introduzi para que vivam em plena liberdade. À noite se escutam os piados do mocho, do aluco, da coruja-branca, da cotovia, da andorinha... — enumerou detalhadamente o apaixonado ornitólogo.

Bati na tecla certa, comemorou Aurélio consigo mesmo. *Falar dos seus amados penudos o enternece.*

— Não és supersticioso, certo? — perguntou, observando, maravilhado, como Segundo acariciava com particular afeto um casal de corujas: os quirites as consideravam portadoras de má sorte e asseguravam que o lúgubre guincho dessas aves anunciava um luto iminente.

— De modo algum! Os animais não são maus. Só matam para se alimentar, é a lei da natureza. Já os homens trucidam seus semelhantes por razões muito menos válidas. Aposto, por exemplo, que Fabrício massacrou mais seres vivos num dia de guerra do que os meus peneireiros em toda a sua vida! — afirmou o outro com ênfase, assumindo ao se acalorar a mesma expressão adunca dos seus falcões.

À força de viver com estas aves, permutou com elas os traços característicos, tanto que sua fisionomia é justamente aquela que o populacho esperaria de um bruxo, refletiu Aurélio, compreendendo finalmente por qual motivo o taciturno e solitário rebento de Cneu Pláucio tinha adquirido uma fama tão sinistra.

— Vamos entrar! — propôs Segundo, e abriu a cancela da enorme gaiola. — Tenho aqui as espécies exóticas, que exigem cuidados particulares... Ah, presta atenção no degrau quebrado, poderias cair! — avisou, no exato momento em que o senador, tendo perdido o equilíbrio, tropeçava de mau jeito e despencava bem em cima do comedouro dos penudos.

Talvez Castor não estivesse totalmente errado, considerou Aurélio enquanto se levantava, dando um adeus definitivo à sua preciosa túnica de gala emporcalhada de penas e excrementos. A dúvida se dissolveu num instante: na condição de convicto seguidor dos ensinamentos filosóficos de Epicuro, o patrício descartou desdenhosamente aquela idéia absurda; ainda assim, num excesso de prudência, achou melhor recuar alguns passos.

— Não te machucaste? — inquiriu Segundo, pressuroso.

— Nada de grave — tranqüilizou-o o senador, mantendo-se a devida distância. Acabava de se reerguer quando um estranho pássaro cinzento, com asas riscadas de branco, veio pousar no seu ombro.

— *Caa... caaaveeee...*

— Que criatura bizarra! — fez Aurélio, apontando o bico recurvo da ave, que havia inclinado graciosamente a cabeça para um lado, como se quisesse observar com curiosidade o recém-chegado.

— Chama-se *psittacus* e vem das terras selvagens da África. Parece que a imperatriz Lívia tinha um e mandou fazer a efígie dele num afresco do seu tablino. Mais tarde, Augusto se mostrava muito generoso quando era saudado por esses estranhos penudos, que são muito hábeis em reproduzir os sons humanos.

— *Caaveeee... caaa...* — palrava a ave com voz gutural.

— O que ele está tentando dizer?

— *Cave canem.* Estou adestrando-o para deixá-lo saudando as visitas na guarita do porteiro.

— Sei, ao lado do mosaico. Mas há realmente um cão de guarda na entrada?

— Sim, mas é velhíssimo e quase cego. Na verdade, quem defende a *villa* são as matilhas que atamos à tardinha no muro do contorno. Mas eu não gosto de cães, acho-os muito parecidos com os donos. Já estes aqui, olha! — enterneceu-se, apontando uma revoada de passarinhos barulhentos. — Vêm das ilhas ao largo da Mauritânia e cantam divinamente. Selecionei alguns casais de uma bela cor amarela bem viva, excepcionalmente prolíficos.

— Sabendo tudo sobre aves, deves ser também um especialista na arte de cozinhá-las — deixou escapar Aurélio, com a intenção de agradar o fanático criador. Imediatamente percebeu ter cometido um erro grave. A cara do interlocutor se transformou numa máscara de horror profundo, como se o patrício lhe tivesse sugerido assar na panela a mimosa filhinha recém-nascida. — Sem dúvida, vós usais outros animais às refeições! — tentou consertar o senador, tardiamente.

— Os galinheiros ficam na área dos servos — respondeu Segundo, gélido, e o fitou com a mesma expressão de desprezo que um homem de exemplar honestidade, injustamente condenado à forca, reservaria ao carrasco. — Para a mesa temos tudo o que se pode desejar, e os bosques ao redor são cheios de animais selvagens, inclusive cervos e javalis... para os degenerados que gostam de caçar, bem entendido.

Aurélio, desta vez, foi rápido em compreender que de sua resposta dependiam as futuras relações com aquele estranho personagem.

— Caçar? Oh, não! Se existe uma prática que eu odeio com todas as minhas forças, é justamente essa! — afirmou, sem precisar mentir. Em seguida, para maior segurança, acrescentou considerações pouco benévolas a respeito de usuários de armadilhas e passarinheiros. Um pouco tranqüilizado, Pláucio Segundo pareceu voltar a encará-lo com certa simpatia.

— Como é lógico, em respeito às minhas convicções, evito ao máximo comer carne — declarou o filho de Cneu.

— Certo — concordou o senador, muito menos sincero. — Seria horrível criar exemplares tão elegantes para satisfazer a gula! — acrescentou, dedicando um pensamento impuro aos apetitosos assados de flamingo que, na residência de Roma, o refinado cozinheiro Hortênsio lhe preparava com alho-poró e coentro. Nesse meio-tempo, lutava inutilmente para se livrar de uma garça atrevida, que tentava puxar a correia das suas sandálias com o longo bico pontudo.

— Chega, Catilina, chega — repreendeu-a Segundo, em evidente intimidade com a pernalta.

— *Catilina?* — perguntou Aurélio, espantado.

— É um nome como outro qualquer — afirmou Segundo, e o patrício se absteve prudentemente de perguntar como o jovem chamaria uma cegonha.

— Então, nenhum de vós vai à caça...

— Fabrício, obviamente! — trovejou o segundogênito dos Pláucios.

— Se não matar, não se sente bem, o nosso heróico general! Os rudes guerreiros do Império precisam, ainda assim, aproveitar qualquer ocasião para mostrar sua virilidade! Se ao menos ele se contentasse com caçar animais selvagens... — sibilou, venenoso.

Finalmente se chegava ao ponto, suspirou Aurélio: a longa conversa, embora contribuindo para preencher suas lacunas naturalísticas, até aquele momento não lhe revelara nada de importante.

Disfarçadamente, com um leve pontapé, o senador se livrou de Catilina, que, tendo despedaçado a tira de couro, agora tentava lhe agredir o dedão, e se preparou para acolher o desabafo de Segundo sobre o irmão de criação.

— O general se instala naquela torreta, quando é nosso hóspede. Para não se misturar demais com a plebe — explicou o outro em tom ácido, apontando o pavilhão que se erguia em meio às árvores, ao término da longa passagem coberta. — Até alguns meses atrás, suas visitas eram breves e esporádicas... e, para falar a verdade, isso não nos entristecia muito. Mas por algum motivo, desde quando Ático trocou de mulher, nossa companhia rústica já não lhe é tão desagradável.

— Queres talvez dizer que... — sussurrou Aurélio, curiosíssimo.

— Minha cunhada Helena não estava no quarto naquela noite, enquanto Ático morria! — declarou o homem num só fôlego, como que para se livrar de um peso. — Eu já a vira se dirigir outras vezes à torreta, quando Fabrício estava aqui. Ao que suponho, ela pode ter pedido ao amante que a livrasse do marido, ou talvez até os dois sejam cúmplices. Não te parece meio estranho que meu irmão tenha se afogado de maneira tão desastrada? Ele conhecia perfeitamente os tanques e jamais poderia escorregar lá dentro por distração!

— É uma acusação gravíssima — refletiu Aurélio. — Podes reforçá-la com alguma prova?

— Por que eu deveria? Seria inútil. As mulheres são todas iguais, até as melhores, as menos suspeitáveis: são exímias em se divertir com um homem e em enganá-lo com suas astúcias.

— Sabes dizer se esse caso já vem de muito tempo?

— Começou logo, desde a primeira vez em que Lúcio veio de visita. Ele não teve muita dificuldade para seduzi-la: é bonito, nobre e, além disso, acompanhado pela fama de combatente invencível... justamente o gênero de tolice que faz uma mulher como Helena perder a cabeça! Meu irmão teria feito melhor se continuasse com Priscila, aquela harpia, em vez de se casar com essa desmiolada! Mas não será fácil, para ela, encontrar outro idiota disposto a mantê-la no luxo. Se está imaginando que o belo patrício vai desposá-la...

— Pareces muito seguro do adultério — alfinetou o senador: Segundo podia estar falando apenas sob o impulso da violenta antipatia pelo aristocrático irmão de criação.

— Noite alta, durante a boa estação, eu me demoro no jardim para ouvir o canto das aves noturnas. Devias vê-la, como se apressava em direção ao alojamento do general! E, quando saía, posso te assegurar que seu penteado já não era tão impecável!

Aurélio exibiu uma expressão adequada à circunstância. As desventuras conjugais de Ático lançavam uma nova luz sobre aquela história. Lembrou-se do cadáver inchado, com a mão mutilada, e sentiu um arrepio.

— Por que não a denuncias, se achas que ela matou teu irmão?

O segundogênito de Cneu recebeu a observação balançando tristemente a cabeça.

— Este não é o único escândalo desta família, nobre Estácio. O que dizer então de Sílvio, o bastardo de uma escrava, que é tratado na casa como um príncipe? Posso entender meu pai, mas Paulina... Quando ele nasceu, eu era um menino muito só e gostava de ficar com minha madrasta: ela era severa, mas também justa, e eu tinha perdido minha mãe, entendes? Queria que continuasse sempre assim, mas havia o bastardo para acudir! — Seu tom de voz mudou repentinamente da tristeza para a raiva. — Aquele fruto espúrio do ventre de uma bárbara recebia todos os cuidados, todos os carinhos... Quem pode garantir que ele não tenha eliminado Ático e não esteja se preparando para me matar também, mais cedo ou mais tarde? Aquele filho de uma cadela! — vituperou, antes de se afastar às pressas em direção à *villa*.

A garça Catilina o seguiu como um cachorrinho fiel, gingando sobre suas longas patas.

Aurélio deixou caírem os braços, desconsolado. Já ia embora também quando a ave cinzenta de bico recurvo veio pousar no seu ombro e começou a lhe mordiscar a orelha. O patrício se livrou dela delicadamente e fechou a cancela do viveiro, enquanto o animal não parava de lançar seu grito cômico:

— *Caa... caaa... cave caneeeem!*

CAPÍTULO VI

Quarto dia antes das Nonas de novembro

No dia seguinte às Calendas de novembro, Castor compareceu tagarela e satisfeito à presença de Público Aurélio:

— Tenho uma notícia que vale 2 siclos de prata, patrão!

— Por acaso me nomearam procônsul da Cilícia? — ironizou o senador.

— Não regateies o preço, *domine*, garanto que vale a pena!

Depois de pegar as duas moedas reluzentes com um movimento rápido, o alexandrino lançou a isca. Mas com método, contornando o assunto, como não raro costumava fazer para deixar o patrão em expectativa e desfrutar malignamente a impaciência dele.

— Pois bem, *domine*, trata-se de Sílvio...

— Hum, interessante. Prossegue, Castor.

— Sílvio, o jovem liberto.

— Eu sei, eu sei que ele é um liberto. Vamos aos fatos.

— Eu também sei que tu sabes que Sílvio é um liberto. O que não sabes, porém, e que, em minha modesta opinião, seria altamente oportuno que soubesses, é que ele...

— Ele?

— Isto é, Sílvio...

— Sílvio...?

— O liberto...

— O que ele fez, Castor?

— O fato é que ele, ele mesmo, em pessoa... refiro-me a Sílvio, *domine*, o jovem liberto...

— Pela venerável mente de Epicuro!! — rugiu o senador, furibundo. — Se não parares com estes circunlóquios, juro que passarás o resto dos teus dias mexericando com teus novos companheiros de trabalho numa mina de sal na Sardinia!

O alexandrino deu de ombros.

— Se não tivesses me interrompido continuamente, eu já teria chegado ao núcleo do assunto.

— OU SEJA?!? Cospe logo o osso, grego folgado! Senão...

— Pois bem, *domine*... Sílvio é filho de Pláucio!

— Agora entendo muitas coisas! — exclamou o patrício, esquecendo imediatamente qualquer projeto de represália contra o secretário.

— Praticamente todos sabem, embora ninguém espalhe em voz alta. Recordas que Cneu tinha um fraco pelas escravas? Pois bem, o rapaz é o fruto de um desses amores: uma germana, parece.

— Quatro! — lembrou-se Aurélio de repente. — Demétrio disse: os quatro filhos de Pláucio, e Segundo definiu Sílvio como o bastardo de uma bárbara. Agora, até aquele legado tão generoso se torna compreensível! Naturalmente o velho nunca o reconheceu: a mãe era escrava, quando ele nasceu, e os nascidos de genitores em servidão não podem adquirir a cidadania romana...

102

— Não é este o caso, *domine* — objetou o secretário. — Pláucio havia alforriado logo a mãe do rapaz, o qual, portanto, nasceu livre e poderia se tornar legalmente seu filho; o velho, porém, não quis fazer isso, pois já tinha dois herdeiros legítimos. Ainda assim, sempre demonstrou grande apreço por Sílvio, e até fez a esposa cuidar dele.

— E Paulina se comportou como Otávia, que criou os filhos de seu marido Marco Antônio com a rainha Cleópatra, após o suicídio destes dois... O que foi feito da verdadeira mãe de Sílvio?

— Morreu ao dar à luz: Pláucio estava na Ilíria, nessa época. Paulina e uma ancila a ajudaram a ter o menino, mesmo sabendo quem era o pai.

— E pensar que Cneu havia movido mundos e fundos para tirar Paulina do marido! — maravilhou-se Aurélio.

— Pois é, mas pouco depois ele teve de partir por ordem do imperador Tibério e só voltou cinco meses depois, trazendo de presente para a nova esposa uma escrava grávida.

— Excelente surpresa, para a consorte!

— Paulina não deu um pio, dizem.

— A solidariedade familiar, antes de tudo: as matronas de antigamente eram mulheres de ferro. Também a heróica Pórcia, mulher do famoso Bruto, durante anos suportou conviver com o adolescente efeminado por quem o marido nutria uma paixãozinha.

— E depois falais de nós, gregos... — alfinetou Castor, mas Aurélio, que já estava refletindo sobre a nova descoberta, sequer o ouviu.

— Devo admitir que no início suspeitei que entre Pláucio e o jovem liberto houvesse uma relação ambígua, embora resistisse a acreditar, pelo modo como o velho olhava interessado para a nora.

— Ah, Helena. Sois muitos, os que a cortejais...

— Um até obteve resultados! — afirmou Aurélio, informando o fiel secretário sobre as acusações de Segundo.

— Ou seja, enquanto tu perdes tempo, o general desfruta da fascinante senhora! Nos bons tempos, não lhe permitirias isso — comentou o secretário.

O patrício fez um gesto entediado: certo, havia ultrapassado os 40, mas não se sentia tão decrépito quanto Castor insinuava.

— Esquece, prefiro que me digas: Sílvio conhece sua verdadeira origem?

— Não vejo como possa ignorá-la — afirmou o alexandrino, enquanto uma jovem agradável, de olhar irrequieto, assomava à porta.

— Entra, Xênia!

— Castor! — trovejou o patrão, apertando os punhos em ameaça. — Seria demais te pedir que organizes teus colóquios amorosos fora dos meus aposentos?

— Oh, mas eu não estou aqui por Castor — apressou-se a retificar a moça. — Vim por tua causa, senador.

— Por mim? — Aurélio franziu a testa.

— Sim. Devo te transmitir um recado da jovem *kyria*.

— Quem? — intrometeu-se Castor, precedendo o patrão.

— A *kyria* Névia te espera no templete de Flora, atrás do açude — concluiu a ancila, com uma careta de respeitosa cumplicidade.

— Ah, então as coisas estão assim! — observou Castor, com uma risadinha. — E eu, pobre ingênuo, imaginando que miravas a mãe!

Aurélio saiu para o peristilo, sem lhe dar atenção.

Com um gesto de vaidade, alisou as dobras da clâmide e conferiu se a barba não estava muito grande. Depois, aparentando não ter pressa, tomou o caminho do jardim, seguido pelos comentários libertinos do alexandrino.

— *Ave*, senador! — acolheu-o Névia, com um sorriso.

— Mocinha, isto é maneira de mandar me chamar? O que terão pensado os escravos? — protestou Aurélio, sem conseguir disfarçar inteiramente seu regozijo.

— Não gostaste, senador? Não deverias reclamar, no fundo eu contribuo para aumentar tua fama — riu Névia, balançando-se sentada nos degraus do templete, joelhos recolhidos entre os braços, em atitude infantil.

O patrício se instalou ao seu lado. Da escada baixa via-se um pedacinho do açude e, a distância, a torreta. Atrás, um bosque compacto separava dos *ergastula*, alojamentos dos escravos rurais, aquele último prolongamento da área patronal.

— E então, o que há de tão urgente?

— Amanhã os servos homenageiam Fauno, como todos os anos nesta estação, e oferecem um sacrifício ao deus Averno, que vive no fundo do lago. Eles temiam que a morte de Ático suspendesse as celebrações, mas decidiu-se que elas aconteçam mesmo assim: afinal, Averno é um deus infernal e, de qualquer modo, Cneu deveria oferecer um holocausto em memória do filho. Ele interrogará os Numes, esperando obter bons auspícios depois de uma desgraça tão grave.

— Mas Fauno não é o grego Pã? — surpreendeu-se o senador.

— Quase — assentiu Névia. — Nesta região, o culto dele é antiquíssimo e remonta a tempos anteriores aos gregos, quando a selva fornecia à escassa população do lago o necessário para viver, e era inevitável que se homenageasse um espírito da floresta. Seja como for, está também previsto um sacrifício a Júpiter, a fim de que o vinho não azede.

— Eu não sabia que o Sumo Zeus também se encarregava dessa tarefa! — gracejou Aurélio, cujo respeito pelos Numes, em sua condição de epicurista convicto, deixava um pouco a desejar.

— És muito irreverente, senador! Cuidado para não te deixares ouvir pelos escravos; eles são terrivelmente supersticiosos! Ficaram alarmados com o funesto acidente que matou Ático, e poderiam alimentar um certo desagrado... Não querem que Segundo se ocupe da propriedade; têm medo dele.

— Acredito, com todos aqueles mochos e corujas! — comentou o patrício.

— Quando o vêem, mudam de caminho. Estão convencidos de que ele traz desgraça.

— E tu, mocinha, como fazes para saber todas essas coisas?

— Mantenho os ouvidos abertos e a boca fechada. Já que és bom conhecedor do mundo, senador, diz-me: por acaso conheces um método melhor?

— Hum... — grunhiu Aurélio. — Não creio em absoluto que saibas manter um segredo.

— Sei, sim — desmentiu-o Névia, exibindo uma expressão amuada. — Mas posso te confiar um, muito pessoal... — prosseguiu, em tom misterioso.

— Estou esperando — riu o patrício, que começava a se divertir.

— Amanhã, eu também irei à festa de Fauno... e não sozinha!

— Meus cumprimentos. Quem é o afortunado?

— Oh, um homem importante: o senador Públio Aurélio Estácio! Tu me acompanhas? — pediu a jovem, sem nenhum embaraço.

— Para manter alta minha reputação, não é? E o que será da tua? — preocupou-se o patrício.

— Tenho 16 anos, sou feiosa e começo a pensar que minha virgindade serve para manter os homens a distância, em vez de me aproximar deles.

Aurélio a fitou desconcertado: não podia permitir que aquela ranhenta impertinente o superasse em permissividade.

— Tu, por exemplo, certamente preferes as mulheres mais maduras... — continuou Névia, destemida.

— Admito — declarou o senador, surpreso, mas começou a duvidar de suas próprias palavras justamente enquanto as pronunciava. A astuta Névia percebeu de imediato o olhar bem pouco paterno com que ele a estava observando.

— Por que não desposas minha mãe? — perguntou. — Oh, pensa bem, antes de descartar a idéia: antes de mais nada, ela é uma mulher muito decorativa; depois, se viesses a ser meu padrasto, poderíamos nos ver continuamente...

Cada vez melhor, considerou Aurélio. Onde teriam ido parar as modestas adolescentes de outrora, as jovens virtuosas que, sem aparecerem na ribalta mas sempre presentes na sombra, haviam contribuído para a grandeza espiritual da Urbe com sua austeridade de costumes? Antigamente, as moças pelo menos esperavam estar casadas para fazer certas propostas!

— Com qual propósito? — perguntou mesmo assim, prolongando aquele jogo lisonjeiro.

— Porque és um nobre patrício romano, talvez um pouco velho, mas ainda muito atraente.

Velho, com apenas 40 anos! Atingido em cheio, Aurélio se levantou, irritado. Como se permitia, aquela pequena despudorada?

— E me atrais muito — continuou Névia candidamente. — Sem contar tua reputação de homem ilustre, maduro, com ampla experiência...

— Ainda não comecei a caçar meninas! — rebateu o patrício, melindrado.

— Mas eu sei que certa vez comprometeste uma Virgem Vestal — concluiu a terrível adolescente.

O senador colocou as mãos nos quadris e a perscrutou severamente, mas Névia não pareceu muito impressionada.

— Foste amante de Lólia Antonina, da cortesã Cíntia e até da nossa Plautila. Além disso, possuis uma fabulosa escrava egípcia pela qual te fazes massagear... — escancarou Névia em tom impertinente.

— Agora estás exagerando! — rugiu Aurélio, ameaçador, decidido a dar uma lição à pequena descarada.

Mas Névia já fugia rindo em direção ao açude, a cabeleira solta esvoaçando às costas.

Irritado, o patrício olhou ao redor. Uma jumentinha teimosa, jovem e arrogante. E afinal as adolescentes nunca o tinham atraído, nem mesmo quando ele tinha a idade delas. É mesmo uma pequena serpente, disse de si para si, convicto, enquanto recolhia do chão a fita que Névia deixara cair quando corria, ainda impregnada do perfume dos seus cabelos.

— Estive o dia todo à tua procura. Fiquei sabendo de poucas e boas! — anunciou Pompônia quando ele entrou de volta. Depois se acomodou numa cadeira estofada, aprestando-se à atividade que lhe era mais visceral: mexericar.

Aurélio aguardava paciente. Sabia que a mundaníssima senhora, ao servir em prato de ouro o mais suculento falatório, também cuidava de estimular o apetite do público com sábias pausas de efeito.

— Sílvio, o liberto Sílvio... — começou Pompônia.

Aurélio se preveniu, temendo o pior. Tinha a impressão, fundamentada, de já haver vivido aquela cena.

— ...O jovem que apareceu por um instante no terraço, durante nossa primeira refeição aqui... — continuou a matrona.

— Já sei, agora me dirás que ele é filho de Pláucio — interrompeu o patrício. Foi só quando viu surgir uma amarga decepção no rosto da valorosa matrona que ele compreendeu haver cometido uma falta imperdoável.

— Já sabes? — perguntou Pompônia, desanimada.

O senador se mortificou. Como pudera privar sua melhor amiga da alegria por lhe regalar semelhante bisbilhotice? Para a matrona, seria o início do declínio, se percebesse que outros estavam mais informados do que ela!

— Apenas ouvi uns comentários... — tentou se corrigir.

A mulher captou no ar a oportunidade de recuperar o terreno perdido. Por dentro, contudo, se sentia como o atleta que em Olympia compete com todas as suas forças para afinal chegar em segundo lugar.

— A mãe era uma escrava...

Germana, disse Aurélio a si mesmo, mordendo a língua para não falar em voz alta.

— ...Germana. Cneu se enrabichou dela, embora estivesse recém-casado com Paulina, e só os deuses sabem o que ele havia feito para obtê-la como esposa!

— Só os Numes? Eu juraria que tu também sabes, Pompônia — adulou-a o patrício.

— Bem... admito que ainda disponho de algumas flechas na minha aljava — respondeu ela, não completamente aplacada.

— E então?

— Cneu a pediu a Tibério, como preço por certos favores que havia lhe prestado. Era ele quem abastecia a mesa imperial, quando o beberrão caduco folgava em Capri, deixando Roma nas mãos de Sejano.

— Vamos, Pompônia, o que estás querendo me fazer crer? Bem sabemos que Tibério era um velho maligno, mas dissolver o matrimônio entre dois patrícios de antiga estirpe para comprazer um fornecedor de peixe... ora, tenho certeza de que há mais coisas!

— Não há provas, mas alguns juram que Cneu era espião do imperador. Tibério, aquele urso decrépito, o tinha na mais alta confiança, ele que suspeitava até da própria sombra!

— Continua a me parecer impossível que aquele bêbado... recordas quando o chamavam *Bibério*? Não entendo por que ele teria obrigado um personagem famoso e benquisto como Marco Fabrício a se divorciar, só para favorecer um Cneu Pláucio qualquer. Não estaria ele mesmo de olho em Paulina? Seria bem capaz disso. Lembra-te da pobre Malônia, que preferiu se apunhalar a ir para a cama com ele!

— Não estás levando em conta que o imperador odiava Fabrício, desde quando este fizera parte dos mais empolgados adeptos do partido de Germânico e Agripina: o velho porcalhão queria se vingar. Obrigá-lo ao divórcio foi uma vitória política; em seguida, dar como esposa a refinada Paulina a um comerciante de peixe deve ter parecido a ele a maneira mais apropriada de humilhar e ridicularizar os Fabrícios. Esqueceste o quanto era pérfida aquela múmia?

— Certo, nenhum de nós derramou sentidas lágrimas quando o estrangularam. Mas ainda não sabíamos que Calígula seria pior. Convém nos aferrarmos ao nosso bom Cláudio, enquanto durar — comentou Aurélio baixinho, balançando a cabeça.

— Depende de Messalina... — começou a matrona, pronta a se lançar no seu assunto preferido: as últimas maledicências sobre a desenvolta consorte do imperador.

— Fala do divórcio! — cortou Aurélio, bem a tempo.

— Foi um golpe duríssimo para os dois — afirmou Pompônia, dramatizando a cena com as mãos no coração. — Uma verdadeira tragédia! Mas tiveram de obedecer. Ele conseguiu um comando no Reno e morreu no ano seguinte; ela aceitou desposar Cneu.

— O qual era viúvo...

— Com três filhos adultos. Plautila, como bem sabes, nunca se entendeu com a madrasta, que procurava frear seu comportamento muito exuberante. Ático, por sua vez, odiou Paulina desde o primeiro dia, tentando até prejudicar sua imagem aos olhos do pai. O único que se afeiçoou a ela foi Segundo.

— Como um filho.

— Bem, não exatamente... pelo menos, a dar ouvidos à maledicente da irmã.

— Um incesto? — fingiu se escandalizar Aurélio. — O enteado que atenta contra a virtude da esposa do pai, como numa tragédia grega... Não achas que estás exagerando?

— São apenas insinuações de Tércia Plautila. Mas como acreditar? Aquela ali vê comércios carnais em tudo! Parece que nem mesmo aqui, confinada no campo, consegue sossegar: um escravo robusto foi vendido recentemente, às pressas...

Aurélio balançou a cabeça.

— Paulina é uma mulher de costumes muito íntegros. Se o melancólico Segundo tivesse lhe faltado com o respeito, ela correria a denunciá-lo ao marido.

— Por outro lado, é possível que um rapaz muito jovem e introvertido como ele, sem outras mulheres à vista além das escravas, ficasse apaixonado. Ela era muito bonita, quando moça — considerou Pompônia.

— Ainda é, apesar da idade. Quantos anos teria, na época?

— Por volta de 40: havia se casado com Marco muito menina. O imperador sabia o que estava fazendo, quando a tirou de Fabrício. Sem Paulina, este não viveu muito mais.

— Que história triste... — comentou Aurélio, impressionado. — Mas agora explica-me o que Tércia fez com o tal escravo.

Os olhos da mexeriqueira brilharam de satisfação.

— Ela mesma me contou, a seu modo, naturalmente. Havia comprado em Cápua um cubiculário de belo aspecto, pagando uma exorbitância. Ático, apegado ao dinheiro como era, não engoliu essa aquisição e fez uma cena, excedendo-se um pouco na linguagem.

— Não uses eufemismos, Pompônia!

— Em suma, disse com todas as letras que, se ela tinha realmente certas exigências, fosse satisfazê-las gratuitamente na praça do mercado, em vez de incluí-las nas despesas da propriedade. E, no que se referia ao dote, que se ocupasse trabalhando honestamente num bordel, porque ele não pretendia desembolsar nem um sestércio.

— Bom, pelo menos falou claro — comentou Aurélio.

— Pouco depois, imagina, o escravo foi revendido. Plautila nunca perdoou: desde aquele dia, as relações entre ela e o irmão ficaram um tanto frias — relatou a matrona, e já ia acrescentando alguma coisa quando um servo a interrompeu, anunciando a ceia.

Pompônia soltou um gritinho angustiado: com toda aquela parolagem, havia se esquecido completamente de trocar de roupa! Entre uivos e ganidos, conseguiu finalmente mobilizar em sua ajuda três ancilas, e desapareceu correndo.

Aurélio não se decidia. Pensava numa união feliz, que não resistira às prevaricações de um poderoso, num rapaz muito sozinho que descobre o amor na única mulher que lhe é proibida, num servo que deve chamar seu próprio pai de "patrão"...

— Felizmente ainda estás aqui, afinal cheguei a tempo! — exclamou Castor, interrompendo as reflexões do patrício.

— Para quê? — perguntou este, sobressaltado.

— Ora, para te salvar a vida, incauto! Não sabes que um terrível agourento circula pela *villa*? E tu sais por aí assim, sem nenhuma proteção! Eu te trouxe este falo de madeira que representa Príapo. É um amuleto poderosíssimo, *domine*, capaz de te defender das influências nefastas. Estes talismãs são antiquíssimos, parece inclusive que provêm das cavernas dos misteriosos cimérios. Custam 5 sestércios cada um. Pensa bem, só 5 miseráveis sestércios para escapar de qualquer perigo!

— Não acredito em amuletos, Castor, tanto quanto não acredito em vaticínios... No entanto, este teu pequeno comércio pode me ser útil. Não duvido de que conseguirás vender teus talismãs até aos servos mais antigos, e deve haver muitos que recordam bem a adolescência de Segundo. Procura saber algo mais quanto às relações dele com Paulina.

— Sim, *domine*!

— Espera, me ocorreu mais uma coisa. Talvez seja tolice, mas é sempre bom verificar. As ancilas conhecem nos mínimos detalhes os atavios de suas patroas: tenta apurar qual das mulheres da casa possui um anel de madrepérola rosa, com duas mãos entrelaçadas.

— Não precisas de mais nada, *domine*? — perguntou o alexandrino, trombudo. — Por acaso também te interessa a cor da faixa de seios usada por Helena, ou o comprimento do *subligaculum* de Fabrício? Primeiro as sandálias, agora o anel:

um culto e refinado secretário grego reduzido a roupeiro vulgar! Quando me compraste em Alexandria como uma mercadoria vil, arrancando-me ao solo pátrio...

— Salvando-te do patíbulo, queres dizer! — urrou Aurélio, exasperado: seria possível que Castor não lhe fosse nem um pouco grato por ter sido subtraído à vingança dos terríveis sacerdotes de Amon, contra os quais o servo atrevido havia arquitetado uma trapaça colossal? Enfurecido, ergueu a mão direita para golpeá-lo com o cinto de couro que acabava de tirar.

— Muito gentil, patrão! — disse o grego, tomando-lhe o cinto com um largo sorriso. — É justamente o que eu precisava para minha túnica nova!

CAPÍTULO VII

Terceiro dia antes das Nonas de novembro

A grande ala em frente aos cubículos dos servos rurais estava decorada com frondes de carvalho e loureiro. Escravos esquálidos circulavam em torno do lagar, diante do qual tinha sido grosseiramente montado um altar de pedra: apesar do luto recente, o chefe da família em pessoa viria, como era da sua competência, celebrar o holocausto.

Os animais, já prontos, esperavam amarrados ali perto: uma tímida cervata, com grandes olhos tristes, em homenagem a Fauno; uma cabra negra para Averno e, reservada ao sumo Júpiter, a branca novilha de apenas um ano, que mugia lúgubre no recinto, como se intuísse seu destino iminente.

Os servos exultavam: naquele dia, haveria carne para o almoço! Nenhum dos animais sacrificados seria perdido e, por sorte, os imortais se contentavam apenas com a fumaça que subia em direção ao céu e com umas poucas vísceras, em cujos nódulos sanguinolentos estavam escritos — para os que possuíam a sabedoria necessária a decifrá-los — os auspícios sobre os destinos da família e da propriedade. O resto acabaria nas panças dos camponeses, nunca suficientemente cheias.

À espera do rito, e sobretudo do repasto, os escravos desfrutavam do tão ansiado dia de descanso, uns bebendo um péssimo vinho aguado, outros tentando afinar seus instrumentos rústicos para alegrar com um pouco de música aquela festa pobre.

— Grande diferença em relação à vida na *villa*, hem? — observou Névia. A jovem, afinal vitoriosa, não conseguia esconder sua satisfação por ter conseguido ser acompanhada à cerimônia pelo senador, e se pavoneava alegremente ao lado dele, com uma espécie de orgulho infantil.

Aurélio assentiu. Mas, à diferença de Névia, não estava se divertindo nem um pouco: servos malnutridos, de aspecto macilento, lhe sorriam com suas bocarras desdentadas, surpresos pela sua augusta presença; crianças imundas o incomodavam correndo ao seu redor, curiosas ante a elegância dos calçados decorados. Aqueles rostinhos mirrados, fixados numa expressão de gritante maravilhamento, o embaraçavam, deixando-o pouco à vontade.

Surpreendeu-se pensando em suas propriedades campestres, nos desmesurados latifúndios que jamais tinha visitado, uma vez sequer, em toda a sua vida: era esta a gente que ceifava seu pão, vindimava seu vinho, tosava sua lã? O que eram os mais de cem escravos de sua *domus* na cidade, que ele se gabava de conhecer nominalmente um a um, diante dos milhares de desprezados que, dia após dia, arrastavam sua existência inumana nos *ergastula* de suas *villas* espalhadas por todo o Império?

— Patrão, patrão! — veio-lhe ao encontro Demétrio, excitado. O piscicultor se destacava entre os rurais como um reizinho, limpo e engalanado na túnica bordada da festa. Divertido, o patrício notou que do flanco lhe pendia um dos miraculosos amuletos de Castor: o bravo Demétrio, evidentemente, temia a nefasta influência de Segundo não menos do que a plebe camponesa, e tomara o cuidado de se defender com o antigo talismã dos cimérios.

— Mas que honra, *domine*! E até a *kyria* Névia compareceu! Vem conhecer nossas instalações, senador, se não temeres te sujar demais!

Demétrio lhe abriu caminho entre seus colegas maltrapilhos com o orgulho de um pobre que mostra a todo o mundo seus pequenos haveres, guardados com ciumento zelo.

— Trazei bebida para o nobre Públio Aurélio Estácio! — ordenou. — Ganhamos do nosso senhor quatro talhas de vinho, e hoje é dia de festa!

Com um aceno de cabeça, o patrício aceitou a humilde tigela, na qual boiava uma mistura de cor incerta e de sabor igualmente indefinível. Esforçando-se por não fazer notar a repulsa que sentia, tomou um pequeno gole.

— Vossa hospitalidade é generosa e eu gostaria de retribuir. Entre as minhas carruagens, no lado oposto à *villa*, encontra-se o vinho que eu estava levando para Roma. Pois bem, Demétrio: chama os servos e ordena que o descarreguem para bebê-lo no banquete!

O piscicultor o encarou, maravilhado, e se apressou a obedecer, antes que o excêntrico aristocrata mudasse de idéia.

— Próculo, Modesto, correi! O nobre senador nos oferece uma jarra de vinho. Ide buscá-la, e beberemos à sua saúde!

— Uma jarra não bastará para toda esta gente. Manda pegarem todas! — especificou o patrício, pensando com resignação, não isenta de uma certa alegria maligna, nos finos palatos aos quais se destinavam o Falerno envelhecido, o Formiano e o precioso Caleno de 20 anos. Mas, quando interceptou o olhar admirado de Névia, sentiu-se disposto a derramar nas gargantas ressequidas dos camponeses o conteúdo inteiro de suas abarrotadas adegas.

A mocinha, contudo, não era a única a ficar impressionada. Do canto onde estava sentado, sem se colocar em evidência, o jovem Sílvio o fitava perplexo.

— *Ave*, Névia; *ave*, Públio Aurélio. Que surpresa agradável, senador Estácio. Não pensei que te encontraria aqui.

— Não seja por isso, eu também não te imaginei nesta festa — replicou Aurélio, observando significativamente a veste elegante do liberto e o anel um tanto valioso que lhe ornava o indicador. *Um dia este rapaz terá meio milhão de sestércios*, recordou de si para si, *e dirigirá todos os colonos na condição de intendente da propriedade. No entanto, ele se comporta como se seu lugar fosse entre os escravos mais desprezados...*

— Por que eu não deveria comparecer? Faço parte da criadagem — respondeu o jovem.

— Existe servo e servo. Por exemplo, considera Castor, meu secretário: é mais rico do que um cavaleiro e sem dúvida não tem complexos diante dos nobres! — gracejou o patrício.

— Mas continua sendo apenas um servo, e tu és o patrão a quem ele deve obediência.

— Eu queria tanto que ele também soubesse disso... — suspirou Aurélio.

Nesse momento o alexandrino, como se lhe tivesse lido o pensamento, irrompeu agitadíssimo no grupinho.

— *Domine, domine*, estão nos roubando o vinho! — berrou, desesperado. — Olha lá, são aqueles dois: levaram tudo, até o Caleno de cinqüenta sestércios! Vamos pegá-los, antes que o bebam!

— Calma, Castor, fui eu que ofereci bebida a eles.

— Foste tu que... — O grego empalideceu como se de repente tivesse aparecido à sua frente o espectro da mãe, uma brava mulher dedicada de corpo e alma ao trabalho, uma honesta profissional que incontáveis fileiras de marinheiros ainda pranteavam. — Dez talhas inteiras de Barino, de Falerno, de Erbulo! — balbuciou indignado, metendo as mãos nos cabelos. — Tu os deste a esses escravos fedorentos, tu que me regateias uma gota quando eu estou morrendo de sede!

— Castor, não vais querer que se diga que Público Aurélio Estácio, senador de Roma, oferece vinho inferior! Eu me orgulho de só servir néctar de primeira qualidade, seja quem for o convidado — riu o patrão, enquanto o grego corria a procurar uma concha para reduzir a perda.

— Conheço esse Castor — comentou Demétrio. — É um homem sábio e probo; imagina que me vendeu um amuleto utilíssimo por apenas 2 sestércios.

— Pois eu o encontrei no quarto de uma ancila — interveio Sílvio, com evidente desaprovação.

— Já é muito que não fosse o quarto da patroa dela — minimizou Aurélio.

O rapaz o encarou arregalando os olhos, sem acreditar que um aristocrata se permitisse gracejar sobre semelhantes assuntos. Sem replicar, pegou duas tigelas e as estendeu aos convidados.

— Névia, as senhoritas de boa família não deveriam beber — observou o patrício.

— Em outros tempos — sussurrou-lhe a jovem ao ouvido —, as mulheres eram mantidas longe do vinho para não se exporem ao poder afrodisíaco da bebida.

Aurélio viu Sílvio empalidecer: decerto havia escutado a frase maliciosa de Névia, e o efeito sobre ele não tinha sido dos melhores.

— Conheces alguém aqui? — perguntou o senador ao rapaz, só para mudar de assunto.

— Todos, é claro. Próculo, aquele que mandaste buscar o vinho, é meu pai — afirmou Sílvio, tranqüilo, apontando um homem encurvado que avançava coxeando com uma jarra às costas.

— Mas como... — começou Aurélio, logo interrompido pelos gritos dos camponeses que aclamavam o patrão.

Seria possível que Sílvio fosse o único a não conhecer suas verdadeiras origens?, perguntou a si mesmo, duvidoso.

Enquanto isso, Cneu vinha saindo do bosque, acompanhado por Paulina, Tércia e pelo taciturno Segundo, que exibia a costumeira face carrancuda. Ao ver aparecer o segundogênito dos Pláucios, Demétrio procurou às pressas o talismã com a mão trêmula e o apertou com força, balançando-o um pouco para aumentar o efeito.

Um breve aceno de cabeça do *paterfamilias* fez compreender que o velho, ainda prostrado pelo luto, não pretendia prolongar a cerimônia. De fato, logo em seguida, ele pediu que trouxessem a novilha destinada a Júpiter; de Fauno e de Averno, Demétrio se ocuparia mais tarde. Nenhum rastro de Fabrício ou de Helena, notou o senador: provavelmente estavam aproveitando o rito para relaxar em algum cantinho sossegado.

O altar estava pronto e, entre mugidos dilacerantes, o animal, com as patas estreitamente amarradas, foi conduzido ao holocausto. Sobre a eira caiu um silêncio.

Contritos, os escravos se dispuseram em amplo círculo em torno da ara, sob a qual já estavam acumulados os feixes de lenha para o fogo. No instante em que o cutelo afiado de Pláucio desceu para cortar a garganta da novilha, Aurélio, com o canto do olho, viu Segundo desviar a vista com horror.

O sangue caiu aos pés do sacerdote e rapidamente embebeu a palha sob os feixes. Com gestos precisos, que se repetiam havia centenas de anos, o oficiante rasgou o ventre do animal e, com as mãos escarlates e pegajosas, tirou dali o fígado ensangüentado.

O rosto de Cneu Pláucio, até aquele momento composto e austero, se fez turvo, enquanto a víscera palpitante lhe fugia das mãos, caindo sobre a areia.

Paulina acorreu de imediato, enquanto os escravos se entregavam a surdas exclamações de terror supersticioso.

— Está podre! — declarou Pláucio, lívido.

A esposa colocou a mão em seu ombro, como que para segurá-lo, e o levou embora às pressas, em meio ao alarido dos servos.

— Desgraça, desgraça! — gritavam os camponeses. — A cólera dos deuses caiu sobre nós!

— Mau agouro — suspirou Névia. — Ao menos para os simplórios que acreditam nessas coisas.

Tércia Plautila se voltou, despeitada:

— Bem farias se também te preocupasses com isso, mocinha, pelo menos enquanto comeres nosso pão! Não me agradaria que, à força de freqüentar senadores, estivesses sonhando alto demais! — sibilou, com o rosto transtornado pela cólera.

— Eh, por acaso não estarias com ciúme? — galhofou a jovem, extasiada.

Mas Tércia já havia virado as costas com uma espécie de soluço, apressando-se em direção à *villa*, seguida pelo irmão.

Depois que Segundo entrou no bosque, os dedos de Demétrio, já brancos de tanto apertar o falo mágico, relaxaram um pouco.

— Vamos, servos dos Pláucio, ainda não foi dita a última palavra: vejamos a cervata! — disse, na tentativa de acalmar a inquietação dos assistentes.

— Irmãos, nosso protetor é Fauno, portanto o vaticínio não nos inclui — disse-lhes firmemente Sílvio. — Para a cabra, esperaremos o ocaso, pois sabemos que os deuses do Inferno não amam a luz. Enquanto isso, deixai que Demétrio celebre o sacrifício ao deus dos bosques, e veremos se os imortais estão irados conosco ou com os nossos patrões!

O piscicultor, que, desaparecida a ameaça de Segundo, havia recuperado todas as suas energias, foi rápido em assumir a situação e fez avançar a segunda vítima.

Da multidão elevou-se um longo suspiro de alívio: as entranhas da cervata estavam belas e sãs. Tranqüilizados, os escravos se abandonaram à festa. Névia, muito excitada pelo vinho, esboçou alguns passos de dança, piscando para Aurélio.

— O que achas, senador? — perguntou, requebrando junto dele.

— Deliciosamente inconveniente — comentou o patrício, mas o olhar que flagrou em Sílvio não lhe agradou nem um pouco. *Amanhã me acharão esticado no meu cubículo*, surpreendeu-se pensando. *Esse jovem é respeitado por todos os escravos; sou capaz de apostar que fariam qualquer coisa por ele..*

Mas em seguida viu o sorriso de Névia e decidiu que, afinal de contas, valia a pena correr o risco.

Sílvio já fora embora havia tempo: evidentemente, o espetáculo da *kyria* Névia acompanhada pelo garboso senador não era do seu gosto. Por outro lado, como poderia alegar direitos?

Não passava de um servo, embora nas suas veias corresse o sangue do patrão.

Aurélio encolheu os ombros; os problemas do rapaz não eram assunto seu, e naquele momento se sentia eufórico: Névia começava a atraí-lo muito, talvez demais.

Numes do Olimpo, disse de si para si, *será que estou interessado nessa ranhenta?* Quarenta anos, uma vida intensamente vivida, uma cadeira no senado de Roma, as mulheres mais belas e refinadas da Urbe à sua disposição, e de repente se deixava perturbar por uma mocinha feiosa e presunçosa, recém-saída de um tugúrio de Neapolis?

— Senador, me ofereces mais um pouco de vinho? — pediu Névia, rindo.

— Chega, bebeste bastante! — replicou o patrício, tirando-lhe a tigela da mão. — Já é hora de voltarmos.

— Certo, mas antes vamos dar mais uma volta.

— Já vi tudo, não te preocupes — assegurou o patrício.

— Tudo, não — desmentiu Névia, com um brilho malicioso nos olhos. — Vem! — exclamou, e passou a guiá-lo com mãos seguras através dos alojamentos dos escravos. — Dá uma olhada aqui embaixo — convidou alguns instantes mais tarde, levantando um montinho de palha sob o qual estavam escondidos vários falos talhados grosseiramente em madeira. — Não te parecem conhecidos?

— Por todos os Numes! — exclamou Aurélio, consternado. — Os amuletos de Castor! Um verdadeiro depósito!

Um servo ossudo, só olhos e orelhas, apareceu de repente e logo fez menção de escapulir.

— Diz-me, afinal, o que sabes disto aqui? — perguntou o senador, retendo-o. O homem, que de tão rígido e ressequido parecia igualmente um pedaço de madeira, mostrava-se aterrorizado. Para um escravo, é sempre melhor não saber nada e bancar o idiota: às vezes, tal atitude pode evitar o açoite, e até mesmo lhe poupar a vida.

Foi necessário muito esforço para acalmá-lo e fazê-lo explicar a história. Nos *ergastula*, todos sabiam que ele era exímio em talhar o córtex e os pequenos ramos caídos das árvores. Tinha aparecido ali um senhor gentil, com barbicha pontuda e sotaque grego, e lhe prometera 2 asses, 2 asses mesmo, por dez daqueles trabalhinhos fáceis, fáceis, mas ninguém podia saber disso, do contrário, adeus pagamento!

— Os sagrados amuletos dos cimérios, aí está onde Castor os encontra! — explodiu Aurélio, enquanto reconduzia Névia ate a *villa*.

Rindo, adentraram o bosque denso de sombras. O passo da moça tornou-se cada vez mais lento, até se interromper de todo.

— Senador, está escurecendo... — sussurrou Névia com voz persuasiva. — Estamos no meio de árvores perfumadas, circundados pelo canto das aves...

— E daí?

— Mas como, não vais me beijar?

Aurélio jogou a cabeça para trás e estourou numa risada.

A jovem, que esperava de olhos fechados, languidamente encostada ao tronco de uma árvore, apertou os punhos num movimento de cólera.

— Que Júpiter te fulmine com todos os seus raios, tu e toda a tua nobre estirpe! — indignou-se, fugindo em lágrimas entre as árvores.

Aurélio a viu desaparecer, engolida pela massa da vegetação, e começou a segui-la, arrependido por lhe ter ofendido a sensibilidade. Já não a vislumbrava, mas ouvia seus soluços sufocados e o ruído dos calçados sobre as folhas secas do bosque.

Prosseguiu correndo, tentando alcançá-la. A casa já estava próxima, e entre os cimos dos pinheiros se avistavam os perfis da torreta e do grande aviário.

De repente, um berro dilacerante rompeu o silêncio, como o uivo de um bicho ferido de morte.

— Deuses imortais! Névia! — exclamou o patrício, acelerando o passo.

Encontrou-a no chão, encolhida junto ao viveiro de aves, com a boca escancarada a emitir um lamento estridente.

A entrada estava aberta: duas pernas imóveis bloqueavam a pequena cancela e um corpo de bruços jazia em todo o comprimento da gaiola.

— *Caa... caaveee... caveeee...* — cacarejava a ave de bico recurvo, empoleirada comodamente nas costas do morto.

Já a garça Catilina, com as patas bem plantadas na areia, esgravatava com o longo bico a cabeça arrebentada de Segundo.

CAPÍTULO VIII

Véspera das Nonas de novembro

— Por Hécate e todos os Senhores dos Infernos! — exclamou Pompônia, estremecendo. — Suas amadas aves lhe afundaram a cabeça!

— Suas amadas aves ou então um instrumento pontudo — replicou Aurélio. — Todos já estão gritando aos quatro ventos os desígnios do Fado. Eu, porém, acho que dois acidentes mortais seguidos são demais. Primeiro Ático, agora Segundo; é o suficiente para refletir sem incomodar os deuses. Castor, indaga se alguém foi visto se dirigindo ao aviário.

— Já fiz isso, *domine* — respondeu o alexandrino com arrogância. — Não descobri muita coisa: houve um contínuo vaivém por causa do sacrifício, e agora fica difícil reconstituir a movimentação de cada membro da família. A única coisa certa é que, terminada a cerimônia, o velho Cneu se retirou de imediato para repousar no seu quarto, como sempre sob os cuidados de Paulina.

— Nenhum indício, então — suspirou o senador.

— Também perguntei sobre o anel de madrepérola, mas, infelizmente, as camareiras nunca o viram. Porém, quanto à adolescência de Segundo, muitos dos servos mais antigos a recordam. Parece que as relações dele com a madrasta durante o primeiro ano de convivência foram idílicas: só esfriaram após o nascimento de Sílvio.

— Hum... — grunhiu Aurélio. — Como se tivesse ciúme do menino... mas já era homem feito, naquela época! — considerou.

— *Peixes, aves e insetos farão apodrecer seus frutos* — interferiu Pompônia, que seguia imperturbável o curso dos próprios pensamentos. — O que pode significar?

— A Pítia fala de maneira deliberadamente obscura — observou Castor, do alto de sua experiência alexandrina. — Os veredictos das Sibilas são ambíguos e suscetíveis de várias interpretações, senão como poderiam os sacerdotes afirmar que sempre previram tudo? Pensa no pobre Creso, que perguntou ao oráculo o que aconteceria em caso de guerra contra os persas. Foi-lhe respondido que, se ele travasse batalha, um grande reino cairia. E de fato caiu, mas o seu, e não o dos persas!

— *Ibis, redibis, non morieris in bello!* — acrescentou Aurélio. — "Irás, voltarás, não morrerás na guerra", foi prognosticado a um pobrezinho que afinal, nem é preciso dizer, lá perdeu a vida. Aos parentes furiosos, o oráculo explicou que a profecia devia ser lida deslocando-se a vírgula: *Ibis, redibis non, morieris in bello*. Ou seja: "Irás, não voltarás, morrerás na guerra"!

— Assim, no final a Sibila tem sempre razão — concluiu Pompônia.

— Voltando aos *peixes*, às *aves* e aos *insetos*, creio saber como pode ser interpretado esse enigmático vaticínio — afirmou o senador, e pouco depois, convocado ao apartamento dos infelizes genitores, teve a confirmação.

— Tudo já estava previsto... — murmurou o velho Pláucio, apoiando-se na esposa com ar alquebrado. — O significado da profecia está bem claro, senador. Senta-te, eu te contarei.

E Públio Aurélio escutou mais uma vez a história da escrava germana.

— Plantei duas árvores no jardim, os meus filhos legítimos, e elas definharam — disse Cneu com voz triste. — Mas meu sêmen germinou em outro lugar, na área dos servos: a vigorosa *figueira da horta* é Sílvio!

Paulina, sempre tão controlada, deixou escapar um gesto nervoso.

— Aurélio, tenta fazê-lo pensar: ele quer nomeá-lo seu herdeiro! Sílvio é um rapaz digníssimo, nada tenho a objetar, mas daí a lhe confiar nome e patrimônio...

— Ninguém pode se opor à vontade do Fado, Paulina! — proclamou o velho, resignado. — Sempre estiveste ao meu lado; peço-te que me apóies também agora. O que pretendo fazer não reflete as tuas convicções, e sei que todos me criticarão, mas Sílvio tem meu sangue, ainda que nascido de uma bárbara!

— Terás dificuldades para reconhecê-lo — objetou Aurélio.

— Não. Sua mãe estava alforriada havia tempo. Portanto, perante a lei, Sílvio nasceu livre. Nada se opõe à sua legitimação, se eu assim o desejar. Pretendo lhe deixar tudo o que possuo: o oráculo previu isso, antes mesmo que ele viesse ao mundo! Apiana leu o vaticínio, mas não podia entender o significado.

— Tua primeira esposa chegou a te falar dessa profecia?

— Não. Apiana consultava um adivinho por dia, e justamente na época em que Tibério havia proibido terminantemente as práticas divinatórias. Ela era muito sugestionável, pobre

129

mulher, e bem ignorante. Sabia que eu não aprovava suas manias e evitou me falar disso. Só que eu estava errado, na minha incredulidade. O destino determinou que meus filhos morressem antes do tempo e que Sílvio se tornasse o herdeiro dos Pláucios.

Paulina se mantinha calada e imóvel.

— Minha consorte, foste a melhor das esposas, como eu não merecia... desde quando me dei conta disso, não olhei para nenhuma outra mulher além de ti. Ajuda-me também desta vez, eu te peço!

A matrona fitou o velho com afeto e depois anuiu tristemente.

— Assim seja, Cneu. Tens o direito de destinar a quem quiseres aquilo que é teu. Mas promete-me que não deixarás Plautila desprovida, assim como o meu Fabrício: suas propriedades estão em más condições e ele consideraria indigno do seu nome rebaixar-se para fazer negócios. Deixa-lhe o suficiente para que ele possa prosseguir tranqüilo na carreira militar.

— Pensarei nele generosamente, e o mesmo farei pela minha filha — assegurou o velho Pláucio. — Mas esta casa que construí com tanto amor, os meus campos, minha criação de peixes... tudo isso deve ir para Sílvio, junto com o nome de família. Ele se chamará Pláucio Silvano, meu filho e herdeiro!

Paulina baixou a cabeça, resignada.

— Que seja como quiseres, meu marido — replicou com um fio de voz. — Se estás realmente decidido, eu me comprometo a fazer respeitar tua vontade, a qualquer custo...

Com paciência, Aurélio recolheu as *pugillares* e se dispôs a redigir outro testamento, detalhando mil cláusulas a fim de impedir um eventual recurso: sobre esse ponto Cneu Pláucio, conhecendo bem o enteado, havia insistido bastante.

Finalmente os sinetes foram apostos às tabuinhas. A serpente alada, símbolo dos Pláucios, firmou as últimas vontades do *paterfamilias*; depois o velho Cneu, exausto, se retirou para seus aposentos.

Sozinho com Paulina, o senador a encarou com olhos hesitantes.

— Não estás convencido, Aurélio — constatou a matrona.

— Decididamente, não — respondeu ele, balançando a cabeça. — Não confio em oráculos, profecias e vaticínios. O grande Epicuro também alertava contra a divinação, proclamando que ela não tem nenhum fundamento real, assim como os próprios sonhos, que muitos, ao contrário, consideram enviados pelo Céu... Aqui entre nós, Paulina, até a existência dos deuses sempre me pareceu um tanto improvável, embora, como bom romano, eu jure tranqüilamente pelo gênio de Augusto e celebre os ritos propiciatórios previstos pelo *mos maiorum*. Mas essas cerimônias se referem à lealdade ao Estado, e não à fé mais íntima. Por sorte, em Roma cada um é livre para venerar o deus em que acredita, ou para não venerar deus nenhum, desde que não viole a lei — declarou o senador.

— Não achas que és excessivamente cético? — inquiriu Paulina. — O futuro jaz sobre os joelhos dos Numes, que certamente o conhecem...

— Mas não se preocupam em absoluto com comunicá-lo por meio de cantilenas ambíguas. Tenho certeza de que tu mesma duvidas seriamente da veracidade de toda essa história, Paulina, mas preferes fingir acreditar, em vez de enfrentar uma explicação bem mais inquietante para estas mortes repentinas.

— Qual? — perguntou a mulher, com a voz levemente embargada.

— A única possível: o crime.

— Não! — gritou a matrona, levando as mãos aos ouvidos. — Não deves sequer pensar nisso, Aurélio! Somos uma família...

— E daí? — interrompeu o senador, cínico. — A maior parte dos homicídios é cometida justamente dentro das famílias. Onde se desencadeiam os ódios mais violentos, as paixões mais desenfreadas, se não entre as paredes de uma casa, em meio a pessoas que vivem lado a lado? Inveja, ciúme, desejo, avidez... nesse campo, a família imperial fornece um ótimo exemplo: quantos, entre os Júlio-Cláudio, morreram serenamente de velhice, e quantos de punhal ou veneno?

— Chega! — gemeu a matrona. — Não consigo imaginar...

— Não, tu não crês no destino tanto quanto eu, Paulina, e tampouco aprovas as decisões de Pláucio! — afirmou duramente o patrício.

— É verdade — admitiu ela. — Mas é o que ele deseja. Talvez minha mentalidade esteja ultrapassada; eu sou uma velha patrícia, acostumada a pensar que os antepassados contam mais do que os descendentes. Reconheço com toda a sinceridade que Sílvio é adequado, se considerarmos suas origens. Além disso, eu mesma o eduquei, admiro sua inteligência e seu senso de responsabilidade; sob muitos aspectos, sempre o preferi aos outros filhos de Cneu. Também estou razoavelmente certa de que ele executará de maneira magnífica sua tarefa, administrando a propriedade melhor do que Segundo, aquele inepto, ou mesmo o meu Fabrício, cujo único interesse é o exército. Mas, apesar de tudo, não posso evitar recordar que Sílvio nasceu de uma escrava!

— Os tempos mudam, Paulina — retrucou Aurélio com paciência. — Ninguém se banha duas vezes no mesmo rio. Eu mesmo nomeei herdeiros os meus libertos.

— Nada para tua ex-mulher? — informou-se a dama, esperando não estar sendo indiscreta.

— Absolutamente nada — respondeu o senador. — Flamínia seguramente não precisa da minha ajuda. Sem falar que não a vejo há dez anos e nunca senti sua falta.

— Como o mundo está diferente de quando eu era jovem! As pessoas se casavam por amor, naquela época...

— Recordas mal, Paulina — replicou Aurélio, frio. — Todos os matrimônios eram decididos para favorecer as alianças entre famílias ou as carreiras políticas, e em geral duravam tanto quanto as razões pelas quais tinham sido celebrados. Somente para ti é que foi diferente.

— A linhagem aristocrática não importa mais nada, não é? No entanto, éramos a espinha dorsal da Urbe... Fomos nós, Aurélio, que engrandecemos Roma.

— Por acaso um homem é mais sábio do que outro porque seu trisavô tinha assento no Senado, ou um soldado é mais corajoso porque um antepassado dele combateu com Cipião em Zama? O sangue não conta, Paulina, o que faz um homem é a educação. Sílvio, por exemplo, poderia ser de fato o herdeiro mais digno de Cneu, desde que não tenha ele mesmo dado uma ajuda ao Fado, para se livrar dos irmãos.

— Eu excluo essa hipótese — considerou Paulina, balançando a cabeça. — Esse jovem é incapaz de violência.

— Muitas vezes, são os homens menos agressivos que alimentam rancores profundos e enraizados, prontos a explodir de repente por razões que, de fora, podem parecer irrelevantes — observou o senador. — Sílvio só tem um defeito: é sério demais. E eu sempre desconfiei de quem não sabe rir. Sabias que ele chama de "pai" um escravo dos *ergastula*?

— É Próculo, o servo que assumiu a mãe dele após a segunda partida de Cneu. Antigamente, meu marido era um homem dissipado, capaz de perder a cabeça por uma mulher e depois se cansar logo dela. Também por mim ele cometeu loucuras...

— Mas de ti ainda não se cansou, e creio mesmo que não o fará nunca.

— Concordo com as tuas palavras. E pensar que, no início, eu cheguei a querer... — interrompeu-se a matrona, comovida.

— E esse Próculo?

— O rapaz lhe é afeiçoado. Mas, agora que Ático e Segundo estão mortos, Cneu dirigirá todas as suas esperanças para Sílvio, e este deverá parar de considerar Próculo como um parente.

— Eu queria te perguntar... alguém mais tinha conhecimento do vaticínio, antes da morte de Ático? — perguntou o senador, atento.

— Não que eu saiba, mas certamente Apiana pode ter falado disso por aí.

— Vinte anos atrás, aquelas palavras não tinham nenhum significado para ela. Não é estranho que tenha conservado tão zelosamente a profecia?

— Ela era supersticiosa, eu te disse.

— Talvez tenha feito confidências à filha.

— Acho improvável. Tércia nunca teve outra coisa na cabeça além dos homens. Tive muito trabalho para salvar ao menos as aparências... tu deverias saber algo disso — concluiu a dama, enquanto Aurélio fingia não captar a alusão.

— Paulina, já consideraste que Tércia Plautila também é uma *árvore do jardim* e, como tal, poderia estar em sério perigo?

— Achas mesmo? — perguntou ela, desconcertada.

— Por que não? — retrucou Aurélio. — Agora, ela é a última dos Pláucios legítimos. Se é verdade que acreditas no vaticínio, deverias estar seriamente preocupada.

— Até Plautila... — murmurou a matrona, enquanto o senador se retirava silenciosamente.

Do pórtico veio o riso claro de Névia.

O patrício se surpreendeu sorrindo: a moça se recuperara depressa do trauma da horrenda descoberta! Acelerou o passo na direção da voz, pensando numa tirada brincalhona para divertir a jovem.

Chegado ao pátio, deteve-se bruscamente.

Abraçada a uma pilastra, Névia, com a cabeça voltada para trás, se balançava rindo, os cabelos despenteados ondulando nas costas.

Aos seus pés, Sílvio lhe restituía encantado o sorriso.

— Castor! — trovejou Aurélio, brusco.

— Estou indo, *domine*!

O secretário chegou ofegando. A julgar pela sua expressão aborrecida, a atividade que o patrão havia interrompido devia ser das mais agradáveis.

— Manda preparar os cavalos para o amanhecer; pretendo ir procurar a Sibila, em Cumas. Daqui, é só uma hora de viagem, e tu me acompanharás.

— Mas é tudo um embuste, patrão! — protestou o alexandrino. — Esse joguinho foi inventado por nós, gregos, e devo dizer que durante alguns séculos funcionou devidamente. Hoje, porém, as pessoas ficaram muito espertas para dar crédito à Pítia!

— Procuraremos informações sobre aquele antigo vaticínio — insistiu Aurélio. — É muito provável que seja uma profecia do Sibila, porque naquela época Tibério dificultava a vida dos adivinhos não autorizados.

— Deifoba já deve ter morrido há tempos. Quem é a vidente agora? — informou-se Castor.

— Uma tal de Amaltéia, que tomou o nome da famosa profetisa dos Tarquínios.

— Ah, sim, conheço a história. A maga ofereceu ao rei nove volumes de suas predições por 300 escudos de ouro, e ele recusou. Então ela queimou três e voltou a propô-los assim mutilados, mas de novo Tarquínio não quis. Depois de outro rogo, o rei acabou comprando os três últimos, ao preço de nove: os mesmos que foram zelosamente guardados no Campidoglio até o incêndio dos tempos de Sila. Teus antepassados os consultavam antes de tomar qualquer decisão... Eu sempre disse que os romanos são ingênuos!

— Por quê? — objetou o patrício. — Vós, gregos, não tendes o Santuário de Delfos, o Necromanteion e os carvalhos de Dodona?

— Sim — reconheceu o secretário. — Devo admitir que os sacerdotes dirigiam a Grécia inteira por meio dos oráculos e das falsas predições. Por outro lado, os quirites também se beneficiaram disso: Catilina, enquanto preparava o golpe de Estado, fez a Sibila de Ancira espalhar que a família dele estava destinada a governar a República...

— Justamente por ser tão fácil manipular as profecias, tenho intenção de investigar mais a fundo — observou Aurélio. — O tal vaticínio pode muito bem ser falso. Aqui todos falam da vontade do Fado, mas eu vejo apenas dois cadáveres que, sem aquele maldito augúrio, só seriam explicáveis pelo homicídio!

— E esperas encontrar vestígios de um oráculo de vinte anos atrás? — duvidou o alexandrino. — Poupa tuas forças, *domine*! Cavalgar cansa as partes baixas e eu não gostaria que, já exaurido como estás...

— Esqueceste que tu também vais, Castor?

— É uma viagem pesada — começou o liberto.

Aurélio deu de ombros:

— Tudo somado, talvez seja melhor que eu leve comigo Satúrnio.

— Mas, patrão, não podes levar alguém como ele, que vem das montanhas do Brutium, para o meio daqueles gregos trapaceiros: ele voltaria até sem a túnica! Não, bem vejo que devo me sacrificar por tua causa. Irei, mas há uma coisa que eu queria te pedir em troca.

— Estou escutando.

— Preciso de um favorzinho. Aquela Xênia é de fato ótima; imagina que quase conseguiu me vender um bracelete falso, me fazendo acreditar que o furtara da patroa.

— Como doméstica, muito confiável, não se pode negar!

— Pois é, então pensei, meu patrão não tem muitas mulheres na sua *domus*...

— Mas se são bem umas cinqüenta! — protestou Aurélio.

— Já desbotadas e sem graça.

— Nenhuma passou ainda dos 30 anos, lembra-te — frisou o patrício.

— ...e, assim, seria simpático se eu pudesse lhe conseguir uma nova ancila — continuou o grego, sem escutar. — De sãos princípios morais e bem bonita, entre outras qualidades.

— Não estás querendo que eu compre aquela ladra! — escandalizou-se Aurélio.

— Mas eu te repito, é confiabilíssima.

— Castor, sem dúvida não ignoras que eu *já* tenho um delinqüente entre os meus servos.

— Justamente: em dupla, eles se controlariam entre si! — exclamou o grego, com lógica férrea, sem se dar por achado. — Obviamente, estavas aludindo a Páris. Ele te causa um monte de problemas, não? — concluiu Castor, que não suportava o escrupulosíssimo administrador de Aurélio.

— Se ela é tão importante para ti, por que não a compras tu mesmo? És um homem livre, agora, e até quase rico.

— Helena, aquela rabugenta, se recusa a me ceder a moça! — explodiu Castor, irritado.

— Oh, oh, então já te informaste... — escarneceu o patrício.

— É questão de afinidade, patrão. Se visses com quanta graça ela é capaz de introduzir a mãozinha delicada no meu alforje, sem fazer o menor ruído...

— Parece nascida para ti!

— Sua patroa não poderia dizer não a um senador. Se eu for a Cumas, me darás uma mãozinha, hem? Já vou preparar a bolsa... Eh, mas onde foi parar? Eu a coloquei aqui há poucos instantes, quando Xênia veio... Ah, desgraçada! — bufou o alexandrino, saindo em perseguição.

— Finalmente encontraste pão para os teus dentes, Castor! — riu Aurélio, divertido.

O terraço estava escuro e deserto. A ceia havia sido consumida em privado, e os Pláucios não tinham saído de seus quartos. Aurélio, já pronto para a viagem da manhã seguinte, aproveitou o momento propício para finalmente falar com Helena, a bela viúva de Ático, longe de ouvidos indiscretos.

Na penumbra do serão já avançado, ele mal conseguia percebê-la, de pé ao lado da balaustrada em frente ao lago. Como a um sinal convencionado, dois servos se apressaram a acender os *funalia*, os grandes archotes de cera e pez que clareavam o ambiente nas horas noturnas.

— Com que então, Aurélio, gostarias de comprar minha escrava...

Helena se reclinou preguiçosa num triclínio, os cabelos claros soltos em sinal de luto sobre os ombros despojados de adornos. Sem uma jóia sequer e vestida inteiramente de branco, parecia frágil e patética. Mas Aurélio não se deixou comover: sabia que o penteado deliberadamente desfeito havia custado a Xênia horas de trabalho e muitos ferimentos no braço, onde a exigente patroa costumava espetá-la com o palito prendedor quando ela errava o volume de um coque. Que grande atriz devia ser aquela mulher, para se manter insensível ao frio cortante, enquanto o véu cândido lhe deslizava sabiamente das costas!

— Eu não imaginava que as escravas te interessavam, Aurélio. Tens fama de homem que prefere as senhoras — alfinetou Helena, ágil em colher a mirada de admiração do senador.

Ela leva sua beleza como um gladiador leva a espada, fingindo não sentir o peso, refletiu Aurélio. *É a única arma que sabe usar: suas presas são os homens, os únicos capazes de tirá-la da obscuridade e da miséria...*

— De fato, eu aprecio muito as senhoras — respondeu, dirigindo-lhe um olhar cheio de subentendidos.

— É mesmo? — riu Helena. — Pessoalmente, não posso me lamentar de ter sido importunada, nobre Aurélio... e pensar que, conhecendo tua fama, havia me preparado para me defender!

— Estou de férias, encantadora senhora — gracejou o patrício. — Até os grandes sedutores se dão um pouco de repouso, de vez em quando.

— Ou será que pretendes levar teu rebanho cansado para pastar em outro lugar, onde a grama é mais fresca? — perguntou a mulher com voz vibrante.

O senador a encarou, curioso: com que então, Helena não era uma mãe tão distraída a ponto de não perceber o interesse suscitado nele pela jovem Névia...

— Da torreta se observa um belo panorama — rebateu friamente. — Até me espanta que tu, lá de cima, não tenhas visto teu marido cair no tanque.

—˙ O que pretendes dizer?

Entre os olhos da Vênus impassível se formara uma pequena ruga; na testa perolada brilhava agora um véu de suor.

— O que nós dois sabemos muito bem, fascinante Helena. Um marido modesto e uma rica propriedade rural são sempre melhores do que um porão em Neapolis; mas, se aparecer no horizonte um patrício romano, bem relacionado na Capital e, ainda por cima, inegavelmente atraente, então se começa a mirar mais alto. E quando o obstáculo é apenas um pobre marido qualquer...

— Cão sarnento! — sibilou a mulher. — Como ousas insinuar...

— Atenção! Quando te enfureces, mostras de onde vens! — riu Aurélio. — Até agora, foste hábil em manter a atitude ponderada de uma matrona. Não arruínes tudo!

— Fica longe de mim e da minha filha! — intimou ela, ameaçadora.

— Para que possas exterminar toda a família e embolsar a herança? Não contes com isso, minha cara, não pariste um herdeiro atrás do qual pudesses te entrincheirar. E te aconselho a não confiar em Fabrício, aquele presunçoso: ele te largará como se fosses uma velha túnica usada, assim que se cansar de ti!

Helena o fitava com rancor, sem dizer nada. O senador se levantou, fingindo querer se afastar.

— Espera! — chamou a mulher, em tom áspero.

Aurélio sorriu de si para si. A víbora estava cedendo.

— Como sabes a respeito de Fabrício?

— Estavas no alojamento dele naquela noite? — perguntou o senador, em vez de responder.

— Sim — admitiu Helena, com certa relutância.

— E teu marido não percebia nada?

— Não. Eu ficava atenta. Ático era terrivelmente ciumento.

— O que nunca te impediu de escapulir bem quietinha do leito dele e de seguir para aquele outro, mais hospitaleiro, da torreta. Aposto que, daquela vez, Ático te seguiu.

— Se ele estivesse à minha procura, certamente não desceria até os tanques.

— Talvez imaginasse te encontrar justamente lá!

— O lugar te parece adequado a um encontro clandestino? — reagiu Helena, irritada.

— Mas Ático chegou até o tanque maior... e alguém o ajudou a cair lá dentro. E quem faria isso melhor do que a esposa infiel ou seu vigoroso amante?

— Fabrício estava comigo.

— A noite inteira?

— Por toda a duração da segunda vigília.

— Talvez tenha tido tempo para matar Ático mais tarde... Teu marido estava no quarto, quando voltaste?

— Não sei. Dormíamos separados.

Aurélio refletiu: o que aquela mulher ambiciosa podia ganhar com a morte prematura do legítimo consorte? Sem dúvida, não o casamento com Fabrício; aquele arrogante não era do tipo que desposaria uma viúva de origens obscuras, por mais bela que fosse. Talvez Ático, descoberta a traição, pretendesse se divorciar. Ou então...

— Estás grávida? — perguntou bruscamente.

— Como te permites?! — gritou a mulher, levantando a mão para golpeá-lo.

Aurélio bloqueou o braço a meio caminho e o torceu um pouco.

— Eu me permito isto e muito mais — respondeu, imobilizando-a. A mulher ofegava, furiosa. Aurélio viu o seio subir e descer ao ritmo da respiração acelerada. Embora a contragosto, sentiu um arrepio de desejo. Helena percebeu e exibiu um sorriso astuto.

— Senador — sussurrou ao ouvido dele, repentinamente lânguida. — Talvez eu possa te dar o que procuras...

— De fato, podes — admitiu o patrício.

— E então, nobre Aurélio? — murmurou Helena, persuasiva.

— Na verdade, desejo comprar tua escrava. Só tu podes me vender a jovem. Basta que me digas o preço — concluiu o senador, rindo, enquanto a mulher se soltava com um safanão.

A floreada expressão com que Helena o insultou não deixava a menor dúvida sobre sua origem plebéia.

— E fica longe da minha filha! — gritou atrás dele, correndo para a escuridão protetora do tablino.

CAPÍTULO IX

Nonas de novembro

— Daqui, chegaremos num instante! — garantiu Públio Aurélio com voz segura, avançando expedito pela galeria de Cocceio. — Uma milha, e estaremos em Cumas!

— Construção apreciável, não nego, e até de uma certa utilidade — comentou Castor, analisando com evidente desdém o enorme túnel. — Mas, para falar a verdade, não demonstra grandes exigências artísticas.

O senador bufou: nem mesmo ao ver uma obra ciclópica de alta engenharia como aquela o imperturbável liberto admitia que os romanos soubessem fazer algo de bom. Diante dos aquedutos grandiosos, das bacias artificiais, das pontes mais ousadas, a reação do alexandrino era sempre a mesma: um leve soerguimento das sobrancelhas, algum comentário apreciativo *pro forma* e um longo palavrório sobre o inalcançável gênio grego.

Sem responder, Aurélio ergueu a cabeça para admirar as claraboias, observando as pesadas carroças que avançavam, em ambos os sentidos, pelo ventre da montanha. Nesses momentos, sentia-se profundamente orgulhoso de ser romano, bem mais do que ao receber a notícia da enésima vitória das legiões: montes escavados em profundidade, colinas aplanadas, férteis planícies onde antes havia pântanos mefíticos, e por toda parte estradas, largas, cômodas, esplêndidas estradas lajeadas que levavam ao mundo o nome e a civilização de Roma; e também água corrente, edifícios aquecidos, elevadores, gruas, poderosas máquinas de guerra, navios velozes, escolas e banhos para todos... O progresso era verdadeiramente irrefreável, pensou o patrício, envaidecido; naquele passo, quem saberia quais outras inacreditáveis maravilhas seriam vistas nos próximos séculos?

— Vós, romanos, não fazeis nada de realmente criativo — minimizou o grego, esfriando subitamente o entusiasmo do patrão. — Vossas obras são simples imitações dos projetos gregos. Há séculos, já em Alexandria...

— Chegamos! — interrompeu o patrício, melindrado.

A grande passagem subterrânea se aproximava do final, e lá fora se abria a estrada em declive para o centro da cidade.

Aurélio parou a fim de admirar o promontório branco de templos, que se destacavam em meio ao verde-escuro das azinheiras e dos loureiros.

— Antigamente, devia ser um lugar belíssimo — disse Castor, esporeando a montaria. — Mas agora... olha, *domine*, olha como o deixaram os *teus* compatriotas! O Fórum está circundado por fábricas malcheirosas e a cidade mais parece uma fortificação militar do que a arcana morada da Pítia!

Aurélio foi obrigado a admitir, a contragosto, que o secretário tinha razão. Sempre que punha os pés em Cumas, notava alguma lojinha de artesão a menos e o tráfego cada vez mais escasso. A vizinhança do próspero porto de Puteoli, tornado rapidamente o mais importante do litoral campaniense, havia tempos arruinara a antiga cidadezinha grega, que agora nem mesmo o sacro culto da Sibila conseguia reanimar.

— Lá está a gruta da sacerdotisa. Vai arrumar o que fazer, enquanto eu interrogo o oráculo — ordenou o patrício.

Já sozinho, o senador perscrutou o vestíbulo escuro pelo qual se chegava ao longo corredor trapezoidal que servia de acesso à caverna sacra.

Poucos, raros fiéis esperavam para entrar, assediados por uma malta de aguerridos trapaceiros prontos a oferecer ardorosamente tabernas e bordéis, locandas e hospedarias, tudo a preços baixíssimos, incluindo a resposta favorável da profetisa. Infelizmente, porém, os negócios já não prosperavam como antes, havia apenas vinte anos, quando o oráculo ainda conseguia atrair um bom número de bobalhões, dispostos a qualquer coisa desde que ouvissem a promessa de um futuro feliz. Tinha sido então que Apiana recebera o famoso vaticínio sobre a humilde figueira da horta...

Estranho, pensou Aurélio: a primeira mulher de Pláucio devia ter sido a típica ingênua, fácil de ludibriar; assim, por que lhe fora reservada justamente uma profecia tão obscura, e de pouquíssima satisfação? Um prognóstico de abundância e de boa saúde a induziria a abrir generosamente a bolsa; aquele vaticínio, ao contrário, possuía um tom inquietante, quase autêntico...

Enquanto refletia, o senador tinha entrado na fila. Já interrogara o oráculo, muitos anos antes. Era jovem, então, mas não menos cético: recordava bastante bem os longos ritos arcanos, estudados à perfeição para enredar os tolos. Agora, porém, os sacerdotes faziam tudo sem nenhum capricho, sem sequer se dar ao trabalho de preparar a encenação. A gruta da Pítia já não era senão um lugar exótico, para onde os ricos veranistas do litoral se dirigiam em comitiva, a fim de passar o tempo com uma excursão um pouco diferente das outras.

— Patrão, patrão! — chamou um velho caolho, puxando-o pela túnica. — Não percas tempo aqui: a Sibila é uma velha maluca, rodeada de espertalhões!

— Muito gentil da tua parte, isso de me alertar — espantou-se o patrício, desconfiado.

— Não dês ouvidos a este homem! — interrompeu uma gordalhona. — Somente nós, fenícios, devotados à divina Astartéia, podemos te dizer o que te espera nos tempos futuros! Além disso, nossas sacerdotisas são todas jovens e bem fornidas, o que não é rejeitável, para um belo rapagão do teu porte!

— Astartéia coisa nenhuma, vem recorrer a Ísis, e terás a vida eterna! — interveio um vendedor de amuletos.

— A eternidade é longa demais: eu acabaria me entediando! — respondeu Aurélio, rindo.

— A verdadeira, a única voz da deusa Muda! — recomendava um rapazinho, tentando chamar atenção.

— O tempo chegou e o Reino está por vir! O Céu se abrirá para separar os justos dos injustos... — pregava um pouco adiante um ancião em trajes hebraicos.

— Emendai-vos, emendai-vos, insensatos! — vociferava um grupo de jovens de crânio raspado, que circulavam armados de pandeiros, salmodiando preces desafinadas. — Regenerai-vos e renascei em Mitra, o Salvador!

Empurrado para cá e para lá, disputado pelos seguidores dos mais estranhos cultos, o senador começava a se irritar. Estava claro que, com os visitantes tão em baixa, a concorrência se tornava impiedosa e, identificado o simplório da vez, os adeptos das várias seitas competiam ferozmente por ele.

Nesse momento, o guardião lhe acenou que havia chegado sua vez de entrar na caverna sacra.

O rito antigo exigia que, antes de interrogar a Pítia, as pessoas fizessem um longo jejum e sacrificassem um touro a Apolo e uma cabra a Ártemis; mas os sacerdotes, bastante expeditos, e tendo havia tempos simplificado o procedimento, se contentaram com embolsar o dinheiro correspondente ao valor dos dois animais, a serem imolados mais tarde, com toda a calma.

Aurélio avançou pelo corredor escuro, com uma certa emoção. Diante daquela série de novos magos, até a gruta da Sibila possuía um certo fascínio, talvez pelo eco dos milhares de fiéis que durante séculos e séculos a tinham percorrido amedrontados, com passos hesitantes.

A caverna era tenebrosa e, nas intenções dos sacerdotes, deveria incutir um temor reverencial. De repente a escuridão absoluta foi rompida por um raio que descia lá do alto, iluminando uma gaiola suspensa no vazio, dentro da qual careteava, horrendo, o cadáver mumificado de uma velha desdentada.

Truques de feira, disse Aurélio de si para si; no entanto, à própria revelia, deu um salto para trás. Depois recordou: a Sibila em exercício sempre vaticinava na companhia do corpo embalsamado da precedente.

A visão do cadáver apergaminhado desapareceu com um estrondo sinistro e a vidente surgiu.

Ao ver a louca que ria empoleirada em sua trípode de bronze, Aurélio esqueceu as claras e lúcidas questões que havia preparado e perguntou, de chofre:

— Quem matou Ático e Segundo?

Da boca aberta e espumante da demente saiu um urro, seguido por um gorgolejo surdo e inarticulado.

147

Aurélio esperou, impassível. Por duas vezes a louca murmurou algo ininteligível, torcendo horrendamente os lábios exangues; depois se calou e não deu sinais de querer continuar.

O patrício já ia se retirar quando sentiu nas costas um toque leve e estremeceu. Um homem muito alto e magro, vestido numa túnica alva que ia até os pés, lhe apontou a saída, sem falar. Seguindo a sombra branca, Aurélio foi dar num local fechado, escavado na rocha.

— Entendeste a resposta da Sacra Pítia, romano?

— Bom, ouvir, eu ouvi, mas... não me pareceu muito clara.

— Só os consagrados a Apolo podem interpretar a voz arcana do deus.

— E tu com certeza és um deles — constatou o patrício.

— Justamente, romano. Somente eu tenho condições de te referir o que o Nume profetizou.

— Mas imagino que, para fazer isso, precises de uma modesta contribuição...

— É antigo e venerável costume fazer uma doação ao colégio sacerdotal.

— Certo, certo. Quanto? — cortou o senador.

— Ninguém ousa oferecer ao Divino Febo menos de três moedas de ouro. O Nume poderia se ofender e ferir o incauto nos seus mais caros afetos.

— Corro o risco. Para ouvir o que serás capaz de inventar, estou disposto a desembolsar um áureo, não mais.

— Ah, sacrílego! Um general barateou o preço e seu primogênito foi atingido por uma moléstia...

— Não tenho filhos.

— Um rico banqueiro regateou, e sua mulher...

— Não sou casado. E ofereço um áureo — disse Aurélio, fazendo a moeda tilintar na mão. — Vamos, aceita. É melhor do que nada, e tenho certeza de que aquilo que terás a me dizer não vale tanto.

— Fazes mal em zombar de mim, romano arrogante! A profetisa de Apolo vê o passado, o presente e o futuro e sabe tudo! Ela disse que temes pela vida de uma pessoa.

— E quem seria, por gentileza? Também te mencionou o nome?

— Incrédulo e insensato: o deus falou de uma terceira filha. Aurélio gelou e seu tom se fez circunspecto.

— Continua...

— Ímpio! Vens à santa caverna, te recusas a dar o óbolo e pretendes conhecer as divinas respostas!

— Está bem — cedeu finalmente o senador. — Eu te darei os 3 áureos.

— *Seis*, a esta altura! O Nume da infalível flecha despreza tua avareza, e agora exige o dobro.

O patrício ferveu de raiva; não podia cair naquela tapeação para tolos, não podia se deixar sugestionar por aquele circo das maravilhas a bom preço, logo ele, nobre, culto, epicurista...

— A Sibila também viu outra mulher, cético romano: leve, branca, fresca como a neve... — insinuou o consagrado a Apolo.

Fresca como a neve... Névia! Por todos os Numes, como a profetisa descobriu? Aurélio lutava contra sua maldita curiosidade, sentindo-se como o rei Tarquínio diante da famosa Amaltéia que queimava os livros sibilinos. Morria de vontade de saber. No fundo, abastado como era, o que valiam 6 áureos para ele?

— Vai embora daqui, o Nume está ofendido contigo! — liquidou-o o sacerdote, de má vontade, virando-lhe as costas.

Está esperando que eu o chame de volta, avaliou o patrício. Aquilo era uma estupidez, uma pantomima sem sentido, um logro fantasiado de mistério sobrenatural... mas ele não conseguiu resistir.

— Aqui está o que queres! — gritou, e ao jogar as moedas se perguntou se com a idade não estaria realmente se imbecilizando. O ávido sacerdote embolsou o butim com gesto rápido.

— Deves te manter longe da gélida neve: será tua ruína! Névia da cabeleira exuberante, ingênua e perigosa...

— O que a Pítia respondeu à minha pergunta?

— É insano indagar o que o Fado já decidiu: esta é a resposta do oráculo!

— Ah, assim é muito cômodo, devolve o meu dinheiro, velhaco! — retrucou o patrício, encolerizado; mas o sacerdote já desaparecera subterrâneo adentro, deixando-o a praguejar no escuro.

Aurélio se viu fora da caverna, furibundo consigo mesmo por ter se deixado ludibriar daquele jeito.

— Decepcionado, hem, belo senhor? Eu te avisei que serias logrado! — consolou-o a seguidora de Astartéia.

— Por acaso os fenícios são mais honestos? — perguntou o senador, sarcástico.

— Conosco, pelo menos as pessoas se divertem, nobre senhor! Fornecemos profecias, sim, mas também ótimo vinho e belas jovens! Aposto que não comeste e procuras uma boa taberna. Justamente em frente ao santuário da deusa há uma bem razoável; se quiseres, eu te acompanho até lá e tu, em troca, me ofereces uma pequena jarra de Ulbano leve, aquele nosso de Cumas, que faz a cabeça girar e depois não se sabe o que pode acontecer...

— Está bem, quanto à taberna — aceitou Aurélio. Se havia cevado aquele enganador com seis moedas de ouro, podia muito bem desperdiçar algum dinheiro na hospedaria: a púnica insolente, embora de uma limpeza nem um pouco impecável, era ainda assim preferível aos outros malcheirosos adivinhos que o puxavam de todos os lados.

A mulher não esperou que ele falasse duas vezes e, enxotados os concorrentes com quatro berros, arrastou às pressas a ambicionada presa. Depois de atravessarem o Fórum em passos velozes, deixaram à esquerda a Acrópole e penetraram num dédalo de vielas fétidas.

— Mas onde é afinal essa *caupona*? — perguntou Aurélio dali a pouco, já começando a sentir cheiro de trapaça.

— Aqui está! — exclamou a mulher, apontando a tabuleta pintada na qual sobressaía a inscrição: *JARDIM DE ASTARTÉIA*.

Esperemos que não sirvam apenas salsicha frita, desejou o refinado apreciador da boa comida, enquanto entrava no subsolo do qual provinham música e vozerio.

— Trouxe um cliente para ti, Carina!

A taberneira relanceou o recém-chegado e observou com admiração o manto finíssimo, ornado de fíbulas preciosas.

— Realmente um belo jovem! — saudou, enquanto estimava com boa aproximação o valor do grande anel de indicador, calculando quanto poderia extorquir do rico freguês por um almoço em agradável companhia.

— Hoje é realmente nosso dia de sorte! Acaba de chegar um outro ilustre senhor, que pediu vinho e dançarinas à vontade. As moças estão encantadas: ele é alegre, jovial e paga em ouro!

Uma horrenda suspeita se esboçou de imediato na mente do patrício. Mas não, ele nunca ousaria; era seu servo fiel e não chegaria a ponto de vender seus segredos ao primeiro e pérfido sacerdote que lhe aparecesse, em troca de vil dinheiro...

Em dois saltos Aurélio se viu na soleira da saleta interna, onde, a julgar pelas cantorias e risadas, estava em curso um festim de dimensões babilônicas. Com um gesto brusco, afastou a cortina, a tempo de assistir à última libação.

Semi-enterrado sob três moçoilas bem apetitosas que se empoleiravam sobre seus joelhos, Castor, já completamente bêbado, fazia-se acariciar a barba e mordiscar as orelhas, enquanto com uma mão erguia a taça e com a outra explorava o seio de uma viçosa jovem, brindando:

— E que Apolo conceda longa vida ao meu patrão!

— Quase me afogaste! — protestou Castor, ainda pingando, enquanto cavalgava ladeira acima.

— Era preciso um pouco de água fresca para te fazer emergir das névoas do vinho! — minimizou Aurélio, ostentando uma calma olímpica. Não havia demonstrado a mesma placidez pouco antes, quando arrastara o alexandrino até o bebedouro e lhe mantivera demoradamente a cabeça sob a água, em meio à algazarra das moças da taberna, antes de atravessá-lo em cima da montaria como um saco de ração.

Já estavam no alto da colina quando o secretário recuperara o fôlego para protestar, invocando a seu favor, com modos e ditos algo vulgares, todos os Numes do Olimpo e grande parte das divindades marinhas e fluviais.

— Fica estabelecido que descontarei do teu polpudo salário os 6 áureos que me fizeste desperdiçar — replicou Aurélio, não pouco divertido ante os protestos do alexandrino.

Valia a pena ter despendido aquele dinheiro para dar uma lição ao secretário. Se Castor não se tivesse revelado tão precioso em numerosas ocasiões, o patrício mandaria surrá-lo ou aprisioná-lo por aquela artimanha. Em vez disso, ouvindo-o balbuciar o nome de Espártaco, sorriu amavelmente para ele:

— Não te escutei bem, Castor.

— Nada, *domine*, eu estava refletindo sobre o amargo destino de um grande herói, subjugado por forças esmagadoras...

— Desde quando admiras aquele rude gladiador? Sempre sustentaste que Espártaco agiu como um paspalhão, enfrentando as legiões em vez de escapulir para a Gália enquanto havia tempo!

— Depois do banho gelado que me infligiste, vejo as coisas sob uma nova perspectiva: se o valoroso trácio tivesse prevalecido sobre as legiões, agora há pouco a cabeça dentro do bebedouro teria sido a tua, e não a minha!

— Apesar de tudo, agi para o teu bem, para ficares sóbrio de novo.

— E tiveste êxito, patrão, até demais! A ducha fria me fez perder completamente a memória, e no entanto estou certo de que tinha alguma coisa a te contar...

Era uma armadilha, uma armadilha astuciosa para induzi-lo a perdoar a dívida em troca de uma mentira qualquer, pensou Aurélio, decidido a não se deixar apanhar.

— Se eu te metesse de novo dentro d'água, tuas idéias clareariam? — ameaçou, apontando uma poça pútrida à beira da estrada.

— Pois é, *domine*... de tanto forçar a memória, uma lembrança vem agora em meu socorro: a proprietária daquela locanda fenícia, na qual eu me encontrava zelosamente indagando antes que tu despencasses lá dentro, se transferiu para Cumas recentemente. Até pouco tempo atrás, morava em Neapolis, e entre os freqüentadores habituais da sua *caupona* havia também um certo Névio: um cliente pouco confiável, não muito pontual nos pagamentos. Mas, na última vez em que esteve em Neapolis, a hospedeira teve oportunidade de encontrá-lo... e ele parecia bem forrado de sestércios. Justificou sua nova abastança aludindo a uma vaca que finalmente começava a dar leite!

— Magnífico, Castor! — concedeu o patrício.

— Perdoado, então? — sorriu o grego, tranqüilizado. — No fundo, não é culpa minha se te deixaste enganar por aquele embusteiro!

— Queres afirmar, pérfido levantino, que não tiveste nada a ver com isso? — inquiriu o patrão, perscrutando-o severamente.

— Minha boca está costurada, *domine*, eu preferiria ser degolado a deixar escapar teus segredos. Porém...

— Porém? — rosnou Aurélio, à espera da confissão do traidor.

— Pois é... eu estava preocupado contigo, e diante da gruta da Sibila dirigi em teu nome uma súplica a Apolo, patrono da profecia.

— Prossegue!

— No fervor da prece, pode ser que tenha deixado escapar alguma coisa em voz alta, e talvez, justamente nesse momento, alguém estivesse passando por ali... aliás, de fato creio me lembrar de um velho alto, vestido de branco, que se afastava às pressas. Mas te asseguro que sequer lhe dirigi a palavra!

— Quem te deu aqueles áureos, então? — quis saber o senador.

— É dinheiro ganho honestamente, *domine*! Eu o recebi em troca de um conselho sobre alguns melhoramentos cenográficos a executar no oráculo: há um sistema fácil, fácil para elevar a trípode da Pítia com um pequeno mecanismo escondido, a fim de que, de longe, ela pareça estar levitando. Os sacerdotes de Amon, sabendo que o olho também quer a sua parte, são autênticos especialistas nesse truque...

— Astutos, não se pode negar.

— Tão astutos quanto vingativos, patrão. Jamais esquecerei que me salvaste das garras deles... E então, amigos como antes? — sorriu o liberto com expressão cativante.

— Só se me tiveres referido tudo. Claro, se conseguires recordar mais alguma coisa, poderei ser mais compassivo, talvez perdoando metade da cifra que tuas incautas preces me fizeram perder, ou então te reservando uma pequena doação... — prometeu o patrão, melífluo.

— Bom, então escuta: na coletânea dos livros sibilinos não há vestígio daquela profecia!

— O quê? E quem te contou isso?

— O sacerdote vestido de branco.

— A quem sequer dirigiste a palavra, hem? — trovejou o patrício, olhando-o de través.

— *Domine...* — explicou Castor abrindo os braços, nem um pouco contrito. — Quando é impossível comprar uma informação, sempre se tenta trocá-la por outra! O que importa é o resultado!

— Com que então, o vaticínio do oráculo é falso — refletiu Aurélio.

— Disso não se tem certeza: na cratera do Averno existem muitas grutas, e uma delas foi habitada durante anos e anos por uma velha selvagem, morta há tempos, que os habitantes do lugar consideravam dotada de poderes divinatórios. Ao que parece, Apiana confiava mais nela do que na Pítia oficial, e a predição pode ter sido feita por essa megera. Atravessemos logo a montanha, e te mostrarei onde era o seu covil.

— Não retornaremos agora ao Averno, Castor — decretou o senador. — Já que estamos em viagem, também pretendo procurar Névio. Tenho grande curiosidade de ver como se arranja o pobre divorciado.

— Mas ele mora em Neapolis! — gemeu o alexandrino.

— Justamente, vira o cavalo!

— É de fato necessário? — tentou fazê-lo desistir o servo. — Há contínuos abalos de terremoto, e acima da cidade paira um vulcão terrível.

— Extinto há anos — cortou o patrão. — Não passa de um cocuruto inócuo.

— Poderia despertar de novo, mais dia menos dia. E então...

— Tolice, não há o menor perigo. Existem muitas cidades abaixo do Vesúvio, densamente povoadas e todas absolutamente seguras: Herculano, Stabia, Pompéia... Vamos, pára de protestar e cavalga: quero estar lá amanhã! — incitou-o Aurélio, partindo a galope.

CAPÍTULO X

Oitavo dia antes dos Idos de novembro

— Por Hércules, *domine*, quanta lama! Não te bastou me fazer passar a noite numa locanda fétida, com a desculpa de que eu desfrutaria de um esplêndido panorama sobre a ilha de Nisida...

— Ora, Castor, não era tão ruim assim — minimizou Aurélio.

— O problema, patrão, é que não tens senso de classe. No entanto, estás habituado a todas as comodidades! Os outros nobres quirites não se detêm para dormir em tabernas malcheirosas: mantêm *villas* ao longo de todo o percurso da Capital até o lugar de veraneio, para terem certeza de que se alojarão sempre em casa própria!

— Mas eu aposto que a vida deles é menos interessante do que a minha. E pára de reclamar, olha lá embaixo Pausilypon, a *villa* que foi de Védio Polião!

— Parece desabitada, só vejo grutas de tufo.

— Até o século passado, Neapolis era próspera e animada, mas infelizmente a cidade possuía um faro infalível para se colocar sempre do lado dos perdedores: esteve com Mário quando Sila triunfava, apoiou Pompeu contra César, sustentou Bruto e Cássio quando Augusto praticamente já havia vencido. E, como vês, ainda não parou de pagar o preço por tais escolhas infelizes.

— Que pena, ela era uma jóia da civilização helênica — deplorou Castor. — Mas é isto, aonde os romanos chegam...

— Quanto aos gregos, poucos permaneceram. Quem tinha possibilidade foi embora há algum tempo. Os velhos habitantes foram substituídos pela plebe empobrecida, imigrada dos campos.

— Mas ainda existem os ginásios, as grandes escolas. Os personagens mais renomados da Urbe mandam os filhos estudarem aqui...

— As escolas são gregas sobretudo de nome. Basta vestir uma túnica de aparência exótica e mastigar uns clássicos. A beleza do lugar se encarrega do resto.

— Eu poderia fazer fortuna, me estabelecendo aqui! Afinal, sou um alexandrino autêntico... — devaneou o secretário.

— Olha, aquele é o teatro onde o imperador Cláudio faz representar suas comédias. Névio mora pouco adiante. Tenta coletar o máximo possível de informações sobre ele, enquanto eu vou visitá-lo.

— *Domine* — pigarreou Castor. — Não quero ser inconveniente, mas como crês que eu possa fazer cantarem as cotovias? Bem sabes que as pessoas não falam de garganta seca!

Suspirando, Aurélio entregou a Castor uma bolsa de moedas, certo de que nunca mais as veria. Depois amarrou o cavalo e se dirigiu a pé até a casa para a qual, segundo a taberneira Carina, se transferira há pouco tempo o tal Névio, o homem de quem Helena se divorciara para se unir a Ático.

À medida que avançava, o senador se surpreendia cada vez mais: os edifícios, recém-restaurados, exibiam um aspecto novo e decoroso; alguns até se apresentavam em ótimas condições, como se nos últimos anos não tivesse havido tantos desmoronamentos e rachaduras resultantes dos abalos sísmicos que com freqüência devastavam a região. Realmente os diligentes partenopeus tinham sido ágeis em reconstruir... e dizer que o zombeteiro Horácio havia definido a cidade como *otiosa Neapolis*!

Duas ou três perguntas, oportunamente acompanhadas de um óbolo, e o patrício identificou a residência de Névio, bem ao lado de um vasto pórtico usado como escola, daquelas para onde os romanos com algumas pretensões mandavam os filhos a fim de serem educados à grega. Grega, de fato, era a língua que se ouvia falar ao longo da rua, assim como toda a indumentária — da cabeça aos pés — dos estudantes inclinados sobre as tabuinhas de cera, que escutavam compungidos os mestres, esforçando-se por assumir uma expressão interessada.

Ao olhar experiente de Aurélio, porém, bastou um instante para notar que, na realidade, muitos quítons helênicos, botinas jônicas e sapatos argivos eram obra dos hábeis artesãos ibéricos, capazes de encaixar no mercado, a baixo preço, qualquer imitação. E, pelo sotaque vagamente céltico dos severos pedagogos que agitavam ameaçadores a *ferula* diante dos discípulos indóceis, o patrício juraria que eles provinham de Nemasus, Alestum ou de qualquer outra cidadezinha da Gália romanizada, e não da Ática. Mas moda era moda, e os ambiciosos comerciantes da Urbe, que se exauriam para manter nos estudos os seus rebentos, não davam muita importância a sutilezas: o orgulho de declarar em público que seus filhos tinham sido educados em Neapolis, a antiga e ilustre Neapolis, bastava para ressarci-los amplamente das elevadas despesas.

Helena também seria grega só de nome?, começou a duvidar Aurélio. A favor dela depunham a fala fluente e os cabelos claros, mas afinal a juba louríssima podia ser herança de algum bárbaro estrangeiro, um entre os tantos que freqüentavam os bairros populares do porto cosmopolita de Puteoli...

Imerso em tais pensamentos, o patrício bateu à porta com o grande leão rugente que fazia as vezes de aldraba, e que dizia muito sobre os gostos dispendiosos e vulgares do dono da casa.

Névio, um homem sólido e robusto, acolheu-o cordialmente, exibindo sem constrangimento o olhar astuto e satisfeito de quem, tendo decidido viver de expedientes, evitando cuidadosamente as fadigas do trabalho duro, finalmente alcançou seu objetivo.

— Por que desejas me falar? — perguntou, enquanto sua novíssima túnica de vistosos frisos coríntios produzia um ruído roçagante.

— Venho da *villa* dos Pláucios, no Averno — respondeu o senador, certo de que aquelas poucas palavras valeriam mais do que um longo discurso.

— Ah, Helena! — suspirou de fato o homem, com dilacerante nostalgia. — Sinto tanto sua falta... nunca deveria tê-la deixado ir!

— Alegra-te, então — rebateu Aurélio com seca ironia. — Ela enviuvou e podes reavê-la — anunciou, duvidando, no fundo, da autenticidade das lamentações de Névio.

— Ático morreu? — assombrou-se o outro. — Oh, estou consternado...

Névio empalideceu com sincero pesar. Provavelmente Atico lhe repassava uma renda vitalícia, deduziu Aurélio.

— Por que concedeste tão facilmente o divórcio a Helena? — inquiriu o patrício, sabendo muito bem que a ruptura daquela união havia custado a Cneu Pláucio uma fortuna em sestércios.

— Eu a amava, mas não era o homem adequado para ela — suspirou Névio, justificando-se com modéstia. — Bela como é, Helena tinha direito a possuir muito mais do que a minha pobre pessoa!

— Quanto Ático te pagou para deixares o caminho livre? — perguntou sarcástico o patrício.

— Mas o que estás pensando? Que eu vendi minha mulher? — protestou vivamente o homem, ofendido nos seus sentimentos mais profundos. — Se os Pláucios consideraram justo me ressarcir de algum modo, por acaso eu deveria recusar? Tinha perdido toda a minha família, querias que ainda por cima morresse de fome?

— Sem dúvida deve ter sido bem difícil renunciar a semelhante jóia de esposa. Imagino que te era devota e fiel, não?

— É claro! Sobre ela circulavam algumas histórias, não nego, mas tu sabes o quanto as pessoas são malignas — tergiversou Névio. — Seja como for, eu nunca me rebaixei para dar ouvidos a tais maldades. Acreditava na minha consorte, e não no falatório dos mexeriqueiros!

— Por outro lado, estavas sempre aqui, controlando... — insinuou o senador.

— Sempre? Sempre, propriamente, não — balbuciou Névio. — Eu ia e voltava, problemas de trabalho, sabes como é Mas te repito: nutria uma confiança absoluta em Helena.

— Quem sabe, então, como foi que ela conheceu Ático...

— Imagina que fui justamente eu a apresentá-lo! Quem poderia imaginar... um homem de meia-idade, tão apagado, sem nenhum atrativo visível... — Névio abriu os braços num gesto desolado. — Na verdade, fiquei mal, quando Helena aceitou sua oferta; eu me considerava bem melhor do que ele. Mas o dinheiro, ai de mim!, tem sempre um grande fascínio.

— E tua filha?

— Eu ficaria com ela de bom grado, mas Helena insistiu em que eu não teria meios para lhe dar uma boa educação. Ah, querida, pequenina Névia, tão parecida com seu *tata*! Assemelha-se bem pouco à mãe...

— Eu notei — concordou o patrício, olhando ao redor com certa curiosidade: reboco fresco, panos recém-saídos do tecelão, utensílios novos, um tanto grosseiros, talvez, mas seguramente custosos.

— Vejo que te arranjaste bem, afinal — observou Aurélio.

— Com os 4 sestércios que os Pláucios me deram, comprei esta casinha, e agora pretendo entrar no ramo dos negócios. Sinto que, desta vez, a sorte me será propícia — respondeu Névio, sem dar detalhes. Contudo, pelo sorriso insinuante das ancilas que podia entrever atrás das cortinas, Aurélio não demorou a compreender em que atividade o homem pretendia se empenhar.

— Enfim, por favor diz a Helena que ela pode voltar quando quiser! — concluiu Névio, abrindo os braços num gesto de generosa acolhida.

Uma viagem inútil, pensou Aurélio alguns instantes mais tarde, enquanto refazia seus passos. Mas, pelo menos, podia excluir que o assassino de Ático tivesse sido o napolitano. À pergunta crucial, a saber, onde estava na noite em que o coitado caíra no tanque das moréias, Névio havia fornecido uma resposta absolutamente cabal: vinte testemunhas o tinham visto jogar dados até de manhã, numa *caupona* de fama duvidosa, nos arredores do porto.

Decepcionado, o senador adentrou o bairro popular, onde havia marcado encontro com Castor e o mesmo onde Névio tinha vivido até a recente prosperidade.

Aqui, a atmosfera era bem diferente: dos casebres gretados, mais ou menos sustentados por precárias traves de madeira, saíam bandos de crianças esfarrapadas e magricelas, enquanto mulheres esquálidas cozinhavam nos pátios, em lumes improvisados com pedras. A poucos passos daqueles míseros comedouros ao ar livre, valas lodosas, cheias de imundícies, e esgotos a céu aberto emporcalhavam as vielas de terra batida, misturando-se com a lama das carruagens.

Aurélio tentou imaginar a bela Helena, com seus modos altivos de deusa do Olimpo, a caminhar por aquela ruela para se dirigir à lavanderia pública, os delicados pés mergulhados no barro até o tornozelo, as mãos branquíssimas segurando um cesto de roupa suja.

Parou diante de um *thermopolium* lotado, na esquina da rua. Era a hora de maior movimento e o taberneiro, um homem baixo e suarento, de crânio completamente calvo, se agitava entre tigelas, jarras e crateras de vinho, tentando contentar os numerosos fregueses.

— Conheceis um certo Névio? — perguntou Aurélio educadamente aos presentes em geral, enquanto abria caminho a cotoveladas em meio à multidão de clientes.

O hospedeiro não se dignou de lhe dirigir um olhar.

— Por todas as ninfas da costa, Pópia! O que és afinal, paralítica? — gritou o careca a uma serva de pernas inchadas. — Traz duas escudelas de favas para os pedreiros e prepara o vinho quente! — ordenou, brusco, enquanto colocava sobre os ombros um panelão cheio de um caldo insosso e fervente para vertê-lo dentro do grande *dolium* em alvenaria embutido no balcão de pedra.

Finalmente alcançando o balcão, o patrício tentou chamar a atenção dele:

— Por favor, eu queria saber se conheceis...

— Pópia, as salsichas! Vens buscá-las ou estás esperando as calendas gregas? — trovejava o taberneiro, sem maiores atenções.

Aurélio resolveu puxá-lo pela túnica:

— Bom homem, preciso saber umas coisas sobre um certo Névio que...

— Favas, salsicha e *focaccia*. Não temos grão-de-bico hoje — respondeu o homem em tom apressado, atrás do balcão. — Pagamento à vista, aqui não se faz crédito.

— Na verdade, estou procurando...

— Afinal, vais consumir ou não? Se não, sai daqui, que eu preciso trabalhar!

— Escuta, vinhateiro, agora chega! Eu sou um senador romano e... — tentou impor-se Aurélio, já no auge da exasperação.

— As *focacce* estão prontas! — interrompeu o taberneiro, evidentemente bem pouco impressionado. — Move este traseiro, Pópia!

O patrício fez um gesto de irritação e se dispôs a ir embora. Se Castor estivesse ali, surpreendeu-se pensando...

— Quarenta e sete *focacce* com ervas e dois côngios de vinho! — gritou alguém lá da soleira, e de repente um respeitoso silêncio baixou sobre o local.

Castor abriu caminho entre os fregueses, exibindo seu sorriso mais cativante.

— Como disseste? — inquiriu o taberneiro, incrédulo.

— Quarenta e sete... não, faz cinqüenta, e manda entregar na antiga caserna dos gladiadores, depois da esquina.

— Mas ali vivem os sem-teto...

— Justamente! O nobre senador Públio Aurélio Estácio, recém-chegado da Urbe, oferece um almoço àqueles infelizes! — exclamou solenemente o grego, apresentando o patrão com um gesto largo.

— Ah, caríssimo senador, como eu podia saber... — desculpou-se o taberneiro, limpando um banco para o ilustre cliente. — Confesso que agora, depois de dez anos, já não esperava...

— Não esperavas o quê? — perguntou curioso o patrício.

— A comissão imperial de investigação! — respondeu o homem, no tom de quem assevera um fato óbvio.

Aurélio o fitou em silêncio, sem compreender.

— Fui eu que consertei o teto, depois do terremoto — frisou o taberneiro. — Não no último abalo, na verdade, mas no anterior, sob Tibério... Há três lustros venho enviando petições, sem receber resposta. Finalmente, César se lembrou de mim!

Imediatamente uma multidão de postulantes se acotovelou ao redor de Aurélio, circundando-o totalmente.

— Senador, são 15 anos que eu durmo embaixo dos pórticos! — protestou um velho.

— Minha casa desabou! — gemeu uma mulherzinha magricela.

— Eu perdi a loja, com todas as jarras de azeite!

— Jarra não é nada, minha sogra ficou sem as pernas!

— Tens de dizer a César a que ponto fomos reduzidos! Os responsáveis pelo município fizeram casas novas para morar, com o dinheiro mandado pelo imperador, e para nós não veio nem um sestércio furado!

Aurélio, pressionado por todos os lados, assentia embaraçado.

— Calma, brava gente, calma! — interrompeu Castor. — Antes de recolher os pedidos de indenização, meu patrão precisa contatar urgentemente uma pessoa. Trata-se de um certo Névio. Este nome vos diz alguma coisa?

O taberneiro foi o mais rápido em responder.

— Como não? É um cliente! Antigamente vinha com freqüência, mas já faz algum tempo que não o vemos... mas, se quiserdes fazer logo a perícia dos danos, eu vos mostro o teto.

— Os técnicos encarregados passarão mais tarde; agora, preferimos que nos fales de Névio — cortou o alexandrino.

— Oh, um homem simpático — sorriu o hospedeiro. — Gostava de manter longas conversas com os forasteiros, sobretudo os que pareciam possuir uma bolsinha sem teias de aranha... negócios, dizia!

— Chegaste a saber do que se tratava?

— Eu não me meto com os assuntos dos clientes! — ressentiu-se o outro.

Aurélio teve a boa idéia de fazer luzirem umas moedas.

— Bom, é o seguinte, nobre senador — foi a resposta — , se um estrangeiro de passagem procurasse companhia, ele a fornecia...

— Aqui na tua taberna? — quis saber Aurélio.

— Senador, ignoras que o lenocínio não autorizado é punido pela lei? Ao que eu saiba, Névio apenas fazia um favor aos amigos.

— Entendo — aquiesceu Aurélio, dirigindo-se para a porta.

— *Domine* — chamou o grego. — Temos de pagar as *focacce*...

— E o vinho! — acrescentou o taberneiro. — No entanto, para mim será um prazer oferecê-lo a este nobre magistrado que...

— Nem por sonho! — escandalizou-se Castor, insolitamente magnânimo. — Tudo será computado nas despesas de trabalho! — e, com ostentação, estendeu a mão para Aurélio, a fim de que este lhe passasse a bolsa. — Isto é para ti, minha cara — disse a Pópia, gratificando-a com uma gorjeta generosa.

A serva contou as moedas e arregalou os olhos: aquele grego de barba pontuda e fala solta seria Hermes sob trajes de disfarce, descido do Olimpo só para socorrê-la? Talvez lhe fosse possível conseguir mais alguma coisa... Olhou ao redor, com expressão circunspecta, e correu atrás dos dois que já se afastavam, acompanhados de recomendações e mesuras.

— Nobres senhores, nobres senhores! Escutai! Esse Névio traficava mulheres; tentou inclusive com minha sobrinha! E também conhecia o tal que depois ficou com sua esposa, aquele que vende peixe no atacado: eu vi os dois juntos muitas vezes; conversavam animadamente, como se devessem concluir algum contrato! — soltou, num só fôlego. Depois olhou de esguelha à direita e à esquerda, com uma expressão de cautela, e acrescentou: — Eu não vos contei nada, certo? — Dito isso, apressou-se a desaparecer, não sem antes embolsar uma gorjeta suplementar.

— Pode-se saber o que te deu na cabeça? — protestou Aurélio, assim que se viram longe da taberna. — Deixei lá um patrimônio, naquela hospedaria!

— Não te preocupes, *domine* — retrucou Castor, exultante.
— Foi um investimento! Os desabrigados da caserna dos gladiadores sabiam poucas e boas sobre os nossos dois pombinhos: o mínimo que eu podia fazer era oferecer a eles uma mísera *focaccia*!

— A todos os 47? — objetou Aurélio.

— E por acaso eu podia discriminar? Aqueles pobrezinhos vivem acampados no pátio, esperando socorros e providências que nunca virão, porque os notáveis da cidade já embolsaram tudo! Não me seria possível compensar somente alguns, visto que me forneceram as informações em coro. Como bem sabes, patrão, *vox populi, vox dei*!

— E então? — rendeu-se o patrício, renunciando a qualquer outro protesto.

— Névio sobrevivia alugando a mulher!

— Queres dizer que ele atuava como rufião de Helena? — pasmou-se Aurélio.

— Não oficialmente. Mas ocorria que, conversando com algum personagem de bolsa bem fornida, ele deixasse escapar um ou dois detalhes picantes sobre sua belíssima e fidelíssima esposa, junto com a informação casual de que não estaria em casa naquela noite...

— Ou seja, graças a essa simulação, ninguém poderia acusá-lo de lenocínio — concluiu Aurélio.

— Exatamente — confirmou o alexandrino. — A lei romana não é indulgente com os maridos que levam suas consortes a leilão.

Tal era o perfil do nobre genitor que renuncia à mulher e à filha para lhes assegurar um luminoso porvir.

Na realidade, as coisas eram bem diferentes: Helena era uma

prostituta e Névio, o seu proxeneta. Que exemplo para aquela pobre jovenzinha, suspirou Aurélio enquanto ia buscar seu cavalo, que havia deixado na praça do teatro.

Alguns instantes mais tarde, acompanhado por Castor, penetrava na entrada da *crypta neapolitana*, em direção a Puteoli.

CAPÍTULO XI

Sétimo dia antes dos Idos de novembro

No dia seguinte, ao circular pela horta de ervas aromáticas ao lado das atarefadíssimas Pompônia e Tércia Plautila, Aurélio estava de péssimo humor.

A ida até Cumas e Neapolis não surtira resultados frutíferos, tendo produzido, como único êxito, a descoberta da personalidade um tanto ambígua de Névio e o papel não exatamente cristalino exercido por ele no casamento de sua ex-mulher com o rico Ático. Em contraposição, sobre a misteriosa profecia que parecia ter anunciado os acidentes mortais sofridos por Ático e por Segundo, o senador sabia tanto quanto antes.

Após a viagem, contudo, a atitude de Aurélio em relação aos protagonistas daquela história havia mudado bastante. Helena lhe aparecia agora sob uma luz diferente da mulher bela e egoísta diante da qual ele acreditara se encontrar até aquele momento: ao se casar com Névio, ela devia ser muito jovem, da mesma idade que a filha tinha agora. O senador a imaginou, adolescente, a exibir como um estandarte a delicada beleza, seu único patrimônio, no mísero bairro de Neapolis onde crescera. Sem dúvida não lhe faltavam os bons partidos, naquela época, ou a possibilidade de abraçar a carreira galante, se quisesse. Em vez disso, ela se apaixonara, escolhendo se ligar a um paroleiro inconfiável como Névio, generoso só nas promessas.

Depois as decepções, os altos e baixos de uma vida de expedientes, a miséria, a amargura de descobrir, por trás da máscara jovial e falsamente sincera do marido, a face do rufião sem escrúpulos. Aurélio tinha a impressão de ouvi-lo: *Só desta vez... Podes fazer isso pela menina... Aquele Ático tem muito dinheiro, é nossa grande oportunidade...*

No entanto, pensou o senador, por que supor, afinal, que as coisas tinham sido necessariamente assim? Helena podia ter sido muitíssimo bem uma meretriz ordinária, pronta a se entregar ao primeiro que aparecesse, uma despudorada alpinista social que, em troca de sestércios, não hesitara em dispensar um marido incômodo...

A voz excitada de Tércia Plautila o fez emergir bruscamente de suas reflexões.

— Infelizmente, Pompônia, estes produtos são muito deterioráveis; é o problema dos perfumes, até os melhores perdem rapidamente o aroma — explicava Tércia, bem mais interessada nos seus negócios do que na morte dos irmãos. Ela havia insistido muito para que, apesar do luto, os hóspedes visitassem seu laboratório, e agora se demorava em descrever o efeito desta ou daquela planta, sem um único pensamento pela dor do pai ou pelo destino da propriedade.

O dote, a entrada para a alta-roda, o comércio de cosméticos, os jovens bem-dispostos que conheceria na Capital; essas, e só essas, eram as coisas que realmente importavam para a terceirogênita de Cneu.

— O pó à base de coral para clarear os dentes tem um sabor áspero, mas é fácil disfarçá-lo com extrato de menta — informava à amiga, em tom experiente. — E as lamas vulcânicas são ótimas para a pele: basta aromatizá-las levemente com algumas gotas de óleo de zimbro, para torná-las agradáveis ao olfato. A matéria-prima não custa nada, e o produto acabado pode ser revendido por ótimo preço!

— Manda preparar meu banho, quero experimentá-las logo! — guinchou Pompônia, extasiada.

Aurélio entrou no pequeno edifício e foi de imediato invadido por um turbilhão de odores confusos e penetrantes. Fascinado, deslizou o olhar sobre as recônditas astúcias femininas, os produtos destinados a tal fim, as sutis artes que conseguiam enredar os homens mais sagazes.

Sempre havia gostado de penetrar nos segredos dos gineceus e de espiar a intimidade das mulheres; exultava por ter permissão para contemplar as senhoras que lixavam a cútis até torná-la aveludada, retocavam delicadamente os cílios, experimentavam no rosto o efeito de um novo tecido.

O patrício amava as mulheres, todas elas: descobrir seu mundo secreto, os mistérios da beleza, da fertilidade, da procriação, era algo que o excitava e ao mesmo tempo o perturbava. No entanto, naquele laboratório se sentia estranhamente embaraçado, e se perguntou, ao menos por um instante fugidio, se sua paixão pelas mulheres, seu empenho em agradá-las, seduzi-las, possuí-las, não seria apenas a parte visível do pesar jamais declarado de não pertencer ele mesmo ao sexo misterioso. Mas depois observou Plautila, empolgada em descrever um novo creme miraculoso, e o aceso rubor das faces dela recordou-lhe a jovem de dez anos antes, em sua cama, na época da relação dos dois.

A dúvida, se por acaso existira, desapareceu de imediato e Aurélio se reanimou, tranqüilizado.

Pompônia, enquanto isso, volteava empolgada entre as âmbulas de cosméticos, como um legionário num arsenal bem fornido.

— Ganharemos dinheiro a rodo! — comemorava, já se vendo obrigada a inventar novos e fantasiosos modos de gastá-lo.

O patrício, meio atordoado por todos aqueles eflúvios, saiu para o ar livre. O dia estava nublado, e nem mesmo a ampla dalmática de mangas compridas o protegia das rajadas de vento.

O lago infernal brilhava com uma inquietante luz metálica, como se, de suas águas lodosas, os espectros dos mortos estivessem prestes a emergir em multidão. A horta das ervas emitia lufadas penetrantes, dos pontos onde abelhas e vespas se demoravam ao redor das últimas e exauridas corolas. Algumas aves, prestes a alçar vôo das touceiras sobre as presas sonolentas, lembraram a Aurélio a pobre garça Catilina, impiedosamente abatida no dia seguinte à morte de Segundo. No entanto, nem uma garça, nem uma cegonha, e muito menos uma garceta magricela, teria conseguido arrebentar os ossos de um crânio humano com aquele furo tão minúsculo e regular...

Veio-lhe à mente alguma coisa que ele havia escutado, a propósito das atrocidades cometidas pelos bárbaros, quando estivera na Germânia como tribuno militar: uma forma de sacrifício humano, talvez, ou uma pena capital, executados lá no norte com uma marreta pesada e um formão. Teria Segundo sido justiçado por um delito do qual ninguém tinha conhecimento? Mas, e Ático? A orla da mão decepada, roída pelas moréias, não era suficiente para dissimular o pulso truncado, cortado rente, sem dúvida não pelos dentes de um peixe, mas por uma lâmina forte e amolada.

Toda aquela história com seus mistérios, refletiu ele, estava cheia de animais: havia rapaces que gritavam à noite, insetos que zumbiam, peixes ferozes, cães rosnantes... *Cave canem*.

Os animais não são assassinos, dizia Segundo: de fato, a macabra encenação com a garça havia sido a última zombaria, para o desventurado ornitólogo! Certamente fora apanhado de surpresa, o pobrezinho, para acabar daquele modo. Se tivesse tido a mínima suspeita quanto ao seu agressor, pelo menos tentaria se defender.

Também Ático, de resto, era um homem de compleição robusta. Sem dúvida alguma, tinha sido necessário atordoá-lo, antes de jogá-lo no tanque, e no entanto não se localizara nenhuma marca em seu corpo. Teria jazido inerte, vítima de alguma beberagem soporífera?

Aurélio reviu os mil frascos multicores do laboratório de Plautila e sentiu um arrepio. A terceirogênita de Cneu, como valorosa herborista, experiente na destilação dos vegetais, certamente sabia também manipular calmantes e venenos...

Com cautela, o senador enveredou pelas fileiras da horta, em busca de alguma planta venenosa: cicuta, meimendro ou uma rara espécie de fungo, talvez escondido sob uma inócua moita de tomilho.

As duas mulheres o surpreenderam inclinado, concentrado em sua observação, com o nariz grudado num ramo de arruda.

— Gostas? Nós a usamos para perfumar o vinho. Alguns acham que ela é afrodisíaca; na realidade, é tóxica, se consumida em altas doses — informou-o Plautila, enquanto Pompônia cheirava as ervas uma a uma: Aurélio tinha certeza de que ela percebia nitidamente o aroma dos sestércios nos quais pretendia transformá-las.

Logo depois a exuberante matrona tomou o caminho das termas, ansiosa por experimentar as portentosas lamas, capazes de tirar-lhe de saída uns bons dez anos.

— Bem, agora falemos do dote. A esta altura, deve ter aumentado! — exclamou Tércia, com um entusiasmo extemporâneo.

— Não tens medo de acabar como teus irmãos? — perguntou o patrício, surpreso por tanta indiferença.

Tércia empalideceu como uma veste de luto:

— O que pretendes dizer?

— Recordas a velha profecia? Tu também és uma *árvore do jardim*. Se houver alguma verdade naquele vaticínio... — insinuou Aurélio.

— Numes Imortais! Poderiam matar também a mim, eu não tinha pensado nisso! Oh, Aurélio, tenho medo! — gritou Tércia, pendurando-se ao pescoço dele.

O senador lhe acariciou os cabelos, paciente, tentando consolá-la.

— Aurélio... — gemeu Plautila. — Eu queria tanto voltar a dez anos atrás!

— Mas como? — respondeu afetuosamente o patrício. — Tens Semprônio Prisco, agora, e estás prestes a entrar para a alta-roda da Capital!

— Sim, serei a mulher de um patrício e meus filhos terão assento na Cúria. Não importa que ele esteja me desposando por dinheiro: ainda assim, vou me empenhar em me tornar uma valorosa matrona fiel.

— Não duvido de que irás tentar — comentou cético o senador.

— Aurélio, ajuda-me: já não sou tão jovem e tenho às costas dois casamentos fracassados. Gozei a vida sem me preocupar com o amanhã, e não me arrependo; mas, de algum tempo para cá, as coisas não andam tão bem como antes. Lembras como me era fácil fisgar os homens? Tu mesmo mordeste a isca, por algum tempo. Agora, sempre que me olho no espelho, temo começar a perceber rugas sob os cosméticos e perscruto ansiosa as minhas bochechas, por medo de que se tornem flácidas. Daqui a alguns anos estarei velha, e sozinha: me surpreendo invejando as amigas, aquelas de quem zombei até hoje, esposas devotas sem grilos na cabeça, preocupadas unicamente com o futuro dos filhos... Mas ainda tenho tempo para mudar e me comportar de maneira completamente diferente: não posso morrer logo agora que estou prestes a ter uma família, filhos, talvez...

— Não deves ter medo, Tércia, eu estou aqui para te ajudar. Não te acontecerá nada, tratarei de te proteger! — tentou acalmá-la o senador, mas as tranqüilizações verbais não bastavam a Plautila.

— Oh, Aurélio, não me deixes: fica comigo esta noite! — suplicou, apavoradíssima.

— O que diria Semprônio? — censurou-a o senador. — Não me parece o modo mais adequado de começar tua nova vida matrimonial.

— Talvez tenhas razão, mas... Mas de que me adiantará ter um marido, se me matarem? — disse ela, empinando o nariz.

O patrício, sabendo muito bem, por experiência pessoal, como era fácil, com Plautila, passar dos gestos puramente consoladores a outros mais comprometedores, cortou-a logo.

— Tomaremos providências para que isso não aconteça. Agora, vamos!

Pouco depois, Aurélio entrou na biblioteca. A ala mais longa da sala era inteiramente ocupada pelos amplos triclínios elucubratórios sobre os quais os leitores podiam se reclinar para estudar; mastodônticos *armaria* de madeira preciosa, divididos em dezenas e dezenas de escaninhos, cada um contendo um *volumen*, recobriam as paredes internas, que se abriam para a espaçosa varanda hemisférica.

Os bastõezinhos de marfim ornados de tachas em tartaruga, ao redor dos quais se envolviam os rolos, sobressaíam das prateleiras, ao alcance da mão do leitor, e a longa série dos *volumina* era interrompida, de vez em quando, por uma estatueta ou um vaso precioso. Aurélio, empolgado colecionador, logo notou a antiga pombinha de vidro soprado que se destacava frágil junto a um maciço escaravelho de jade. Um aposento de leitura bem concebido, construído sob medida por um dono exigente: o senador, cético, se perguntou se aqueles preciosos papiros haviam sido realmente lidos ou apenas arrumados com tanto cuidado por simples exigências de decoração.

Fosse como fosse, a biblioteca contava pelo menos com um assíduo freqüentador, tão absorto no exame de um manuscrito que sequer percebeu a presença do visitante.

Quando Aurélio se fez notar com um pigarro educado, o rapaz ergueu os olhos do *volumen* e imediatamente afastou o peso que segurava as páginas, enrolando-as de volta com um gesto nervoso.

— O que estás lendo de bom, Sílvio? — inquiriu o patrício, curioso, enquanto com o rabo do olho tentava perscrutar o papiro.

— O patrão me autorizou a vir aqui quando não há ninguém — justificou-se o jovem, embaraçado, juntando atrapalhadamente suas coisas, com a falta de jeito de um menino surpreendido a roubar a despensa. Com a pressa, o cálamo escorregou de sua mão e caiu no chão, ao lado dos calçados do senador. Sorrindo, Aurélio o recolheu do pavimento e, com ar de entendido, examinou a extremidade afilada.

Sílvio o observou com expressão desconfiada: desde quando um senador romano de antiquíssima estirpe se abaixava para apanhar o junco caído dos dedos inábeis de um servo?

— Não temas, podes apontá-lo de novo — tranqüilizou-o Aurélio. — Ah, Heron, interessante! Vejo que entendes de mecânica... Pela pressa com que recolheste tudo, eu juraria que estavas te deliciando com um poema erótico! — brincou o senador, que espertamente dera um jeito de espiar o rolo aberto sobre a mesa. — Bela máquina, vi uma assim no Egito.

— Os sacerdotes se valem desses engenhos para induzir os ignorantes a acreditar que eles têm poderes sobrenaturais — começou o rapaz.

— Isto mesmo — concordou Aurélio. — *Deus Amon*, invocam, *mostra-nos teu poder mágico, escancarando as portas do templo!* E enquanto isso os escravos atiçam o fogo embaixo de uma caldeira cheia d'água, escondida nos subterrâneos — explicou, apontando o projeto. — A pressão do vapor aciona um complexo sistema de polias que faz girarem as folhas nas dobradiças; o portão se abre sozinho, como por magia, e os fiéis se apressam a multiplicar as ofertas, alardeando terem visto um milagre.

— No tempo dos faraós, aqueles espertalhões aterrorizavam até a plebe com a previsão dos eclipses! — sorriu Sílvio.

— Sabes muita coisa, para tua idade — constatou Aurélio, espantado. — Por acaso conheces a obra de Heron sobre os autômatos?

— Não, mas alimento o desejo de lê-la! — Os olhos do jovem brilhavam de entusiasmo. — Ninguém jamais explorou até o fundo as potencialidades dos engenhos mecânicos para aliviar a fadiga dos seres humanos...

— Na verdade, trata-se de divertimentos, bons para surpreender as platéias dos teatros — considerou o patrício. —

Eu mesmo possuo um magnífico relógio de água que emite diferentes melodias ao soar de cada hora.

— Não é verdade, não são brinquedos! — protestou Sílvio, ousando interrompê-lo. — Se um mecanismo como esse fosse associado à pedra de um moinho, ou de um lagar...

Aurélio balançou a cabeça:

— Bastam alguns escravos, ou um par de mulas, para impelir a mó. Quem seria tolo o suficiente para gastar dinheiro com semelhante aparelho, quando a mão-de-obra custa tão pouco?

— Mas não compreendes? Desse modo, não haveria necessidade de escravos! — gritou o jovem num só fôlego, e logo se arrependeu por ter falado demais.

O senador o fitou demoradamente, com interesse.

— Explica-te melhor.

— Nada, eu... — hesitou Sílvio, embaraçado.

— O que representa o desenho que estavas fazendo? — insistiu Aurélio, tomado pela curiosidade.

O filho da bárbara respirou fundo e, criando coragem, balbuciou:

— É o projeto para um moinho a água; eu o elaborei seguindo as indicações de Vitrúvio. Os helenos são certamente mais versados nas ciências, mas, em engenharia, os romanos estão muito à frente deles. Observa, nobre Estácio: esta conexão multiplica a força da máquina, que consegue triturar 150 libras de grão no mesmo período de tempo em que dois servos robustos poderiam produzir apenas 20.

Aurélio debruçou-se sobre o papiro, estudando-o atentamente. Depois assentiu com um aceno de cabeça.

— Entendo o que pretendias dizer há pouco: se existissem muitos destes dispositivos...

Sim, Sílvio, entendo, gostaria de acrescentar, *e posso imaginar sem esforço o quanto te pesa a condição servil... sonhas com um mundo sem escravos, e com máquinas que possam assumir o lugar deles.*

Mas não disse nada. O fato era que os escravos existiam, e muitos, a ponto de tornar irrisório seu preço. As legiões de Roma avançavam cada vez mais longe, e sempre voltavam em triunfo, arrastando milhões de homens acorrentados. Sílvio era um ingênuo, um sonhador... ou um louco que havia matado duas vezes para realizar seus planos?

— Gostarias de abolir a escravidão, não é? — perguntou bruscamente o patrício.

O assunto era tão delicado que só os libertos desde há muitas gerações ousavam enfrentá-lo em voz alta.

O jovem hesitou, intimidado.

— Nasci de uma prisioneira, mas tive sorte: a *kyria* Paulina me deu o afeto de uma mãe, e o patrão quis que eu recebesse uma boa educação. Mas não esqueço as minhas raízes e sou devotado ao meu pai Próculo — respondeu, insistindo em negar suas verdadeiras origens.

— Eu o conheci: pareceu-me um bom homem. E não me pareceu estar tão mal assim... — ensaiou o senador, perguntando-se se o velho, talvez impelido pelo suposto filho, teria conseguido dominar os dois Pláucios.

— Ele quase não consegue se arrastar nas pernas! Alguns anos atrás, sim, ainda tinha saúde. Mesmo tendo crescido na *villa*, eu passava muito tempo em sua companhia, nos *ergastula*.

— Agora, porém, serás o intendente.

— Ainda estou adquirindo experiência. Não é fácil, sobretudo quando não se quer recorrer a certos meios.

— Como o açoite?

— Sim, como o açoite, a cela, a fome! — acalorou-se Sílvio. — Aqui, e em qualquer outro latifúndio, os homens morrem como moscas pela fadiga, pela desnutrição, pelos castigos mais brutais. A mínima enfermidade acaba com eles em pouco tempo. Mas o que importa? Tu mesmo admitiste que se trata de mercadoria de baixo valor!

— O homem, aos meus olhos, tem sempre um valor — retrucou o patrício. Era só o que faltava: um rapazelho metido a sabichão se meter a lhe dar lições, logo a ele, que sempre havia tratado os servos da melhor maneira e até bem demais, refletiu Aurélio, pensando em Castor, aquele impenitente aproveitador.

— Lembra-te de que aquele a quem chamas escravo... — começou Sílvio.

— ...Respira o mesmo ar, sofre as mesmas dores etc. etc. — prosseguiu Aurélio com um gesto entediado. — Sim, os estóicos sabem pregar muito bem.

— Não concordas com as idéias que eles defendem? — perguntou o rapaz, decepcionado.

— Oh, muito me agrada o que eles dizem; mas pouquíssimo o que fazem — respondeu o senador em tom pacato. — Um moralista como Sêneca, por exemplo, possuía centenas de escravos, antes de ser mandado para o exílio. E ainda por cima, como se isso não bastasse, esfomeava a pobre gente emprestando dinheiro a juros.

O jovem o encarou, confuso, e Aurélio decidiu experimentá-lo.

— O problema também se refere a ti, Sílvio: o que farias, digo por pura hipótese, se um dia tivesses de te transformar em patrão? — perguntou, pensando no testamento.

— É impossível — rejeitou o jovem, erguendo os ombros num gesto eloqüente.

— Então, pede aos Numes que jamais sejas obrigado a isso! — explodiu Aurélio.

— Por qual motivo? Para os romanos e os patrões, é tão difícil ser livre? Olhando para ti, não parece! — respondeu o rapaz com insolência.

O senador ia replicando com uma frase dura, mas viu a aflição no rosto de Sílvio, já arrependido por ter ofendido, com aquela frase gratuita e mal-educada, um tão poderoso personagem. Então suavizou um pouco o tom e colocou a mão no ombro dele.

— Estuda tuas máquinas, Sílvio. Quem sabe se um dia não poderás construí-las de fato? — disse, bonachão, e se encaminhou para a saída, seguido pelo olhar incerto do jovem.

CAPÍTULO XII

Sexto dia antes dos Idos de novembro

Na luz acinzentada do início da tarde, Aurélio caminhou em passos lentos ao longo do pórtico, munido do lençol para o *sudatorium*.

O céu plúmbeo e a lembrança dos trágicos fatos ocorridos na *villa* tinham provocado nele um certo tédio, e não havia nada melhor do que um bom banho de vapor para expulsar da mente os fantasmas da tristeza.

Talvez já seja hora de arrumar a bagagem e retornar à Capital, dizia a si mesmo, dirigindo-se para as termas. *No fundo, o que os Pláucios tramam não é assunto meu...* Sentia a nostalgia de sua grande *domus* no Viminal, de suas ancilas, da sua *cervesia*, a bebida aromatizada dos romanos, e até dos tediosíssimos relatórios de Páris sobre a contabilidade doméstica...

Enquanto atravessava o pórtico, o vento lhe trouxe um murmúrio indistinto, fragmentos dispersos de vozes em meio ao estralejar das folhas secas.

— ... Minha mãe! — captou o patrício, com seu ouvido experiente, reconhecendo Névia no ato.

Aurélio ordenou a si mesmo não se intrometer, mas com pouca eficácia. Como sempre, de fato, a curiosidade levou a melhor e, em três tempos, ele se viu agachado entre as moitas podadas de loureiro, numa posição nada condizente com sua dignidade de senador.

— Preferes aquele ganimedes maduro, ou te arranjas até com o escravozinho? — berrava Fabrício, mais arrogante do que nunca.

— Públio Aurélio é um grande senhor, e tu não passas de um presunçoso!

— Mas escuta só esta provinciana ranhenta, saída ainda ontem de um casebre de Neapolis! Ainda não te brotaram os seios, e já derramas olhares doces sobre todos os machos de quem te aproximas, para depois te recolheres como uma virgenzinha ofendida. És mais puta do que tua mãe!

O ruído seco de um tabefe bem assestado soou aos ouvidos de Aurélio como um límpido acorde de cítara.

— Rameirazinha imunda! — trovejou o general, erguendo o braço. — Estás precisando de uma lição!

— *Ave*, Lúcio Fabrício! — interveio prontamente o senador, surgindo da moita de loureiro. — E *ave* a ti, *kyria* Névia! — exclamou em seguida, com um sorriso de calculada reserva, enquanto se interpunha aos dois.

O elegante general, com o braço ameaçadoramente levantado no ar, premia os dedos sobre a bochecha vermelha, bem onde aparecia, como inequívoca testemunha do seu vexame, a marca nítida de uma palma. Devagar, baixou a mão prestes a bater, fulminando o importuno com uma olhadela irritada.

— Meu escravo porteiro é mais discreto do que tu, senador Estácio — resmungou. — Ao que parece, és curioso demais para mandares um servo me espionar, preferes fazer isso pessoalmente. Se fosses um soldado sob minhas ordens...

— Lamento, nobre Fabrício, mas não sou um legionário e tampouco um dos teus domésticos, graças aos Numes — respondeu Aurélio, imperturbável. — Para tua desventura, sou um patrício romano que não te é concedido espancar ao teu bel-prazer. Portanto, freia tua ira e vem ao banho comigo: deixemos que nossa bela Névia decida a quem prefere entre nós dois.

Fabrício hesitava, ainda verde de fel. O senador lhe tomou o braço com familiaridade, sussurrando em tom zombeteiramente provocador:

— Ora, vamos, perdes a cabeça por aquela moçoila? Afinal, tens algo bem melhor!

Um pouco mais calmo, o general o seguiu relutante até o *sudatorium*, onde os dois se despiram completamente, entregando as vestes a um escravo capsário.

Sentados lado a lado no banco, esperaram mudos, em meio às volutas de vapor, que o ar se afogueasse, enquanto riozinhos de suor escorriam sobre seus corpos musculosos. A atmosfera relaxada do banho contribuiu para amaciar a rudeza do intratável legionário, que a certa altura rompeu o pesado silêncio.

— Confesso que não te compreendo, senador Estácio. És um nobre de antiga estirpe, mas pareces estar à vontade no meio desses plebeus. Eu só os suporto porque são parentes da minha mãe; ela não pediu para desposar um vendedor de peixe, pobre mulher! Francamente, porém, a companhia deles me aborrece, e eu estaria mentindo se te dissesse que meu coração sangra pelo fim dos meus irmãos de criação...

Sangraria menos ainda se soubesses do rico legado que essas mortes te garantiram, pensou Aurélio. Talvez o irascível general conhecesse o testamento mais recente, ou então, eliminados os dois parentes, esperasse assumir por meio de Paulina os direitos sobre a herança inteira...

— Aquele Segundo era um desmiolado — continuava Fabrício. — Um ser entregue a práticas antinaturais, sem dúvida nenhuma. Alguém já ouviu falar de um homem que não come carne? — aduziu, como prova de suas conclusões.

— Oh, sim, certamente — respondeu Aurélio, fingindo tomar a pergunta ao pé da letra. — Pitágoras, por exemplo, Epicuro, e muitos outros ilustres filósofos...

— Pois devem ter sido umas mulherzinhas, eles também! E depois não é só questão de alimento: por acaso viste alguma vez aquele frouxo atrás de uma mulher? Não procurava nem mesmo as servas, e também não queria saber de ir à caça! Se eu o tivesse tido nas minhas legiões, aquela florzinha... em dois meses lhe endireitaria a coluna! E Ático? — prosseguiu o general. — Um merceeiro, tacanho e mesquinho como todos os de sua laia: uma vida inteira contando dinheiro!

— Não me espanta que a esposa se concedesse alguma distração — insinuou Aurélio, sorrindo.

— Ah, tu também sabes disso — respondeu Fabrício, indiferente. — Parece mesmo que não é segredo para ninguém. Até porque, a esta altura, o que importa? Ele está morto e sepultado, e aquela mulher me entedia com seus trejeitos. Se ela acha que basta um belo rosto para me fazer perder a cabeça... E a filha é pior do que a mãe.

— Agora há pouco, não me pareceu que a desprezasses tanto! — observou o senador, apontando a bochecha vermelha do general.

— Que putinha! — explodiu Fabrício. — Deveria se sentir honrada por despertar meu interesse! Mas são todas assim, essas plebéias arrogantes. O que essa menina espera encontrar? Um marido senador? — continuou, olhando Aurélio de esguelha.

— Vou te dizer que fim levará: será seduzida por algum galanteador bem-falante, disposto a levá-la para Roma e depois cedê-la a um bordel! Essas provincianas, em sua estreiteza de horizontes, não fazem a mínima idéia do que seja a...

— A propósito... — interrompeu Aurélio, melífluo. — Estavas na cama com Helena, quando o marido dela foi assassinado?

— Assassinado? — repetiu o general, empalidecendo.

— Pelas moréias, naturalmente! — esclareceu o patrício, com um sorriso maligno.

— Sim. Estava — respondeu Fabrício, sem embaraço.

— A que horas ela saiu do teu apartamento?

— Como queres que eu saiba? Caí num sono pesado!

— Nada a objetar: costumes de soldado, imagino — comentou sarcasticamente o senador.

— Isto mesmo, meu requintado janota. Sou um militar com todos os atributos, e não somente na cama. Se tens alguma dúvida sobre isso, posso demonstrá-lo como e quando quiseres! — rosnou o general, erguendo-se bruscamente de pé e deixando aflorar todo o seu rancor.

Aurélio também se levantara, agora, e o fitava com um olhar duro. Em silêncio, foi até o centro do tapete. Resolveriam ali mesmo suas questões privadas, longe de olhos indiscretos, como bons patrícios romanos.

Liberando finalmente toda a agressividade que haviam contido até aquele momento, os dois homens se lançaram um contra o outro. Nus e estreitamente engalfinhados, caíram ofegantes sobre a esteira, em meio ao silêncio rompido apenas por poucas exclamações sufocadas.

Do respiradouro abaixo do teto, empoleirada em precário equilíbrio sobre o galho de uma trepadeira, Névia espiava o combate entre os dois, sorrindo animada.

CAPÍTULO XIII

Quinto dia antes dos Idos de novembro

O senador Públio Aurélio Estácio atravessou a eira poeirenta, escorregando nos excrementos de frango. No pátio só havia velhos e crianças. Todos os que podiam agüentar uma enxada se encontravam nos campos, entregues à sua dura labuta desde as primeiras horas da manhã.

Ao redor só se viam sujeira e esqualidez, e os covis dos camponeses não pareciam melhores do que os canis onde os animais uivavam inquietos. A escrava ossuda que o precedia caminhava com um bamboleio desgracioso, quase uma sinistra paródia do requebrado provocante que o patrício tanto admirava nas refinadas matronas da Urbe. Condoído, Aurélio estendeu uma moeda à mulher, ignorando o sorriso servil daquela boca desdentada.

O cubículo que lhe indicaram parecia a toca de um animal selvagem, mais do que o alojamento de um ser humano: seis ou sete pés por quatro, inteiramente ocupados por um enxergão apodrecido sobre o qual se sentava o ancião, ocupado em trançar cestos de palha. Aos seus pés, um cão idoso e maltratado, um mastim.

— És tu o pai de Sílvio? — perguntou Aurélio.

O velho Próculo o fitou com expressão amedrontada.

— Tomei a mãe dele como minha mulher, quando o *dominus* a trouxe para cá — respondeu em tom cauteloso.

— Ela estava grávida? — emendou o patrício, sem excessos de delicadeza.

O velho baixou a cabeça num gesto de admissão tácita:

— Foi uma boa companheira para mim, durante aqueles poucos meses...

— Conta-me, e como morreu?

— O menino estava numa posição ruim. A patroa mandou que a levassem para a *villa*, queria chamar uma parteira de Cumas. Mas as dores vieram de repente, e eu não a vi mais.

— E te lembras bem dela?

Os olhos aquosos do velho se velaram de uma emoção dificilmente contida.

— Se me lembro! Aqueles olhos azuis que sorriam... ela falava sempre na sua língua, que eu não entendia. Era bonita... a coisa mais bonita que já existiu.

— Paulina não tinha ciúme?

— Não foi delicado, da parte do patrão, tratar assim a nova esposa: não sei o que uma outra teria feito. Mas a *kyria*, não: era uma grande dama, gentil e generosa. Mandava-nos coisas boas de comer, para que o menino viesse robusto.

— Nasceste escravo, Próculo?

— Sim, como minha mãe e a mãe da minha mãe, que foi comprada em Cápua: cresci com ela.

— Todos, na tua família, foram sempre escravos?

O velho estremeceu e pareceu que ia responder à pergunta. Depois mudou de idéia e assumiu aquele ar de passividade abobalhada que convém a um bom servo.

— O que ias me dizer, Próculo? — perguntou baixinho o senador, a quem não escapara a leve hesitação do ancião.

— Nada, patrão.

Aurélio esboçou o gesto de meter a mão na bolsa, mas Próculo o deteve com um gesto decidido. O patrício ficou atento: desde quando um mísero campônio recusava uma moeda?

— Nem todos eram escravos — declarou o servo, levantando a cabeça. — Meu avô morreu livre!

— Foi alforriado? — perguntou Aurélio, sabendo que muitos servos, após incontáveis sacrifícios, conseguiam comprar sua liberdade.

— Não, morreu na cruz — retrucou Próculo, com altivez. — No tempo em que os escravos fugiam e se rebelavam contra os senhores... quando não tinham nada a perder além de suas correntes...

Cápua! De lá, mais de um século antes, havia partido a revolta que inflamara a península inteira, fazendo tremer a própria Roma. Oh, sim, Roma, a imortal, a invencível, havia então tremido como nunca diante dos púnicos, dos macedônios, dos gauleses!

— Teu avô se uniu aos rebeldes de Espártaco? — inquiriu Aurélio, escandindo o nome que a um escravo não era permitido pronunciar.

— Foi crucificado — murmurou Próculo, comovido — com os outros 6 mil. Não houve sobreviventes.

O senador anuiu. Nem mesmo o alto valor comercial daqueles homens fortes e bem exercitados, em sua maioria gladiadores, salvara-os do suplício. Para eterna lição a todos os rebeldes, as cruzes haviam permanecido erguidas durante dias inteiros, hasteando cadáveres já em decomposição, a fim de que aqueles horríveis estandartes de carne humana demonstrassem ao mundo a inflexível vingança de Roma.

De fato, o que era o perigo dos bárbaros nas fronteiras, comparado àquele exército interno, sorrateiro e mortal, que compartilhava o teto do inimigo, preparava-lhe a comida, velava sobre suas noites? Para exterminar as fileiras de Espártaco haviam acorrido as legiões de Pompeu, de Crasso e de Lúculo, todas reunidas, a maior exibição de forças que a Urbe pusera em campo algum dia.

Desde aquela época, um rigoroso controle tinha impedido outras revoltas. Se um só dos escravos ousasse erguer a mão assassina sobre o patrão, todos os outros servos da casa, sem exceção, seriam condenados junto com ele...

Sim, pela primeira vez, diante dos gladiadores trácios, Roma conhecera o medo. Agora, ali estava aquele velho a recordar isso, com um orgulho no fundo dos olhos que três gerações de servidão não tinham conseguido apagar. E por fim havia Sílvio, filho de serva, nutrido pelas narrativas transmitidas de geração em geração, que se envergonhava do sêmen do seu pai, o opressor, e sonhava devolver a liberdade a todos os seus verdadeiros irmãos...

— O menino era saudável?

— Sim, mas muito frágil. Nasceu antes do tempo e não teria sobrevivido sem os cuidados da *kyria*.

— Podes te orgulhar do teu avô — disse Aurélio, levantando-se. — No lugar dele, eu teria feito o mesmo.

— O que é certo para um homem livre, nobre senador, para nós é crime — considerou Próculo com voz triste. — Um escravo não tem honra nem orgulho. Morreremos como sempre vivemos: como excluídos.

— Os caminhos do Fado são desconhecidos, até para os próprios deuses. As Moiras decidem o destino, tecendo o fio da vida sem olhar. E, quando nossa breve hora termina, elas o cortam. Nenhuma vontade as conduz, nenhuma preocupação de justiça, somente o acaso... — sussurrou Aurélio, perturbado.

Mas o ancião já não escutava. Vencido pela fadiga e pela emoção, adormecera sobre os cestos.

— Aqui está a lembrancinha que eu te prometi — anunciou pouco depois o patrão a Castor, que o ajudava a se vestir.

— *Domine*, não precisavas te incomodar... — começou o alexandrino, comovido, mas logo mudou de tom, ao ver o presente. — Com que então, é este o pagamento por todo o trabalho que eu tive! — exclamou, agitando o falo da sorte.

— Mas como, não me agradeces? Tu mesmo disseste que se tratava de uma antiga e raríssima relíquia dos cimérios — escarneceu Aurélio, satisfeito por ter conseguido, pelo menos desta vez, pregar uma peça no astucioso grego. — De qualquer modo, se quiseres, sempre podes vendê-lo a algum escravo supersticioso.

— Ai de mim, a morte prematura de Segundo acabou com o meu comércio — lamentou-se o secretário. — Talvez eu possa tentar com Demétrio; o piscicultor já tem uma coleção... eh, já pensaste que aquele liberto vai herdar um monte de sestércios quando o patrão morrer? A propósito, eu soube como ele caiu nas graças de Pláucio: muitos anos atrás, aquela gordalhona que agora é sua esposa era uma mulherzinha bem apetecível.

Cneu não era velho nessa época, e, como todos sabem, tinha um fraco pelos amores ancilares. Mas o nosso criador de moréias, como verdadeiro servo devoto, fingiu não perceber nada, e assim obteve a liberdade e uma situação de grande privilégio.

— Demétrio é um homem robusto, e ninguém conhece os tanques melhor do que ele — observou Aurélio. — Assim, não teria a menor dificuldade para empurrar Ático da borda do aquário, depois de atraí-lo para lá com um pretexto qualquer. Se a vítima tivesse sido Cneu, de saída eu suspeitaria dele. Porém, o legado a seu favor não mudou nada com a morte dos filhos do patrão — continuou, franzindo as sobrancelhas. Depois balançou a cabeça. — Não adianta, Castor. Por mais que eu me esforce, não consigo encontrar um motivo válido para a morte dos Pláucios!

— Mas se o tens bem diante do nariz, *domine*! — discordou o alexandrino. — Uma mulher adúltera, um marido enganado e as incômodas testemunhas do caso. Mas talvez hesites em acusar Helena enquanto corres atrás da filha dela... — observou, com uma risadinha.

— Pára com estas insinuações estúpidas! — intimou o senador.

Castor deu de ombros.

— Não estou insinuando, *domine*, estou constatando. Mandaste fazer tua barba com capricho, escolheste a roupa com muita atenção, vestindo propositadamente a clâmide mais juvenil do teu guarda-roupa, e há meia hora não consegues decidir qual é a fíbula adequada: sinais inequívocos de um encontro.

O patrício, apanhado em flagrante, fez um gesto irritado.

— Um pouco de discrição não te faria mal, Castor. O que me dizes deste jade?

— Modesto.

— O alfinete de heliotrópio é vistoso demais, e também a esmeralda. Talvez seja melhor a fíbula de ônix... mas onde foi parar?

— Creio que, na pressa, tu a deixaste em Roma, *domine* — pigarreou o secretário, embaraçado.

— Mas se eu a usei anteontem!

— Então ela vai aparecer, mais cedo ou mais tarde. Mas não me olhes desse jeito, patrão, eu não a peguei, juro-te por Hermes.

— O deus dos ladrões, justamente!

— Tuas suspeitas injustificadas ofendem minha sensibilidade, *domine*. Ultimamente andas tão incauto, tão distraído... e depois bem sabes que não se pode confiar nos domésticos.

— Particularmente num deles!

— Que Júpiter Ótimo e Máximo me fulmine com todos os seus raios, aqui e agora, se eu peguei aquele fecho. Que Hades me precipite no Tártaro, que Vênus me desfigure o corpo com verrugas, que Marte me...

Eu não acreditaria nem mesmo se ele jurasse pela sua amada Xênia, resmungou Aurélio de si para si, saindo para o peristilo a fim de encontrar Névia.

A jovem o aguardava, com um sorriso nos lábios:

— Então, quem venceu?

— Pequena intrometida, como sabes? — perguntou o patrício, surpreso.

— Não é preciso muito para compreender: vós dois saístes das termas bem cansados e moídos! — retrucou a moça com um sorriso astuto.

— Por aí, podes deduzir que a luta acabou empatada — afirmou Aurélio, estendendo-se na grama sob os últimos raios do sol outonal.

— Sabes? Quando eu era criança — começou a contar a filha do primeiro casamento de Helena —, um adivinho me predisse que eu desposaria um homem rico, de sangue muito nobre. De vez em quando penso nisso, e imagino como seria bom viver em Roma, no meio de todas aquelas maravilhas... Nunca sonhas de olhos abertos, senador? Ou será que a vida já te deu o que querias, a ponto de te entediares?

— Não — retrucou Aurélio. — Por mercê dos Numes, eu raramente me entedio. O mundo, graças aos deuses, está cheio de gente interessante.

— Como minha mãe? — interveio Névia. — Não vês que ela é apenas uma puta?

— Por que te permites julgá-la? Bancas a mulher sem preconceito, mas não passas de uma pequena moralista! — comentou o senador, ressentido.

— Não me respondeste! — protestou a moça. — Não existe nada que tu desejes?

— Sim: conhecer o país, para além das Índias, de onde vem a seda. Ninguém jamais esteve lá, mas alguns afirmam que é maior e mais rico do que Roma. Dizem que aquele povo possui o segredo do raio de Júpiter... Certa vez, num leilão de escravos na Anatólia, conheci um velho que vinha desse lugar. Era claro como o marfim e seus olhos pareciam duas fissuras estreitas. Ninguém queria comprá-lo, diziam que ele trazia desgraça...

— E tu, obviamente, logo o adquiriste.

— E não me arrependi: ele me ensinou excelentes golpes de luta. Dei-lhe a liberdade e algum dinheiro, e depois o vi partir, a pé, com seu bastão e sua tigela, de volta para casa. Não creio que tenha conseguido chegar: já estava com 80 anos!

— Oh, eu esperava que tivesses sonhos mais excitantes — comentou Névia, decepcionada; depois prosseguiu, em voz baixa. — Estás para ir embora, eu sei. Quem sabe se nos reveremos algum dia...

Aurélio contemplou o rosto amuado da jovenzinha e dominou a custo o desejo de acariciá-lo. Por que não podia ser Névia o seu sonho secreto? Um sonho próximo, concreto, plenamente realizável... A vontade de partir recuou num instante, como a multidão diante de um bando de mendigos.

Nessa mesma noite o senador, em companhia de Tércia Plautila, supervisionava uma cuidadosa busca.

— Arrastamos os móveis um a um, batemos os tapetes, abrimos todas as caixas... — lamentavam-se as criadas, exibindo o magro resultado de tão diligente procura: um percevejo seco.

Aurélio olhou ao redor. O quarto de Tércia estava de pernas para o ar, o leito de madeira virado, as cadeiras de ébano cheias de enfeites, as roupas espalhadas por toda parte. Sobre a mesinha marchetada, os estojos revelavam escancaradamente os seus tesouros: braceletes, brincos, fíbulas, anéis.

O olho vigilante do patrício perscrutou entre as jóias e se deteve num anelzinho de madrepérola cor-de-rosa que mostrava duas mãos entrelaçadas. Portanto, o ornamento desaparecido estava com Plautila: talvez Apiana o tivesse presenteado à filha, antes de morrer. Mas, neste caso, como Paulina poderia ter notado o sumiço? Talvez a própria Tércia o tivesse subtraído do estojo onde também estava guardado o vaticínio...

— Não há nenhum inseto, patroa, podes te deitar tranqüila — murmurou Xênia, exausta.

— Aqui eu não fico! — gritou Tércia, exasperada.

Convencida de ser a próxima vítima designada pelo infausto oráculo, a filha de Cneu não queria escutar argumentos. Nem mesmo a concessão do dote principesco servira para convencê-la a dormir sozinha no seu quarto, e ela recusara até a generosa oferta de Pompônia para que as duas ocupassem o mesmo leito, certa de que o Fado escolheria o corpo abundante da matrona para sufocá-la acidentalmente durante o sono.

Nesse momento, com expressão aborrecida, ela observava Aurélio, que se mostrava inflexível em subtrair-se firmemente à tarefa de protegê-la em pessoa.

— Castor! — chamou o senador.

— Sim, *domine!* — acorreu o alexandrino.

— Manda travar as janelas. Depois, planta-te diante da porta e fica de guarda durante toda a noite.

— *Domine* — resmungou Castor —, haveria um sistema mais simples para garantir a incolumidade da moça. Se tu...

— Nem por sonho! — interrompeu Aurélio secamente.

O secretário balançou a cabeça, impondo-se exercitar toda a paciência exigida pelo caso. Sua expressão lembrava a de um pedagogo diante de um aluno de boa família, mas lento de raciocínio.

— Tua atitude perante a pobrezinha me parece mesquinha: o encargo que relutas em assumir não é desagradável nem vergonhoso.

— Pára! Eu já disse que não pretendo passar a noite com ela! — cortou o patrício.

— Não és mais o mesmo, *domine*, antigamente enfrentarias teu dever sem hesitar — tentou espicaçá-lo o grego. Mas Aurélio foi inflexível, e, depois de instalar o servo indócil diante da porta de Plautila, afastou-se.

No entanto, não se limitara a garantir a segurança da amiga: lembrado do vaticínio, verdadeiro ou falso que fosse, havia confiado a guarda do apiário a um bom número de camponeses, os quais, sob a chefia do solerte Demétrio, mantinham-se alertas, para o caso de um improvável ataque por parte dos insetos. Sílvio, porém, como não se sentia pertencente à família dos patrões, recusava-se categoricamente a participar daquelas medidas protetoras; mesmo assim, instado pela apreensiva Paulina, Aurélio se apressara a conceder-lhe, sem que ele soubesse, a vigilância dos silenciosos núbios de sua escolta.

Finalmente, com um suspiro de alívio, o senador julgou que chegara a hora de se retirar. Depois de tanta tensão, contudo, não conseguia pegar no sono e decidiu sair para o peristilo da casa adormecida, a fim de relaxar um pouco.

O céu já estava escuro, apesar da hora pouco avançada, e as telas dos andaimes dançavam ritmicamente, infladas pela fria aragem proveniente do lago. À luz débil das tochas, aqueles lençóis esvoaçantes pareciam sudários de condenados à morte, espectros de revoltosos crucificados na estrada de Cápua.

A certa altura, uma lufada de vento agitou o pano que recobria o último afresco, e por um instante as figuras pintadas pareceram movidas por um hálito de vida: a cabeça da quimera pareceu recuar, enquanto o jato de fogo que saía de sua boca leonina emitia um clarão avermelhado.

Aurélio sentiu um arrepio: parecera-lhe vislumbrar, entre as dobras brancas do tecido, uma forma crispada em posição de ataque, quase um mastim redivivo, saído do Hades para vingar os Pláucios defuntos.

À própria revelia, encolheu-se todo, perguntando-se por qual estranho fenômeno os homens, até mesmos os acostumados a enfrentar espadas, tremiam de medo diante de uma sombra.

Seus sentidos estavam alertas e vigilantes: havia realmente alguém, emboscado nas trevas, atrás da cortina branca... Comprimiu-se contra a parede e apertou os olhos para ver na escuridão. Não se enganara. Através da trama, a sombra se definia num perfil nítido, uma mão que brandia um objeto pontiagudo e fino, certamente um punhal...

Veloz como um raio, Aurélio saltou em direção ao agressor e, com gesto decidido, afastou o pano, disposto a golpear de mãos nuas. Desceu com toda a força a direita e segurou o pulso robusto, enquanto os dedos da esquerda agarravam um tufo de cabelos hirsutos.

— Eh, que modos são estes? — protestou Palas, enquanto deixava cair no mosaico do pavimento o pincel que estava limpando.

— O que estás fazendo aqui? Achei que eras um malfeitor! — exclamou Aurélio.

— Eu me esqueci de limpar os pincéis. Se não fizer isso todas as noites, no dia seguinte não posso mais usá-los — explicou o artista.

— Se circulas à noite com freqüência, certamente vês muitas coisas.

— Vejo o que me convém: esta família me paga bastante!

— Por quanto tempo continuará pagando, com todas essas desgraças? — insinuou o patrício. — Já eu estou construindo uma *villa* em Pithecusa e possuo uma escrava bretã de cabelos como o trigo, uma berbere de pele de âmbar, uma bárbara altíssima que...

— Disseste altíssima? — exultou Palas.

— Uma pilastra, uma coluna dórica! — exagerou Aurélio.
Palas ainda hesitava.

— E então? Não vais querer ficar desocupado em pleno inverno, quando se interrompem as edificações. Terás de aprender a trabalhar como bufão...

— *Bufão? Eu?* Jamais! — escandalizou-se o pintor. — Tenho minha dignidade, e por nada no mundo me reduziria a contar historietas cômicas para divertir convidados que riem do meu aspecto disforme!

— O que me dizes de um emprego na minha obra na ilha? — propôs o senador.

— A tal escrava é realmente assim tão alta?

— Não se consegue vislumbrar sua cabeça! Antes de te contratar, porém, quero conferir se tens boa memória.

— Te interessa um encontro clandestino na torreta?

— É história velha.

— E uma matrona que se preocupa com o enteado traído? — continuou Palas, piscando o olho.

— Já estamos melhorando — reconheceu o patrício.

Palas se aproximou de Aurélio, em atitude cúmplice.

— Na noite em que Ático morreu — começou a contar, em voz baixa —, uma bela senhora vinha voltando toda contente do apartamento do amante... mas eis que aparece a sogra, furibunda, e lhe dá uns tabefes. — O pintor soltou uma risadinha. — Eu te asseguro que nunca ouvi definirem uma puta de tantas maneiras diferentes! No dia seguinte, ameaçava a velha, o marido chifrudo seria informado da traição, com todos os detalhes do caso.

— Não houve tempo — considerou Aurélio, pensativo.

— E o tal de Segundo, que circulava à noite como um fantasma... mas sempre sozinho. Àquele ali, faltava alguma coisa no meio das pernas, isso eu garanto. Depois, temos a virgenzinha. Como sabes, o bom sangue não mente, e com aquela mãe que lhe coube... várias vezes eu a descobri namoricando aquela espécie de escravo intendente.

Névia e Sílvio, meditou o senador. Afinal, Fabrício talvez não estivesse totalmente errado... Mas por que a coisa não o divertia nem um pouco?

— Mantém os olhos abertos, Palas! — disse, estendendo ao pintor duas moedas.

— Não me será difícil ficar acordado, se aquele maldito cão latir de novo esta noite — prometeu satisfeito o pintor, e voltou ao seu cubículo, praguejando contra a velha cozinheira, que ainda por cima tinha o vício de roncar.

Assim que o pequeno artista desapareceu, Aurélio começou a revistar às pressas os instrumentos de trabalho dele.

Não demorou a encontrar o que procurava: o formão comprido, afiado, a ser usado com marreta, que percebera pouco antes. O assassino abrira o crânio de Segundo com uma arma semelhante. Alguns bárbaros usavam aquilo e Fabrício, comandante de uma legião no Reno, devia saber disso muito bem.

O senador transpôs o arco de mármore, enveredando pelo caminho coberto que levava à torreta, e adentrou o jardim refletindo. Então, Paulina sabia do caso entre Helena e Lúcio Fabrício. Coisa difícil de aceitar, para uma mulher do seu tipo: por que não denunciara Helena de imediato por adultério? A razão só podia ser uma: ela temia que o filho pudesse ser acusado.

Um relâmpago ofuscante iluminou de repente a *villa* adormecida. O estralejar da chuva despencou sobre ele sem aviso, enquanto o rugido do trovão lhe feria os ouvidos. Com o manto já ensopado, o patrício correu a buscar proteção sob a pérgula, cobrindo a cabeça com o capuz para se proteger um pouco da chuva fustigante.

Mas o pórtico aberto oferecia bem pouca defesa ante a violência do temporal de outono; assim, escorregando penosamente sobre o mosaico, Aurélio decidiu retornar ao seu cubículo para trocar as roupas molhadas.

Finalmente enxuto, deitou-se nu sobre as cobertas, sem pensar em nada. Agora, podia se abandonar ao sono: já não haveria surpresas ruins, naquela noite...

CAPÍTULO XIV

Quarto dia antes dos Idos de novembro

— Aurélio, por todos os Numes, acorda! — suplicou Pompônia em tom aflito, enquanto sacudia energicamente o senador. — Acorda, estou pedindo! Cneu desapareceu!

O patrício pulou de pé, cobrindo-se como podia, e enfiou às pressas uma veste de lã.

— Paulina, quando se levantou, viu o leito desfeito — gemeu a matrona. — E nenhum rastro de Pláucio!

— A *villa* é grande, mas nós o encontraremos — procurou tranqüilizá-la o amigo, dissimulando a inquietação.

Enquanto isso, Castor acorria vindo do jardim:

— No apiário está tudo em ordem, *domine*. Demétrio fez uma boa vigilância!

Em meio à correria agitada dos servos, Tércia Plautila se atormentava, com as tranças desfeitas, murmurando:

— A cólera dos deuses atingiu nossa família...

Nesse momento, Sílvio saiu do tablino, transtornado.

— O patrão está na biblioteca — anunciou, lívido. — Morto.

Enquanto Aurélio se precipitava atrás do jovem, Tércia cambaleou, procurando refúgio, em soluços, entre os braços alentados de Pompônia.

A porta da sala de leitura estava escancarada e a brisa matutina agitava os textos espalhados sobre a mesa. Na estante, os volumes surgiam em desordem, como se alguém os tivesse remexido às pressas.

Paulina, branca como a estátua de Níobe, mantinha-se imóvel junto à cadeira alta, com a face petrificada de dor. Aos seus pés, em meio a um amontoado de rolos, com os braços e pernas encolhidos como os de um feto no ventre materno, jazia o corpo de Cneu, com o crânio afundado pelo volumoso peso de jade.

O patrício observou pesaroso o objeto ensangüentado, coberto por antiquíssimos hieróglifos já gastos: o deus egípcio de élitros iridescentes, o divino escaravelho dos faraós: *Peixes, aves, insetos...*

O olhar do senador se dirigiu à prateleira onde ele tinha visto, pela última vez, o bloco de pedra: a delicada pomba de vidro soprado continuava em seu lugar, intata.

— A profecia! — exclamou Paulina, incapaz de se conter.

Aurélio correu a socorrê-la enquanto a matrona desabava trêmula na cadeira.

Os nervos da estóica senhora haviam finalmente cedido. Educada na firme impassibilidade e no sereno padecimento da dor, contivera-se por muito tempo, com esforço sobre-humano. Agora balbuciava, gemendo como uma menina, com o rosto devastado que mostrava toda a sua carga de anos e vicissitudes, privado do rígido autocontrole com qual ela enfrentara a morte dos enteados: desta vez tratava-se do seu homem, daquele que, para obtê-la, havia desafiado leis e convenções. Agora, duas vezes viúva, despojada dos afetos mais caros, a austera matriarca cedia a vez a uma pobre mulher abatida, não menos desesperada do que a escrava que vê seu companheiro cair sob os golpes do açoite.

— Marco Fabrício, pelo menos, morreu por espada... — murmurou, enquanto Sílvio aparecia à porta, muito pálido.

Paulina deu um longo suspiro e endireitou os ombros:

— Compõe o corpo do teu pai! — ordenou, brusca. — É a ti que cabe esse dever!

O jovem obedeceu em silêncio, baixando a cabeça.

— Muito oportuno, para o Fado, isso de encontrar bem ao alcance da mão um escaravelho de pedra — insinuou Castor.

— Fado coisa nenhuma! — explodiu Aurélio. — Tudo foi encenado para fazer crer numa morte acidental: na tentativa de pegar um volume, Cneu derruba sobre a própria cabeça o peso maciço e, na queda, arrasta consigo os rolos de papiro... mas, se a estatueta de jade tivesse escorregado por acaso, a pomba de vidro também cairia e se despedaçaria! No entanto-não somente ela ainda está intata como a estante não apresenta vestígios de poeira, portanto é impossível reconstituir a posição recíproca dos dois objetos. Esse é o primeiro erro, o único, talvez, que o assassino cometeu: até agora, todos têm estado sugestionados pelo vaticínio a ponto de excluir a hipótese de crime.

— Pensas que realmente acreditam nisso? — perguntou o grego.

— Não sei. Paulina é muito cética, mas se cala, talvez para proteger o filho.

— No entanto, é Sílvio, e não Fabrício, quem herdará o patrimônio! E pensar que era só um obscuro bastardo...

O senador abriu os braços num gesto desconsolado.

— Ele não pode ter agido sozinho; os núbios o vigiaram a noite inteira! Precisaria de um cúmplice: Demétrio, talvez; ou, mais provavelmente, aquela espécie de suposto pai, Próculo. O velho escravo nasceu aqui, conhece todas as recônditas passagens da casa e do jardim... e o mastim estava no seu cubículo!

— O que isso tem a ver, *domine*? — inquiriu o alexandrino, que demorava a compreender.

— À noite — explicou Aurélio —, os animais são acorrentados na entrada e qualquer pessoa pode circular perto do lago, exceto por aquele velho cão que Palas às vezes ouve latir. Nas noites dos dois primeiros crimes, porém, havia silêncio. O mastim conhece Próculo. Conseqüentemente, não daria o alarme se o visse aproximar-se dos tanques ou do aviário. Informa-te quanto a isso, Castor, mas toma cuidado: com absoluta discrição.

— Não te preocupes, *domine*: sei que está em jogo a vida de um homem.

— Não só de um homem, mas de várias centenas.

O grego o fitou espantado, com ar interrogativo.

— Próculo é um escravo — observou Aurélio, lívido. — Sabes o que aconteceria, se se descobrisse que ele é o autor dos crimes?

— Numes imortais! — empalideceu Castor. — Todos os servos...

— Todos, sem exclusão de nenhum, seriam executados.

— Xênia! — exclamou o alexandrino. — Temos de fazer alguma coisa!

*

210

No grande átrio da *villa*, mãe e filho discutiam acaloradamente.

— Eu o vi, estou te dizendo! Ele estava lá, bem abaixo da janela da biblioteca! — sustentava Fabrício.

— A noite estava escura, e o temporal... — objetou Paulina, preocupada com as conseqüências de uma afirmação tão grave.

— A certa altura, as trevas foram rompidas por um relâmpago — insistiu o general. — Ele havia levantado o capuz e olhava para a *villa*. Eu o reconheceria entre outros mil. Aquele olhar vazio, aquele passo hesitante... ele é coxo, lembras?

— Mas como podes ter tanta certeza de que Cneu foi assassinado, filho? Ele simplesmente estava tentando pegar um volume...

— Esqueces que teu marido havia mandado construir estantes baixas, justamente para ter os rolos ao alcance da mão. Não, não creio em acidente. Devo interrogar imediatamente o velho, até mesmo sob tortura: manda trazê-lo aqui!

— Oh, Aurélio, até que enfim! — suspirou Paulina ao ver aparecer o senador. — Fabrício viu Próculo no jardim, ontem à noite, e quer acusá-lo de homicídio. Os domésticos já estão aterrorizados. Todos sabem o que aconteceria, se fosse confirmado que um escravo matou o patrão!

— Eu mesmo vou buscá-lo — ameaçava o general, furibundo.

— Não, espera! — intimou Aurélio, e, sem esperar resposta, correu em direção aos *ergastula*: sabia por experiência que os servos são sempre os primeiros a conhecer as novidades, e queria falar com Próculo sozinho, antes que Fabrício o alcançasse.

A eira estava quase deserta. Nem mesmo o luto interrompia a miserável condição de um escravo rural: despertar antes do alvorecer ao som do rude sino, apanhar as ferramentas, extenuar-se numa longa marcha a pé pelos caminhos de terra. Depois a dura labuta contra os torrões, compactos como pedras. Os mesmos gestos, sob o sol ou a chuva, repetidos de geração em geração, e por fim o retorno, com um único pensamento na cabeça: a sopa.

No descampado, em meio aos frangos, perambulavam duas ou três anciãs. Os cães ladravam lúgubres, sem descanso.

Uma camponesa corcunda observou:

— Eles sempre fazem isso quando alguém morre. Aí vem também o velho Argos.

Um mastim decrépito avançava, cambaleando sobre as patas. Aurélio lhe dirigiu um aceno amigável, mas o animal respondeu grunhindo com hostilidade.

— Não adianta, *domine*, ele é muito arisco: rosna para todo mundo — disse a camponesa, balançando a cabeça. — É o velho cão dos patrões. Anos atrás, se um escravo ousasse sair à noite, teria de enfrentá-lo. Mas, agora, olha o que restou dele.

O patrício imaginou Próculo estendendo a mão para aquela boca já desdentada, no ato de oferecer um magro bocado. E o mastim certamente não latia para o velho escravo.

Em silêncio, Aurélio se dirigiu para os cubículos, afundando os pés na imundície.

— Deitou-se no catre e não se mexeu mais — contava desconcertado o senador, poucos instantes mais tarde.

— Não terá sido assassinado? — perguntou Castor.

— Pode ser — admitiu Aurélio —, mas Próculo tinha mais de 70 anos e já é um milagre, para um escravo rural, chegar à meia-idade. Talvez ele tivesse mesmo algo a ver com a morte dos patrões e tenha preferido acabar logo com tudo a enfrentar a tortura. De qualquer modo, como já não havia nada a fazer, cobri o corpo do velho com meu manto, coloquei-lhe na boca um óbolo para pagar a passagem a Caronte e me retirei.

— O manto? — sobressaltou-se o secretário. — Qual manto?

— Aquele que eu estava usando hoje.

— Queres dizer o rico manto bordado, que havias prometido me dar? — ululou o grego, com chamas nos olhos.

— Quando foi isso? Não tenho a menor lembrança — observou Aurélio.

— Praticamente todas as vezes em que eu o drapeava nos teus ombros! — explodiu o secretário, enfurecido. — Eu o manuseava com tanto cuidado, esperando que decidisses presenteá-lo a mim... e tu o colocaste em cima da carcaça de um escravo, como se um cadáver precisasse de uma preciosa lã de Cirene!

Agora vão pensar que Próculo era culpado, refletia Aurélio, sem prestar a mínima atenção a Castor. *E se além disso fosse possível provar que ele era cúmplice de Sílvio, adeus herança, tudo ficaria para a viúva e, com a morte dela, para seu filho... Eis por que Fabrício se empenhava em acusá-lo! Mas está mentindo; eu estava lá, justamente antes que começasse o temporal, e não vi ninguém... A não ser que...*

De repente o patrício interrompeu suas reflexões.

— Rápido, não há um instante a perder! — disse em voz alta. — Creio saber como foram as coisas!

— Aurélio, vem! Fabrício ordenou que todos os escravos da casa sejam marcados em vermelho, para evitar que possam fugir! Faz alguma coisa, por favor! — suplicou Névia.

— Vamos detê-lo — rebateu o senador em tom decidido. — Ele não tem nenhuma prova.

— Tem, sim — gemeu a moça. — Sílvio confessou!

— O quê?! — gritou o patrício, correndo para a sala.

No grande tablino reunia-se toda a família, ou pelo menos o que restava dela: o jovem herdeiro, lívido, baixava a cabeça diante de Fabrício, que vomitava injúrias contra ele; Névia, que havia entrado junto com Aurélio, encostara-se à parede e agora roía nervosamente as unhas, enquanto tentava sussurrar algum protesto que ninguém escutava; Tércia Plautila estava tomada por uma crise histérica; e, por fim, Helena choramingava num canto, um pouco menos bela e um pouco mais sincera do que habitualmente.

Somente Paulina permanecia muda e imóvel como uma estátua de mármore, incapaz de acreditar, mesmo diante de uma confissão, que o rapaz criado por ela com tanto cuidado se tivesse permitido cometer o mais horrendo de todos os crimes, o parricídio.

— Desprezível assassino! — esbravejava o general, roxo de raiva. — Bárbaro espúrio... Este bastardo odiava seu patrão, pai e benfeitor, e o matou!

— Com que então foste tu, Sílvio. Sozinho, naturalmente! — apostrofou Aurélio em tom zombeteiro.

— Sim, nobre Estácio — admitiu o jovem em voz baixíssima.

— Conta-nos um pouco — prosseguiu o senador. — Como fizeste?

— Cneu me chamou à biblioteca para me falar do legado. Fiquei sabendo que com sua morte eu ficaria rico. Então peguei o peso de jade e o golpeei. Foi isso.

— Sem derrubar a pombinha de vidro! E Próculo não teve nenhuma participação, certo? Claro: Próculo sendo culpado, todos os escravos desta casa correm o risco de uma morte horrível. Mas, se o crime tiver sido cometido por um homem livre, ele paga sozinho e os servos se salvam — explicou Aurélio. — Um gesto comovente, meu jovem herói, mas pouco astuto.

Todos os olhares se fixaram no senador.

— Para começar — continuou Aurélio —, Sílvio não obtém apenas um legado com a morte de Pláucio, mas o patrimônio inteiro.

— Mais motivo ainda! — interveio Fabrício, nem um pouco surpreso.

— Mas ele não tinha como saber disso — replicou Aurélio, com um sorrisinho pérfido dirigido ao general. — Além do mais, ontem à noite eu o coloquei sob a vigilância dos meus núbios e posso assegurar a todos vós que ele não saiu do seu quarto.

— Escravos! — exclamou o filho do primeiro casamento de Paulina. Seus traços severos se contraíram numa careta de repulsa. — A palavra deles não vale nada.

— Diz-me, Fabrício — recomeçou o senador, angelical —, como podes ter certeza de haver reconhecido Próculo, ontem à noite? Era quase impossível vislumbrar alguém sob aquele aguaceiro.

— Foi antes que começasse a chover. Um relâmpago o iluminou e...

Aurélio irrompeu numa risada, balançando a cabeça.

— Era eu, general! Muito me desagrada admitir que fui confundido com um velho capenga, mas tu viste apenas o que desejavas ver: o homem cuja culpa te ajudaria a desembaraçar-te de Sílvio, mesmo que ao preço de centenas de vidas inocentes. Meus passos trôpegos, enquanto eu tentava correr para o espaço coberto escorregando no pavimento molhado, fizeram o resto. Só faltava este jovem ingênuo, disposto a se sacrificar, para te convencer completamente!

Fabrício balançava a cabeça, sem se persuadir.

— Não acredito no que dizes!

— Tens a minha palavra, Lúcio. Espero que a palavra de um senador romano, para alguém como tu, ainda valha alguma coisa. Esforça-te por relembrar melhor!

O general franziu as sobrancelhas e fitou o patrício com expressão zangada. Sob aquele olhar misto de dúvida e de rancor, Aurélio se sentiu como o aluno desmancha-prazeres que, com uma só pergunta, desmonta a complexa demonstração de um teorema geométrico, elaborada em longas noites insones pelo seu mestre de matemática, e ganha a eterna inimizade deste.

— Talvez também pudesse ser alguma outra pessoa — admitiu finalmente Fabrício, com extrema relutância. — No entanto, me pareceu de fato que era Próculo...

— Ainda insistes em te declarares culpado, Sílvio? — quis saber o senador.

O rapaz inclinou a cabeça, vermelho de vergonha.

— Eu menti — balbuciou. — Não queria que todos acabassem crucificados...

— Admirável, não se pode negar! — ironizou o patrício. — Na próxima vez em que desejares bancar o herói, procura inventar algo mais crível e, quem sabe, mais astuto. Os sacrifícios não solicitados raramente beneficiam aqueles a quem se quer ajudar, e com freqüência uma pontinha de esperteza obtém melhores resultados do que muitos gestos magnânimos — continuou severamente, enquanto o jovem baixava os olhos, aceitando contrito a repreensão.

— Oh, Aurélio! — gorjeou Névia, arrebatada. — Tu o salvaste! — E, diante de todos, deu-lhe um grande beijo na face.

— Pronto, estás inteiramente comprometido! — sussurrou Castor do seu refúgio junto ao odre de vinho. — Paulina te fará desposar essa jovem antes que o sol se ponha de novo!

Mas a matrona ergueu a cabeça cansada, como se tivesse contido por muito tempo a respiração, e sorriu.

CAPÍTULO XV

Terceiro dia antes dos Idos de novembro

Pompônia arrumava sua bagagem, advertindo as ancilas: — Cuidado com as perucas, os cachos não podem se amassar!

— Vejo que tens pressa de ir embora — observou Aurélio.

— Se eu não fugir logo daqui, também corro riscos. Estou convencida de que o deus Averno cismou com os Pláucios; portanto, não vejo a hora de ir para Roma. Venenos e punhais à parte, a Capital é muito mais segura!

— Ah, não me venhas com essa — sorriu divertido o senador. — Conheço os reais motivos que te impelem a partir: não consegues esperar pelos últimos mexericos sobre a imperatriz!

— Oh, alguns nomes eu já recolhi aqui, só para não perder a prática: Messalina anda com Úrbico, Trogo, o médico Valente e até Latrão!

— Estou curioso por saber quem é teu informante...

— O general, obviamente. Quem mais?

— Tua habilidade não pára de me espantar, Pompônia. O que fizeste para induzir um rígido militar como Lúcio Fabrício a se entregar às confidências?

— Lisonjeando sua vaidade. Fingi desconfiar que, considerando-se sua fama, ele também estava entre os favoritos de Messalina.

— Numes Imortais, mas é o sistema que usas comigo! — retrucou decepcionado o patrício.

— Funciona sempre! Não vejo a hora de estar em Roma para contar tudo! Felizmente tu também decidiste partir; eu temia que quisesses ficar mais um pouco por causa do testamento.

— Está tudo resolvido, creio.

— Certo. Exceto pelo fato de que ele desapareceu — comentou a matrona em tom tranqüilo, como se se tratasse de um detalhe insignificante.

— O quê?! — sobressaltou-se Aurélio. — Desapareceu?!? Eu não soube de nada!

— É claro — disse Pompônia, erguendo os ombros. — Ficaste até agora dormindo como um esquilo! Bem, ajuda-me a arrumar estas estolas...

Mas o senador não a escutou. Deixou-a às voltas com sua bagagem e se encaminhou para seu alojamento em passos lentos, amargurado demais para protestar quando Xênia chispou à sua frente, exibindo bem às claras sua fíbula de ônix.

Como tinha sido estúpido!, pensava. Com Sílvio fora do jogo e Tércia privada de direitos em virtude do dote, restava Paulina como única herdeira de Pláucio. Paulina, que nunca amara Cneu nem os enteados, e tanto podia ter cometido os três homicídios como feito desaparecer o testamento...

— Esqueces que ela estava no quarto com o marido, quando Segundo foi morto — objetou Castor, que se aproximara e havia recolhido as reflexões do patrão.

— Pena que Cneu já não esteja aqui para confirmar — replicou Aurélio.

— No entanto, em matéria de suspeitos, não podes excluir Helena e o general: sobre o fato de que estavam juntos, só existe a palavra deles.

— Nesse caso, por que declarar que se deixaram altas horas da noite? — considerou o senador. — Se tivessem construído um álibi, não fariam as coisas pela metade.

— Foram obrigados a isso — discordou Castor. — Perto do amanhecer, Helena foi surpreendida no peristilo pela sogra.

— O que significa que também Paulina estava bem desperta — objetou Aurélio.

— Mas ninguém a tinha notado, *domine*. De resto, ela seria bem tola de chamar atenção fazendo uma cena com a nora, justamente ao voltar de um crime! — concluiu o secretário.

— Ou então incrivelmente astuta, se tivesse percebido que Palas a vira... — murmurou o patrício. — Quem mais nos resta como possível culpado? Só Fabrício e Helena, desde que tenhas vigiado Tércia Plautila devidamente. Tens certeza de não a ter perdido de vista?

— Que Hermes me fulmine se eu a deixei sem vigilância por um único segundo! — garantiu o alexandrino.

— Castor, eu gostaria que perdesses esse maldito hábito de jurar pelo deus dos ladrões: isso não dá boa impressão!

— É um valoroso Nume, e sempre me protegeu! — protestou o secretário. — Quanto a Paulina, lembras como estava contrariada quando Cneu decidiu conceder o patrimônio ao bastardo, ao passo que seu precioso filho não tem com que pagar aos soldados? O general, portanto, pode muito bem ter combinado com a amante... a propósito, como é ela na cama? — inquiriu o indiscreto levantino.

— Não faço a mínima idéia! — bufou o patrício.

— Patrão, estás doente? Ou fizeste votos à Virgem Ártemis?

— Castor, por que insistes tanto em ver Helena com maus olhos? Por acaso temes que eu a leve para Roma?

— Ao contrário, *domine*, essa é a minha esperança! — esclareceu o grego em tom sincero. — Aquela não é mulher para te iludires por muito tempo; a filha me preocupa muito mais! Quando um quarentão começa a olhar para mocinhas... Ouve meu conselho, satisfaz teu desejo com a menina e depois deixa-a para Sílvio. Se a levasses contigo, só os deuses sabem os problemas que poderias arrumar!

Aurélio não respondeu. Na hipótese de o testamento ser encontrado, e de Névia se casar com Sílvio... Como não tinha pensado nisso antes?

Por qual motivo ninguém, nem mesmo seu cínico secretário, havia considerado a astuta jovenzinha como possível assassina?

Instantes mais tarde, Aurélio se detinha à frente de Sílvio, que tremia de emoção.

— O patrão me falara de legado, mas eu não sabia que era seu único herdeiro — disse o jovem.

— Ele era teu pai — replicou o senador. — Antes de morrer, te reconheceu.

Sílvio desviou os olhos com uma careta:

— Decidiu-se, por fim... Precisou perder dois filhos para recordar que tinha um terceiro.

— Fabrício tem razão: tu o odiavas — constatou o senador em tom severo.

— Sim — admitiu Sílvio a meia-voz.

— No entanto, ele não se conduziu mal contigo — sustentou Aurélio.

E era verdade: quantos servos tinham o mesmo sangue do patrão, sem que ninguém ousasse falar disso em voz alta? Quantos dos descendentes dos Mários, dos Júlios e dos Antônios viviam acorrentados e tremiam sob o látego em cada *domus* romana? Quantos incestos eram consumados diariamente por meios-irmãos que ignoravam, ou simplesmente desconsideravam, os vínculos de parentesco que podiam ligá-los às servas da casa?

Cneu, ao contrário, sempre se preocupara com Sílvio, cuidando de garantir para ele uma instrução adequada e um futuro seguro, mesmo antes de perder os outros herdeiros. Ainda assim, o patrício intuía que, longe de lhe ser grato, aquele jovem se orgulharia mais de descender de um Espártaco do que do rico Pláucio.

— Corriam boatos inquietantes sobre ele — continuou Sílvio. — Certa vez, escutei por acaso dois hóspedes que falavam das atividades dele sob o reinado de Tibério. Atividades pouco claras, ao que parece, e que dificilmente lhe permitiriam se apresentar de cabeça erguida na Urbe; esse, e não a paixão pela vida campestre, era o verdadeiro motivo de seu retiro aqui, no lago Averno.

— Acreditas em mexericos, Sílvio? — perguntou Aurélio, calmo.

— De fato, naquele período Cneu construiu sua fortuna, enquanto muitos caíam sob a lâmina do carrasco.

— Eu também sobrevivi a Seiano, a Tibério e a Calígula, não sem alguns artifícios, admito. Outros, menos espertos do que eu, ou talvez mais puros e menos inclinados ao compromisso, ficaram pelo caminho. Fizeram sua escolha, que sem dúvida é louvável: mas, como eu já te disse, nem sempre um sacrifício heróico ou uma bela morte, daquelas que os retóricos citam como exemplo nos livros de história, ajudam a resolver os problemas. Seja como for, repisar os erros de Cneu não altera os fatos: para o bem ou para o mal, esse homem era teu pai.

— Não o odeio mais. Agora ele está nu na barca de Caronte, onde um servo não se distingue de um rei.

— E tu te tornarás o *paterfamilias*, dono absoluto desta propriedade, cidadão romano com todos os direitos...

— Nunca aceitarei! — declarou Sílvio, rígido.

Aurélio sorriu, com uma ponta de escárnio.

— Oh, sim, aceitarás, meu jovem... ainda que depois de te fazeres de rogado, para satisfazer teu desmesurado orgulho.

— Orgulho? Num servo? — exclamou com despeito o liberto, apertando os punhos.

— Maior do que o exibido pelo nobre Lúcio com toda a sua jactância, jovem Sílvio! E, por falar no general, não esqueças que, sem o testamento, ele é quem administrará o patrimônio dos Pláucios, com seus métodos brutais: esfomeando os servos, exaurindo-os de trabalho, matando-os a chibatadas. Bem vês que será melhor para todos se a herança cair nas tuas mãos.

— Não posso — hesitou o jovem.

— *Deves!* Não tens o direito de deixar tua gente nas mãos daquele açougueiro, apenas para fazer um gesto nobre com o qual te pavoneies diante de ti mesmo! — disse o senador, agarrando Sílvio pelos pulsos e balançando-o com força. — A idéia te repugna, eu sei. Sempre desprezaste os patrões, e agora o Fado te obriga a ser um deles!

— É demais para mim — murmurou o rapaz, erguendo para o patrício a face coberta de pranto. Ao vê-lo, Aurélio teve a im-

224

pressão de ler alguma coisa nos seus olhos escuros. Uma lembrança, talvez; a memória fugidia de um outro rosto...

— Enxuga estas lágrimas de mulherzinha, Silvano Pláucio! És um homem agora, e um romano, à frente de uma família importante. Não podes te permitir fraquezas! Comandarás os escravos, administrarás a justiça, dirigirás a propriedade. De pé, vai!

O rapaz se sacudiu, tentando assumir uma expressão decidida. *Ele vai se habituar*, calculou Aurélio, de si para si. *Ser patrão, em suma, não é tão complicado assim; afinal, trata-se do ofício mais fácil do mundo.*

O senador ficou observando Sílvio com expressão severa, até vê-lo recuperar o controle.

— *Ave atque vale*, Silvano Pláucio! — saudou-o então, despedindo-se. *Numes, protegei-o*, invocou em seu coração. *A estrada não é muito fácil para suas pernas pouco exercitadas!*

Pompônia o encarava, severa:

— És um homem sem coração, Aurélio, e me decepcionaste.

— Não conseguirás me fazer doer a consciência, minha amiga. Tércia é muito indulgente com os consoladores do sexo masculino, e eu não sou exatamente uma Virgem Vestal. Bem sabemos como acabariam as coisas se eu tivesse ficado com ela — rebateu o senador, balançando a cabeça.

— Tu a deixaste à mercê dos assassinos — continuou Pompônia com ar de reprovação.

— Não, minha cara — corrigiu o patrício. — Não esqueças que Castor a vigiava naquela noite.

— E acreditas naquele pérfido levantino? Uma camareira me contou que havia passado pelo corredor sem ver ninguém. Em vez de montar guarda, como lhe ordenaste, teu secretário sem dúvida estava dormindo profundamente em algum canto bem escondido!

— Numes! Se as coisas foram assim, isso muda tudo! — gritou Aurélio, furibundo, precipitando-se para o alojamento do grego, enquanto retumbavam em sua cabeça mil perguntas: onde estava Plautila durante o assassinato de Ático? De fato o irmão se opusera à concessão do dote? E o que fazia o anel de madrepérola entre as jóias dela?

Diante do patrício, as imagens passaram rápidas: uma jovem rica e mimada, órfã recente, fica sabendo que o pai vai se casar de novo; vê a nova mulher se apossar dos tesouros de Apiana, que deveriam caber a ela; sorrateiramente, abre o estojo, toma nas mãos as jóias, não resiste a enfiar no dedo um anelzinho: é de pouco valor, a madrasta não perceberá. Casualmente, é atraída por um estranho pingente colorido, alisa-o e o camafeu revela o segredo do misterioso vaticínio. Anos depois, surge-lhe a ocasião adequada para tirar proveito daquela obscura profecia, e ela não a desperdiça. Seguindo os versos do oráculo, elimina os irmãos para se apossar de todo o patrimônio, certa de que ninguém desconfiará dela.

— Onde está ele? — berrou Aurélio, entrando com cenho ameaçador no quartinho de Xênia. — Vamos, mostra!

Um leve ondular do colchão logo revelou o esconderijo de Castor.

— Agora vais ter de me explicar! — trojevou o patrão, agarrando-o pelos cabelos.

— Aqui, não, *domine*, por favor! — suplicou o secretário. — Deixa-me falar em particular...

Segurando o alexandrino pela túnica, Aurélio o arrastou com violência até o seu alojamento, largando-o finalmente como um saco de cevada sobre o elegante mosaico do piso.

— Com que então, obedeceste às minhas ordens, vigiando Tércia Plautila durante toda a noite, hem?

— Certamente, *domine*, mas deixa-me explicar...

— Mentiroso imundo! Não havia ninguém no corredor!

— Isso é verdade, patrão — admitiu o secretário. — No entanto...

— Agora fala, grego folgado, antes que eu te torça o pescoço! — ordenou Aurélio, no auge da exasperação.

— Como ordenaste, patrão, eu vigiei a moça de perto.

— Chega de mentiras! Onde estavas, servo desleal? Certamente, não diante da porta!

— Justamente. Não diante, *domine*: atrás.

Aurélio não compreendeu o sentido das palavras de Castor, pelo menos não de imediato...

— Não tenho o coração duro, como tu! — continuou o secretário no tom de quem, acusado injustamente, protesta indignado sua inocência. — E, já que te subtraíste de modo indecoroso aos teus deveres, tive de enfrentar a situação. Como me recordas freqüentemente, sou apenas um servo, e um bom servo deve se empenhar de todas as maneiras no bem-estar e na segurança dos patrões.

— Estás dizendo que passaste a noite na cama com Plautila? — perguntou Aurélio, incrédulo.

— Não na cama, *domine*, no tapete — especificou o alexandrino.

— Delinqüente! — sibilou o senador. — Nem mesmo eu, um patrício romano de antiga e nobre estirpe, ousei me aproveitar...

— Justamente! — interrompeu Castor. — Tu és um senhor, deves salvar as aparências para manter intata a reputação. Eu não tenho as tuas responsabilidades. Como humilde empregado, procuro apenas ser útil, fazendo o máximo que posso, sempre que meus modestos serviços são requisitados.

Era o cúmulo! Aquele servo desavergonhado ousara pôr as mãos numa mulher livre, sem a mínima atenção para com o aristocrático Semprônio, que, confiante, aguardava tomar posse da esposa prometida! Aurélio o encarou e não disse nada, sem saber se mandava açoitá-lo ou se o parabenizava.

— *Domine*, uma donzela indefesa corria grave perigo... — justificou-se Castor.

Aurélio caiu na gargalhada:

— A donzela em questão se aproxima triunfalmente dos 40, deixando para trás dois maridos e um número indeterminado de amantes!

— Entre os quais, tu mesmo, patrão — frisou impiedosamente o secretário.

— Portanto, à luz do que me revelaste, Tércia não tem nada a ver com a morte do pai...

— No momento da triste partida de Cneu Pláucio, a moça se ocupava com algo bem diferente — assegurou o liberto. Depois, ajeitando os trajes amarfanhados, murmurou: — Posso contar com tua discrição, *domine*?

— Claro — respondeu Aurélio. — Se essa desgraça chegasse aos ouvidos de Semprônio Prisco...

— Não é Semprônio que eu temo, patrão, mas Xênia — retificou Castor. — Ela bate forte!

— Xênia! Vai buscá-la, agora! — ordenou o patrício.

Instantes depois, a jovem entrava de olhos baixos.

— Sabes que para as ladras existe a chibata? — trovejou o senador, tentando assumir seu tom mais sinistro.

— *Domine*, a tua fíbula eu achei no chão, no corredor... — mentiu despudoradamente a escrava.

— Sei, assim como o anel de madrepérola! — rosnou Aurélio, acariciando distraidamente o açoite.

— Nunca o vi, patrão, juro sobre a cabeça do meu irmão! — esquivou-se ela. — Se não acreditas, podes procurar nas minhas coisas!

— Seria tempo perdido — rebateu com desprezo o senador. — Tu te livraste dele, escondendo-o entre as jóias de Tércia no dia da busca... temias que o encontrassem no teu cubículo. Não creio que me contentarei com mandar te chicotear: serás vendida!

— Tem piedade, *domine*! — implorou Xênia, caindo de joelhos, enquanto com o rabo do olho tentava perscrutar as reações do seu acusador. — Eu sou pobre e indefesa, não tenho mais ninguém no mundo...

— Nem sequer um irmão, hem, serpente traiçoeira? — enfureceu-se Aurélio, agarrando o cabo do látego.

— Perdoa-me, eu te peço, farei o que quiseres! — suplicou ela, prostrando-se de tal modo que a túnica aberta deixasse à vista as belas e longas pernas.

— Fala-me do anel: desta vez, a verdade, senão... — Aurélio deixou vaga a ameaça, esperando aumentar-lhe a eficácia.

— Eu o roubei, *domine* — confessou Xênia — , mas essa foi a única vez... considera que havia tantas jóias mais preciosas, e eu só peguei a menorzinha... Depois, quando mandaste revirar a casa inteira para procurar os insetos, temi que me descobrissem. Eu te suplico, patrão, podes me bater, mas não me mandes para o mercado dos escravos: quem sabe onde eu iria parar?

O senador, precavido, evitou prometer. Aquela descarada precisava mesmo de uma lição; não faria mal deixá-la com um pouco de medo antes de adquiri-la.

Enquanto Castor se encarregava da ancila, Aurélio se sentou suspirando diante de um cálice de vinho. Sentia falta do sabor amargo da sua *cervesia*, sentia falta de Roma. Se pelo menos conseguisse decifrar aquele mistério...

Paulina exibia uma face cansada, olhos inchados, densos de preocupação.

— O que preciso te dizer é muito difícil, Aurélio.

— Trata-se do sumiço do testamento, não?

A aristocrata anuiu tristemente.

— Estamos pensando a mesma coisa? — murmurou o patrício, com medo de feri-la.

— Fabrício é um homem honrado: se eu estiver enganada, não admitirei perante ninguém que o acreditei culpado. Mas dei minha palavra a Cneu de que respeitaria suas últimas vontades e, por mais difícil que isso possa ser, pretendo mantê-la.

— Deves ter boas razões para suspeitar que foi teu filho quem escondeu o testamento.

— Sim. Eu mesma havia falado do assunto com ele, antes da morte do meu marido. Queria que ele tivesse conhecimento do legado a seu favor, sem se iludir quanto ao resto do patrimônio. Ele se enfureceu e eu precisei de toda a minha paciência para acalmá-lo.

— No entanto, ostenta um grande desprezo pelo dinheiro... — lembrou o senador.

— Na verdade, não foi a ânsia de riqueza que desencadeou sua ira — confirmou Paulina. — Fabrício é tudo, menos um homem cobiçoso, mas acha intolerável que Cneu Pláucio lhe tenha anteposto um bastardo. Aos seus olhos, um documento que declara herdeiro e *paterfamilias* o filho de uma bárbara germânica não possui valor algum.

— Por que pedes a minha ajuda, então? Lúcio Fabrício tem por ti o máximo respeito, e tua autoridade materna é suficiente para fazê-lo restituir o que tirou.

— Porém há mais, Aurélio: Helena tem um caso com ele. Não sou cega nem estúpida, e já havia percebido há tempos; mas preferi fingir que não sabia. Ela era a mulher de Ático, a quem cabia ficar de olho. Mas até a falta de pudor tem limites, e certa noite, quando a vi sair da torreta, com os cabelos soltos, a maquilagem desfeita e uma expressão arrogante de desafio, não resisti ao impulso de esbofeteá-la. Naquele momento eu estava decidida a deixar claras as coisas, falando com meu marido e meu enteado para que dessem fim a um escândalo que ameaçava enlamear a reputação da família. Mas justamente na manhã seguinte foi encontrado o corpo de Ático, no tanque das moréias. Então decidi não contar nada, por medo de comprometer Fabrício, que, como amante da mulher da vítima, seria o primeiro suspeito.

— Teu filho, porém, fez coisa pior...

— Sim, cometeu uma enorme tolice e corre o risco de pagar caro. Agora, Aurélio, ele está em grave perigo; por isso preciso de ti.

— Estás mesmo decidida a fazer respeitar a vontade de Cneu, ainda que contra teu interesse?

— Não tenho dúvida — assegurou a matrona, altiva. — Encontra aquele testamento, senador Estácio. A qualquer custo!

CAPÍTULO XVI

Véspera dos Idos de novembro

— Castor, estou em apuros: como posso obrigar Fabrício a entregar aquelas tabuinhas desgraçadas? Ele pode até já tê-las destruído! — lamentou-se Aurélio, desconsolado.

O secretário não se alterou.

— No teu lugar, eu as encontraria do mesmo jeito, *domine* — sugeriu a meia-voz.

— Como se fosse fácil... não posso fabricá-las! — disse o senador, antes de se interromper bruscamente: — Um momento... Castor!

— Às ordens, patrão. — O grego mantinha os olhos baixos, com ar sonso.

— De que te ocupavas em Alexandria?

— Trabalhava no campo das artes menores, *domine*... gemas, marchetaria, sinetes... — respondeu modestamente o secretário. — As más-línguas afirmavam que, no meu esforço de aperfeiçoar a produção artística, eu tinha inadvertidamente imitado os sinetes de alguns grandes personagens das finanças... Assim, a contragosto, fui obrigado a abandonar a atividade. A acusação era claramente infundada, *domine* — assegurou o liberto em tom pomposo —, embora eu reconheça que essa antiga competência pudesse ter uma certa utilidade no presente aperto. Infelizmente, devo acrescentar com igual clareza que leis iníquas considerariam ilegítima a minha obra, na hipótese de eu voltar a me aventurar nisso. Já por uma vez me arrisquei à forca enquanto falsário. Para aceitar de novo o mesmo risco, eu precisaria de uma boa motivação...

Aurélio suspirou:

— Quanto?

— Como podes supor que o dinheiro seja suficiente para calar minha consciência? — escandalizou-se Castor. — Eu pensava numa donzela que geme sob o peso da escravidão...

— Estás me propondo comprar Xênia? Negócio fechado! — aceitou de bom grado o patrão, que de qualquer modo já se decidira àquele arriscado investimento.

— Xênia e 500 sestércios. Não que me interessem os bens materiais, que isso fique claro. Mas a jovem comporta despesas.

— Acreditas poder reproduzir fielmente o documento perdido? — indagou Aurélio, cauteloso.

— Por que desejas uma cópia idêntica, patrão? Se me permites, tenho sugestão melhor.

Inestimável Castor, pensava o senador, enquanto o alexandrino lhe explicava seu plano. *Vale tudo o que me custa, e até o que me rouba!*

*

Fabrício percorreu em passos nervosos o quartinho na torreta, e depois se voltou furibundo para Aurélio.

— São falsas! — gritou, fora de si, jogando longe as tabuinhas preparadas por Castor.

— Como podes ter certeza? — replicou o senador. — Paulina e eu assinamos como testemunhas. Aqui estão nossos sinetes, e embaixo vem o do teu padrasto.

— Não me embrulhes, Estácio. Falsificaste deliberadamente estas páginas para favorecer teu amigo Sílvio. O que ele te prometeu em troca? Névia, aquela intrigantezinha, suponho!

— O documento é autêntico, Lúcio: tua mãe estava presente, quando ele foi redigido.

— Mentes! — acusou o general, lívido de raiva.

— Não, ele está falando a verdade, filho — confirmou Paulina, entrando silenciosamente na torreta.

Fabrício a encarou, desconcertado:

— Tu também tomas o partido daquele escravo bastardo, tu que foste obrigada a suportar durante anos um fedorento vendedor de peixe...

— Agora chega, Lúcio Fabrício! — exclamou a matrona com voz imperiosa. — Se tiveres a prova da falsidade deste documento, então mostra. Ou então, pára com esse teu protesto absurdo!

— Pois eu tenho essa prova! — gritou Fabrício, triunfante. — Observa o sinete: aqui se vê uma serpente alada com a língua de fora e cuspindo fogo, e com as volutas da cauda retorcidas para a esquerda. Só que, no sinete autêntico, essas volutas ficavam à direita!

— Como sabes, general? — interveio Aurélio, insinuante.

— Estive aqui mil vezes, e me lembro muito bem. Deve haver muitos outros documentos de Pláucio para comprovar!

— E a língua da serpente, para que lado estava virada, filho? — perguntou Paulina com voz átona.

— Também para a direita, e de fato foi reproduzida fielmente, comprida e bifurcada como no original!

A matrona desabou numa cadeira, cobrindo o rosto com as mãos.

— O que foi, mãe? — aproximou-se o general, pressuroso. Paulina esperou um instante, antes de responder. Quando falou, sua voz estava impregnada de amargura.

— Recordas bem o sinete de Cneu, meu filho. Só que não podias conhecê-lo: meu marido havia mandado refazê-lo apenas um mês atrás, porque o anterior estava rachado. E, no velho, as mandíbulas da serpente estavam fechadas!

Fabrício ficou atônito, sem palavras.

— Então, onde viste essa língua bifurcada, general? — insistiu Aurélio com um sorriso de mofa.

— Mãe... — fez o homem, empalidecendo.

Paulina se levantou de repente e, com um gesto rápido, apoderou-se das tabuinhas falsificadas, fazendo-as desaparecer sob a estola.

— Deves estar enganado, filho, tanto sobre a cauda da serpente como sobre o vulto de Próculo. Agora, entrega-me o testamento autêntico, aquele onde a cauda está enrolada do lado certo.

Com um gemido sufocado, o general se aproximou de uma cômoda e tirou um invólucro de tecido cor de púrpura, estendendo-o em silêncio para a mãe.

— Agora, tudo está resolvido, Aurélio — disse Paulina, apertando contra si o pacote. — Foi apenas um equívoco, que é preferível esquecer logo. Direi que achei as tabuinhas entre as coisas de Cneu...

Um equívoco, criticou o senador em silêncio, *com três mortos por homicídio?*

— É realmente o que queres, mãe? — murmurou o general.

— O que eu desejo não importa. Não se contraria o destino.

— Mãe, eu fiz isso por ti, para te compensar por todos esses anos...

Fabrício mordeu os lábios. A humilhação sofrida diante de Aurélio o queimava como ácido sobre uma ferida, mas atormentava-o ainda mais o temor de que aquele furto lhe tivesse tirado para sempre a estima da tão querida mãe.

— Não aconteceu nada, Lúcio. Dentro em pouco retornarás às legiões, ao lugar que é o teu, como antes foi do teu pai. Não nasceste para bancar o camponês — disse Paulina, colocando a mão no ombro dele num gesto de conforto.

— Entrego-me à tua vontade — assentiu o soldado, baixando os olhos com reverência.

Percebendo que naquele momento sua presença era excessiva, Aurélio deixou silenciosamente a torreta.

O patrício jazia no seu cubículo, abatido.

Tudo como no início! Três mortes violentas, e, por causa de um vaticínio de vinte anos antes, não havia nada, além do Fado, a que se pudesse atribuir a culpa! Quanto mais pensava, mais o senador se convencia de que a chave do mistério devia ser procurada lá, no passado. Lúcio Fabrício tinha 16 ou 17 anos, na época, o suficiente para inventar um oráculo sibilino... mas, se o assassino tivesse sido Lúcio, ele cometeria os crimes para desacreditar a profecia, e não, certamente, para realizá-la! A não ser que quisesse ser ele mesmo identificado com a figueira da horta. Não era raro que os enteados herdassem o patrimônio do padrasto: para Tibério, filho do primeiro casamento de sua mulher Lívia, Augusto havia deixado até o Império...

Vejamos, refletiu Aurélio. *O general mata na esperança de herdar tudo, mas depois descobre que o testamento nomeia como herdeiro o filho de uma escrava, e então o subtrai, e somente o comportamento exemplar de Paulina evita que seus planos se concretizem...*

— *Ave*, senador Estácio!

Névia tinha entrado sorrateiramente, fechando a porta atrás de si. A veste decotada, de requintada feitura, fazia com que ela parecesse mais adulta, mais madura. Até demais, avaliou Aurélio, lançando uma olhadela de esguelha à curva dos seios.

— Roubaste uma estola de tua mãe? — perguntou ironicamente.

— Por que dizes isso? Não gostas? — coqueteou a jovem, e, na ponta dos pés, aproximou-se dele. Situação embaraçosa, pensou o patrício, tentando manter o decoro. — Sou uma mulher, senador — continuou Névia —, e não me digas que poderias ser meu pai...

Aurélio, que estava prestes a lembrá-la disso, mal teve tempo de morder a língua.

— Oh, Aurélio, por que finges não entender? Eu e minha mãe ficamos sem um asse. Tu tens mais dinheiro do que Creso e, como homem, não és de se jogar fora...

— Agradeço-te de todo o coração pelo elogio — retrucou o patrício, sentindo-se centenário.

— Minha mãe quer te pedir que a leves para Roma, mas eu resolvi precedê-la. Não creio que ela seja teu tipo.

— Ah! Tu, ao contrário...

— Tenho só 16 anos, sou virgem e bem-educada. Não te farei má figura. E também nem precisas me desposar, eu sou plebéia e podes me tomar como *paelex*. É normal que um nobre eminente como tu, e ainda por cima descomprometido, tenha uma concubina. Não darei aborrecimentos.

Aurélio não acreditava nos próprios ouvidos. Se Névia tivesse pelo menos o bom senso de esperar que ele se adiantasse...

— Pelo contrário — contestou —, darias muitíssimos. És agressiva, despudorada e sem um mínimo de compostura. Resolves te apresentar no meu quarto como se eu... e além disso sequer me agradas — mentiu.

A jovem sorriu e jogou os braços em torno do pescoço dele:

— Agrado, sim, senador.

— E Sílvio? — perguntou o patrício, ainda desconfiado.

— Eh, as coisas mudaram rapidamente. Até ontem eu era a intocável *kyria* Névia, arruinada, talvez, mas livre; e ele era apenas um servo, proibido até mesmo de erguer os olhos para a patroazinha...

— O que não o impedia de fazer isso, ainda assim — comentou Aurélio, despeitado.

— Agora, porém, ele se tornou Pláucio Silvano, o *paterfamilias*, ao passo que eu continuo como uma parente pobre que depende da sua generosa hospitalidade.

— Então, pensaste: "À falta de outro, só me resta tentar com o senador!"

— Tolo, não é isso — desmentiu ela. — Tu me atrais, sempre me agradaste... — prosseguiu, gratificando-o com um olhar de admiração. — Um patrício romano, com séculos de história às costas. Teus antepassados estavam com Cipião em Zama e com César em Farsalo; as mulheres te adoram, os homens te invejam, e eu...

Os lábios úmidos de Névia roçaram o pescoço do patrício.

Maldita garota, por que não vai seduzir o seu Sílvio e me deixa em paz? Mas, não, sua cabecinha jovem está empolgada com Roma e suas maravilhas: sonha com as colunas de mármore e as festas suntuosas. Paciência... — disse Aurélio a si mesmo, inclinando-se para beijá-la. *Ela quer Roma e eu posso lhe dar isso. Por que não, afinal? Alguns meses com ela, uma lufada de juventude, e depois lhe encontrarei um bom marido entre os meus* clientes, *presenciarei suas núpcias e...*

— Eu te amo, senador — disse Névia com paixão. — Te amei desde o primeiro momento em que te vi!

Aurélio se retesou. Não. Aquilo não devia acontecer. E não aconteceria.

De repente começou a apertá-la com violência. A jovem, atemorizada, tentou se desvencilhar dele. Empurrou-o com mãos trêmulas, sem conseguir se livrar. O patrício segurou-a com força e lhe sorriu com escárnio.

— E então? Que fim levou a grande mulher, forte e segura de si? — perguntou com uma risada de desprezo, jogando-a brutalmente na cama.

— Deixa-me! — Nos olhos de Névia já não havia desejo, só medo. Sem hesitar, Aurélio pulou em cima dela. — Não! — gritou a moça. — Assim, não!

Ele relaxou a pressão e ela escapuliu, rápida.

— Não era isso o que querias? — perguntou o senador, sarcástico.

Encostada à parede, Névia o perscrutou, lívida. Em seu olhar lia-se um misto de raiva e decepção.

— Por acaso preferes te entender com minha mãe? — interpelou, indignada.

— Talvez, egoistazinha presunçosa! — retrucou Aurélio, sem dosar as palavras. — Virgem e bem-educada: a quem achas que deves tudo isso? Se não foste obrigada a te venderes pelas ruas de Neapolis, com a bênção do teu precioso papai, foi só porque ela fez isso em teu lugar!

Névia o encarou furiosa, com todo o ódio que só os muito jovens sabem expressar.

— Canalha! — murmurou entre os dentes, cobrindo o seio com a veste rasgada. Depois passou a mão pelos cabelos em desordem e se dirigiu para a porta, mantendo o olhar grudado no patrício, que a observava friamente.

— *Ave atque vale*, Névia — despediu-se Aurélio a meia-voz, enquanto a jovem fugia para o peristilo. — Vive feliz com o teu Sílvio, comigo não demorarias muito tempo.

E tentou não se entregar à decepção.

— Esta é boa! — exultou Castor. — Não consigo acreditar no que estou ouvindo, tu a deixaste escapar! — Para o cínico levantino, o nobre gesto de renunciar a Névia era apenas a enésima prova de uma precoce decadência senil. Aurélio não se lembrava de ter visto nele uma expressão mais divertida, desde o dia em que o grego havia extorquido 100 sestércios do odiado Páris, em troca da falsa promessa de emigrar para a Capadócia. — A idade te tornou deploravelmente sentimental — concluiu o secretário.

— Contigo isso não acontece, certo?

— Trato de me manter em guarda, *domine*. Também tenho minhas fraquezas, mas pelo menos procuro reagir. Em contraposição, graças a ti, agora o bravo Sílvio, além da herança dos Pláucio, ficará com Névia. Não deixei de perceber como ele a observava, com aqueles seus olhos negros...

— Sílvio tem olhos negros; Pláucio os tinha azuis, e também a escrava germana — interrompeu Aurélio, refletindo. — Além disso, quando franze os lábios, assume uma expressão que creio já ter visto...

— A cor da íris não é herdada dos genitores, patrão: Fúlvio e Maura, que tu bem conheces em Roma, são ambos escuros, e um dos seus filhos tem olhos claríssimos — recordou-lhe o alexandrino.

— Sim, mas eu dizia o contrário — esclareceu o senador. — Por acaso conheces algum casal de olhos azuis cujo filho não os tenha também dessa cor?

— Sim, os Emílio — respondeu prontamente o secretário.

— Mas o filho deles foi adotado — observou Aurélio. — E de qualquer modo Sílvio me lembra alguém... — murmurou.

— Posso saber o que estás meditando? — perguntou Castor, perplexo.

Aurélio não respondeu. Se a hipótese em que pensava correspondesse à verdade, então tudo, tudo mesmo, estaria explicado: o extermínio dos Pláucio, o testamento, o velho cão...

É estupidez pedir aos deuses aquilo que podemos obter por nós mesmos, ensinara o sábio Epicuro. Não se pode mudar o Fado, afirmavam todos. Mas e se alguém fosse dotado de tão férrea determinação a ponto de conseguir mudar, com três cruéis homicídios, as sortes já estabelecidas pelo destino?

CAPÍTULO XVII

Idos de novembro

O banquete de despedida, após tantas desventuras, não podia certamente ser alegre.

No lúgubre silêncio da casa, até Pompônia se calava, amarfanhando as borlas da camilha estofada. Plautila, com o rosto fatigado e sem pintura, aparentava exatamente aquilo que era: uma provincianazinha feiosa e já não muito jovem, com dois casamentos fracassados às costas. O general Lúcio Fabrício, por sua vez, não escondia o desapontamento por ter de se reclinar num triclínio secundário, enquanto o lugar de honra, do lado comprido da mesa, estava preparado para Sílvio.

Paulina, ao contrário, depois de ocupar sem nenhum comentário seu assento junto ao jovem chefe da família, pela enésima vez mostrava-se serena apesar das tragédias. Ao seu lado, o novo patrão parecia decidido a exercer seu papel até o fim.

Helena esperava num canto, anuviada. Afinal, sua beleza soberba não lhe servira de grande coisa: explorada pelo marido, vendida por dinheiro, rejeitada com desprezo pelo aristocrático amante, via-se agora de mãos vazias. E o pior ainda iria acontecer. De fato, a filha logo a descartaria como uma roupa usada e fora de moda, que nos ambientes elegantes é motivo de embaraço.

Com os sentidos em alerta, Aurélio se reclinou ao lado do general, cravando abertamente o olhar no rosto de Névia, para obrigá-la a baixar o dela.

Depois, pensativo, observou os comensais.

Um deles havia matado três vezes.

E agora ele sabia quem era.

A excelente ceia não tivera sucesso, embora Sílvio se conduzisse muito bem, ignorando com paciência todas as venenosas provocações de Fabrício. E foi com voz segura e pacata que, terminada a refeição, pediu a palavra.

— A sorte se encarniçou contra esta casa — declarou — e exterminou grande parte da família. Porém, com a ajuda dos Numes benignos, eu decidi aceitar o posto que, sem esses horríveis lutos, nunca seria meu, a fim de cumprir fielmente a vontade do meu pai Cneu Pláucio. De agora em diante, serei chamado Pláucio Silvano e me encarregarei dos deveres inerentes ao meu nome e ao meu nível, sendo o primeiro de todos o de gerar filhos que possam continuar minha obra no futuro. Orientado pela sábia Paulina, realizei hoje meu primeiro ato de chefe de família e cidadão romano, enviando a Névio um mensageiro para pedir sua filha como esposa.

Helena estremeceu no seu assento, espantada:

— Névia, devias ter me consultado!

— O consentimento do meu pai era mais do que suficiente — respondeu a jovem com ar de desafio. — Seja como for, não tens motivo para te preocupares; como mãe da *domina*, poderás viver aqui o tempo que quiseres — tranqüilizou-a em seguida, com satisfação maligna.

— Muito bem, realmente! — sibilou o general, vermelho de raiva. — Uma união perfeita: o filho enriquecido de uma bárbara que desposa uma plebeiazinha esfarrapada, e tudo isso com o dinheiro dos Pláucios e o beneplácito da matriarca!

— Eu dei minha permissão, Fabrício — disse Paulina. — Tu terás o que te cabe, assim como Tércia. Trata-se de legados muito consistentes.

— Mas... e a maldição? — perguntou Pompônia.

— Já cessou, minha cara — interveio Aurélio. — A *figueira da horta* dará seus frutos, e a profecia feita a Névia também está prestes a se verificar.

— Devo te desmentir, senador — discordou a jovem. — O adivinho predisse que eu me casaria com um homem de sangue nobilíssimo. No entanto, estou feliz com que ele tenha errado. Nos últimos tempos, conheci de perto alguns patrícios, e para mim já chega.

— Na verdade, não creio que o mago tenha se enganado. Às vezes os vaticínios se realizam — sussurrou Aurélio a meia-voz.

Névia não pareceu compreender, mas o rosto de um dos presentes empalideceu repentinamente.

— Estava à tua espera, senador. — A voz de Paulina soava tranqüila. — Desde quando sabes?

Aurélio deu um suspiro profundo, esforçando-se por exibir uma expressão composta, a fim de mascarar o desconforto que o atenazava.

— O vaticínio vinha das tuas mãos — iniciou — e tu podias ter cometido todos os homicídios, até mesmo o de Segundo. És hábil como herborista, conforme me contou Demétrio: para ti, seria fácil dar um sonífero a Cneu e fingir cuidar dele. Depois, o golpe de formão: tu também, e não somente Pláucio e Fabrício, viveste entre os germanos. Contudo, quando avalizaste as últimas vontades de Cneu, ficando contra teu próprio filho, acreditei ter cometido um erro: eu supunha que havias matado para invalidar esse testamento, mas, ao contrário, tu te empenhavas em demonstrar a autenticidade dele. Só que, naquele momento, eu não sabia por quê...

— Não faz diferença, Aurélio. Estou doente de um mal incurável e tentarei acelerar as coisas. Logo subirei à barca de Caronte.

— Sem remorsos e sem nostalgias?

— Eu fiz o que devia fazer.

— As feras também matam para defender seus filhotes... — considerou o senador.

Paulina se crispou, mordendo o lábio.

— Não compreendo o que queres dizer. Se eu tivesse manchado minhas mãos de sangue pelo meu Lúcio, por acaso iria te ajudar a encontrar as verdadeiras tabuinhas? — replicou a mulher, com voz embargada.

— Eu me referia ao teu outro filho... — corrigiu-a Aurélio. — Sílvio. Porque és a mãe dele, Paulina, não é verdade? Recordo como insististe em que eu plantasse os meus guardas embaixo das suas janelas, na noite em que Cneu foi morto, a fim de que ele não se tornasse suspeito do crime que te preparavas para cometer.

— Então, compreendeste! — exclamou a matrona, empalidecendo. — Mas não lhe contaste, não é?

Aurélio balançou negativamente a cabeça.

— Eu te agradeço — disse ela. — É preciso que Sílvio se acredite o legítimo herdeiro dos Pláucios e aja de acordo com isso.

— Planejaste tudo 18 anos atrás, quando Cneu estava longe.

— Ele nunca foi meu marido! — justificou-se a matrona.

— Eu não lhe devia fidelidade. Meu esposo, o único que tive, era Marco Fabrício: fomos separados à força, mas isso não bastou para romper nosso vínculo. Ele veio me procurar, às escondidas, durante uma breve licença, esfalfando-se para cavalgar dia e noite. Nós nos amávamos, Aurélio, desde quando éramos crianças. As núpcias nos uniram no mesmo dia em que ele envergou a toga viril. Ao seu lado eu vi morrerem os nossos pequeninos e nascer Lúcio, forte e altivo como o pai! Depois a guerra, os perigos, as emboscadas... Aquela foi a última vez em que nos vimos. Ele partiu, prometendo que na volta obrigaria Pláucio a se divorciar: antes disso, precisava de uma grande vitória na Germânia, para poder desafiar a vontade do imperador. Eu retornaria à sua casa, e meu casamento de mentira com o vendedor de peixe seria apenas uma má recordação. Um mês depois, fui informada de sua morte, e percebi estar esperando um filho...

Aurélio escutava as palavras da velha matriarca sem ousar olhá-la no rosto.

Uma assassina impiedosa, capaz de nutrir por quase duas décadas o projeto de uma carnificina, sorrindo a cada dia para o homem a quem mataria sem compaixão, no momento oportuno; vivendo ao lado daqueles cuja condenação ela já estabelecera dentro de si... No entanto, apesar de tudo isso, por que Paulina não conseguia lhe incutir horror? Ela prosseguiu:

— Meu marido certamente mandaria abandonar o menino para adoção. Ele odiava Marco e sabia que eu ainda o amava. De início pensei em fugir, para dar à luz minha cria e confiá-la a algum amigo dedicado aos Fabrícios. Então me entregaria a Cneu, pronta a pagar com a vida o adultério; mas meu filho já estaria a salvo, embora destinado à obscuridade... ele, do mais puro sangue romano!

Foi como se Aurélio pudesse ver Paulina, jovem e belíssima, acariciando o ventre; aquele ventre que trazia um fruto a ser defendido a qualquer custo... Sim, como as feras da floresta, como a indômita tigresa...

— Depois Pláucio retornou, com aquela bárbara já prenha — continuou a matrona. — Ficou poucos dias, e eu consegui ocultar minha condição. Só a minha velha ama sabia: ela era uma *verna* dos Fabrícios, capaz de se deixar degolar por nós. Ninguém jamais suspeitou de nada, exceto Segundo, talvez. Nessa época ele tinha uma forte paixão por mim, sem ousar manifestá-la. Viu o cavalo de Marco, naquela noite, e compreendeu que um homem havia me visitado durante a ausência do seu pai. Então mudou completamente sua atitude. Duvido que tivesse percebido minha gravidez, mas aos seus olhos eu era agora uma rameira. Um dia, encontrei-o no meu quarto: ele disse que eu não era diferente das outras e que também queria sua parte, do contrário falaria. Resisti e ele me tomou à força. Foi a única vez. Desde então, nunca mais lhe dirigi a palavra, a não ser em público. Ele se fechou em si mesmo e parou de me procurar, mas não de me seguir com aqueles olhos rancorosos...

Aurélio escutava, imóvel.

— Pari em silêncio, sem um grito — contava Paulina. — Em seguida olhei meu filho: era bonito e saudável. Então, já não me bastava que estivesse vivo: eu lhe devolveria tudo o que era seu, de direito, e que Cneu lhe tirara. Mantive a mulher bárbara em minha casa, todos sabiam que ela carregava o sêmen do patrão. Matei-a com minhas mãos e disse que ela morrera ao dar à luz Sílvio. Chamei-o assim porque ele tinha nascido às escondidas, como os animais da selva, e seu pai havia encontrado a morte num bosque distante... Quando Pláucio voltou, ficou comovido com meu comportamento e passou a me respeitar. Depois, não foi difícil conceber um falso vaticínio e fingir tê-lo encontrado por acaso.

— Induziste teu marido a reconhecer Sílvio, fingindo-te contrária. Mas havia outros herdeiros... e estes, conseqüentemente, deviam ser afastados.

— Matei Ático, atraindo-o ao jardim com um bilhete que lhe revelava a infidelidade da mulher, de cuja traição eu já sabia desde bem antes. Na noite anterior eu tinha lhe ministrado disfarçadamente uma beberagem, para deixá-lo lento em reagir. Não me arrependo: ele sempre me tratou como uma estranha, uma sanguessuga vinda da Capital para dilapidar seu precioso dinheiro.

— Amputaste a mão que segurava a mensagem e a jogaste para as moréias comerem.

— Não, na verdade eu a enterrei mais longe. Não conseguia abrir os dedos para recuperar o bilhete.

— O cão, que te conhece, não latiu. E, com Segundo, foi ainda mais fácil...

— Ele não sofreu, por sorte. Bastou um só golpe, com um furador, quando ele se inclinava para observar um falso rastro que eu mesma lhe havia apontado. Viste certo, Aurélio: eu tinha aprendido esse sistema na Germânia, e saí quando meu marido dormia sob o efeito de um soporífero que eu tomara o cuidado de lhe dar.

— Já Pláucio, tu o golpeaste com o escaravelho...

— Sim. Eu tinha projetado envenená-lo para depois fazê-lo ser encontrado na horta, respingado de mel e picado pelos insetos: assim, a profecia se confirmaria totalmente. Mas tu puseste as colmeias sob vigilância e fui obrigada a mudar meus planos.

— Esperaste quase vinte anos, para realizá-los!

— E esperaria outros vinte, se fosse necessário.

— E Próculo?

— Não o matei. Ele estava velho e aterrorizado, seu coração deve ter falhado.

Aurélio balançou a cabeça:

— Mas por que justamente agora, depois de tanto tempo?

— Só me restam poucos meses de vida, então eu devia agir logo. Sem contar o fato de tu estares aqui, e defenderias o testamento. Em ti eu podia confiar; um outro poderia se deixar corromper por Fabrício.

— Conheci bem o teu primogênito...

— Não é desonesto, podes acreditar. Mas para ele existem pesos e medidas diferentes, a depender do nascimento.

— O que farias, se eu o tivesse considerado culpado?

— Não havia esse risco; tu irias verificar se ele tinha ou não as vestes molhadas, na noite em que Cneu morreu.

— E realmente o fiz. Também sabia que era impossível sair da torreta sem se enlamear, e na biblioteca não havia uma só gota d'água; portanto, tive certeza da inocência dele. Devias ser tu a homicida, mas eu não compreendia o motivo. Até o momento em que vi nos olhos de Sílvio uma certa luz inconfundível.

— Difícil de ser encontrada no olhar de um escravo — sorriu a mulher. — Então, ele se parece comigo?

— Sim, Paulina. E tem a mesma prega acima dos lábios que é típica do irmão.

— É uma característica dos Fabrícios. Todos os homens dessa família têm essa ruga! — reconheceu a matrona com orgulho.

— Eu lhe restitituí sua herança e lhe dei um nome. Um dia, talvez, ele poderá ter assento no Senado... Pláucio Silvano, senador de Roma: não soa bem? Eu poderia morrer feliz, sabendo que não manchei as mãos de sangue em vão, se um patrício demasiadamente hábil não tivesse descoberto o meu segredo.

Aurélio fitou a assassina. Sobre ela deveria descer a machadinha de dois gumes, para punir seus crimes desumanos. Mas, nesse caso, o testamento seria anulado e o lago Averno jamais veria as máquinas que acionavam os moinhos...

— Quem me daria crédito, se eu ousasse sair por aí contando uma história tão inverossímil? — disse o senador. — Às vezes, o Fado se serve de estranhos caminhos... e um vaticínio falso pode ser legitimado por eventos autênticos.

Uma lágrima de gratidão, logo contida, velou por um instante a pupila da homicida.

— Meu coração está cansado, Aurélio, oprimido por excessivas fadigas. Receberás a notícia de que eu decidi abreviar minha agonia com um fim rápido e digno, à altura de uma patrícia romana.

— Nada mais? — perguntou o senador, dominando a emoção.

— Não creio — respondeu Paulina, erguendo-se e lhe estendendo a mão. — *Ave atque vale*, nobre Estácio.

Havia lua, nessa noite, e o céu, depois de tantas nuvens, estava finalmente sereno.

O patrício virou-se para olhar pela última vez o perfil reto da mulher, recortado no arco da porta, orgulhoso e cruel como o de Réia Cibele, a Grande Mãe Terra. E então, quase à sua revelia, brotaram-lhe dos lábios os versos que o poeta Catulo havia dedicado ao irmão defunto.

— *Et, in perpetuum, ave atque vale*, Paulina...

Assim a saudou, desviando os olhos dos dela.

CAPÍTULO XVIII

Décimo oitavo dia antes das Calendas de dezembro

Na manhã da partida, Aurélio foi à biblioteca para apresentar suas saudações a Pláucio Silvano.

O rapaz, muito compenetrado no seu papel de *paterfamilias*, sentava-se rígido e impávido, com a coluna ereta e uma expressão grave no rosto. Ao patrício, contudo, não escapou o gesto discreto com que ele se apressou a esconder as mãos sob a grande mesa de madeira, para não deixar ver que elas tremiam ainda um pouco, tal como no dia em que, surpreendido a estudar a mecânica de Heron, deixara o cálamo escorregar dos dedos.

Aurélio o observou por alguns instantes, enquanto o jovem aguardava com ar incerto, temeroso de um juízo negativo.

— Excelente, Sílvio, até parece que nasceste de uma grande família romana! — comentou o senador. — Mas cuidado para não exagerares na *gravitas*: se não encarares tuas novas responsabilidades com uma pontinha de ironia, serás esmagado por elas.

O jovem se abriu num largo sorriso.

— Devo-te muito, senador Estácio. Por Próculo, por Névia e por muitas outras coisas que agora me escapam. Sou grato a ti em igual medida por me haveres ensinado que convém refletir antes de seguir um impulso, mesmo quando ditado por intenções nobres. Com o coração, eu preferiria rejeitar a herança do meu pai e continuar a me sentir um servo entre os servos. Tu, porém, me fizeste compreender que isso não seria vantagem para ninguém, nem mesmo para os meus companheiros. Agora os escravos me chamarão *domine*, e aos olhos deles serei um estranho a temer e talvez também a odiar. No entanto, apesar disso, terei condições de ajudá-los muito mais do que se tivesse permanecido apenas como intendente. Como poderei algum dia te recompensar, Públio Aurélio?

— Um dia me mostrarás teus maquinismos — sorriu o senador —, desde que consigas construí-los. *Vale*, então, Pláucio Silvano! — despediu-se, dirigindo-se à saída.

— Nobre Estácio! — deteve-o Sílvio. — É difícil que um homem poderoso como tu venha a precisar de um humilde provinciano; mas, se um dia isso acontecer, não esqueças que minha vida e meu patrimônio estão à tua disposição. Existe mais alguma coisa que eu possa fazer por ti?

— Realmente, haveria uma coisa... — respondeu o senador, com um sorrisinho divertido.

Poucos minutos depois, Públio Aurélio retornava ao seu alojamento.

— *Caaave...*

Castor saltou de pé, fora de si, esbracejando à procura de uma arma qualquer para se defender do agressor alado. Aurélio riu ao vê-lo aparecer com um bastão, disposto a medir forças, em destemida luta, com o minúsculo adversário.

— Não vais querer levá-lo contigo! — berrou o alexandrino, exasperado, enquanto o penudo lhe atacava os cabelos.

— Claro que sim. Em Roma, ele fará a delícia das senhoras.

Enquanto isso, a esperta ave havia agarrado com decisão a juba do secretário, acima da orelha, e se pendurava tagarela de cabeça para baixo, bicando-lhe afetuosamente o lóbulo. Após muitas tentativas inúteis, Castor afinal conseguiu desvencilhar as melenas dos artelhos poderosos e segurar firmemente o penudo com ambas as mãos.

— Ai! — estridulou o grego, quando o bico recurvo afundou no seu indicador.

Libertada do aperto, a ave retomou, com um vôo breve, a confortável posição acima da orelha direita do secretário.

— Eu te odeio profundamente! — exclamou Castor para o patrão, gratificando-o com um olhar eloqüente.

— Ora, Castor, é apenas um bichinho simpático!

— E não é só isso! — cuspiu o grego, furibundo. Xênia se recusou a dormir comigo!

— Bem, talvez a tenhas decepcionado — conjeturou, irônico, o senador.

— Hipócrita! Foste tu que a proibiste, como seu novo patrão! E me havias prometido...

— Comprá-la, como de fato já providenciei. Com tuas trapaças, Castor, já me extorquiste suficientes sestércios: o que te fez pensar que eu pretendia reservá-la para ti? — declarou Aurélio, decidido a manter na corda o máximo possível aquele servo insubordinado. — No fundo, é uma jovem muito bonita; eu também percebi isso, embora tu pareças achar que ela já passou da idade...

— É uma serva! — objetou Castor.

— Muitos patrões desfrutam das servas. Mas são poucos os servos que fazem o contrário.

— Ah, a história de Plautila ainda te incomoda, prepotente!

O patrão assoviou, nem um pouco impressionado, e Castor achou melhor mudar de tom.

— Despedaçarias um terno vínculo, um puro sentimento nascido entre dois seres humanos de humilde ascendência mas de costumes honestos, ambos oprimidos por um triste destino de servidão? — perguntou, com olhar suplicante.

— Sim — respondeu tranqüilamente o patrão.

— Deixa-a comigo, eu te peço! — insistiu o secretário. O patrício o observou de esguelha: então, Castor gostava mesmo daquela pequena ladra!

— Nem pensar — afirmou, no entanto, fingindo-se inflexível.

— És injusto e covarde. Como posso me medir contigo? — dramatizou o alexandrino, erguendo os olhos para o céu. — A luta é desigual: eu, nascido nas vielas de Alexandria, crescido sob os golpes do açoite, arrancado à força da minha terra natal, obrigado a dizer adeus aos requintes da Hélade para viver entre os bárbaros romanos, submetido às correntes de uma feroz escravidão...

— Chega, Castor, por todos os Numes: já captei o conceito! — Mas interromper o levantino bem no meio de um de seus discursos era um empreendimento árduo.

— Tu, descendente da estirpe dos quirites opressores; tu, cujas riquezas são incontáveis; tu, que te assentas na Cúria e decides os destinos do Império; tu...

— Está bem, fica com ela! — fingiu render-se Aurélio, quando julgou que o secretário já fora suficientemente punido.

— Tu, que podes possuir todas as belas matronas da Urbe; tu, que... — continuava o grego, impávido. — ...O que disseste mesmo, *domine*? Terei compreendido bem? Ah, nobre rebento, oriundo de magnânimas linhagens! — exclamou, correndo para ir dar a Xênia a boa notícia.

Aurélio saiu para o peristilo, sem pressa. A noite ainda era jovem e a viagem para Roma seria tediosa, sem companhia.

Como bom epicurista, o senador amava as coisas belas, e Helena certamente o era. E, ao seu modo, também generosa: esposo e filha sempre haviam vivido à sua custa, como se tudo lhes fosse devido; era hora de pensar nela mesma. A Urbe estava cheia de maridos dispostos a fechar ambos os olhos sobre uma mulher fascinante, capaz, além disso, de cultivar amizades influentes: não seria difícil lhe encontrar uma colocação.

Ao passar diante do quarto de Névia, o patrício desviou o olhar. Pouco depois, batia à porta da viúva de Ático. Sabia que teria uma boa acolhida.

Demétrio, o piscicultor, aguardava diante das carruagens, pavoneando-se num magnífico manto bordado de Cirene. Na última vez em que Aurélio vira aquele traje, ele recobria o cadáver de um velho escravo, e naquele momento deveria estar embaixo de duas boas braças de terra.

— Patrão, como poderei algum dia te agradecer a honra que me fizeste? Saberei ser digno dela, eu te asseguro! — exclamou com ênfase o piscicultor, apertando as mãos com gesto comovido. — Quando o teu bravo servo me disse que pretendias desfazer-te deste manto, eu nem sequer ousei me adiantar, sabendo do grande valor afetivo que ele tinha para ti!

Aurélio se voltou para o secretário com ar interrogativo: ao que recordava, o manto era novíssimo, mas para ele não importava mais do que qualquer outro pedaço de tecido precioso.

— O teu valoroso genitor, *domine*... — cochichou Castor, dando uma cotovelada no patrão. — ...Caído ao lado de Varo, com o gládio em punho, na selva de Teutoburgo...

O patrício não soube o que responder: seu pai, na época do infausto confronto dos romanos com o teutão Armínio, mal havia acabado de envergar a toga viril; além disso tinha morrido ao cair, mas não em batalha, e sim de um triclínio, durante uma orgia.

— Eu o conservarei com carinho, nobre Estácio, e te juro que o rasgão jamais será consertado: pretendo conservar para sempre a laceração pela qual irrompeu a pérfida lâmina que matou teu ilustre progenitor! — prometeu Demétrio, em tom enfático. — E, mais uma vez, obrigado ao teu fiel secretário, que intercedeu para que me honrasses com semelhante dom!

— Castor! — trovejou o patrício, enquanto Demétrio se afastava. — O que meu pai tem a ver com isso?

— O manto se descoseu quando eu o tirava de Próculo antes do sepultamento, *domine*: então, eu tinha de justificar o rasgão...

— Que embusteiro! Não te envergonhas de enganar assim um pobre ingênuo?

— Enganá-lo? Estás errado, patrão. Graças a mim, Demétrio não adquiriu um simples manto: apoderou-se da história inteira de Roma, com toda a sua glória! E por apenas 15 sestércios. Aqui estão, eu os guardei em segurança... maldição! Xênia, perniciosa ladra, onde estás? — urrou o grego, lançando-se à perseguição da gatuna, enquanto o patrício o observava, divertido.

Depois que Pompônia se arranjou com todo o seu cortejo de mulas carregadas de bagagens, Aurélio se instalou na carrua-

258

gem onde Helena o esperava, esplendorosa num traje dourado, e ergueu a mão para dar a ordem de partida.

De uma janela distante, atrás do muro com a velha inscrição *CAVE CANEM*, alguém, o vulto de uma mulher que já parecia pertencer ao grande lago infernal, confundiu aquele rápido aceno com um cumprimento, e por sua vez também levantou a mão.

— Eh, vós dois, não acrediteis poder vos acomodar; eu já estava aqui antes! — ouviu-se gritar naquele momento, do carro no qual Castor acabava de embarcar. A voz irada de Palas mudou de repente para um sussurro meloso: — Por acaso és tu, doçura, a escrava que me prometeram? Quanto tens de altura?

A resposta de Xênia foi abafada pelas imprecações do grego. Um instante depois, Castor abria bruscamente as cortinas da carruagem de Público Aurélio, trazendo o anãozinho pendurado pelo pescoço.

— Aqui também há uma flor de moça, Palas, e poderia ser justamente aquela que procuras. Observa-a um pouco com este senhor! — disse, depositando o pintorzinho sobre as almofadas de seda do senador.

— Para Roma! — ordenou Aurélio, rindo, e a carruagem partiu.

EPÍLOGO

Roma, ano 798 ab Urbe condita
(ano 45 d.C., verão)

Haviam transcorrido muitos meses desde a temporada às margens do Averno, e os acontecimentos vividos na *villa* dos Pláucios pareciam agora a Aurélio muito distantes, assim como os protagonistas daquela obscura cadeia de mistérios e crimes: Paulina e sua cruel nobreza; a jovem Névia, inexperiente e ingenuamente desaforada; o general Lúcio Fabrício, agarrado com teimosia aos seus vetustos preconceitos; Sílvio, o novo *paterfamilias* dos Pláucios, voltado para os grandes ideais destinados a se confrontar bem depressa com a dura realidade, e por fim Helena, que vivia na própria pele o destino nem sempre fácil de ser mulher...

Como Aurélio havia previsto, na Urbe a esplêndida matrona obtivera um notável sucesso. À sua indubitável formosura, ela podia acrescentar também a fama de amante do senador

Estácio, detalhe que, longe de afugentar os pretendentes, aumentava-lhes desmesuradamente o número: desposá-la significaria colocar-se sob a proteção do poderoso patrício; assim, para obter o apoio dele, muitos se dispunham a fechar um olho não apenas sobre os passados deslizes de Helena, mas também sobre os futuros... Entre tantos, a bela escolhera um abastado cavaleiro da Ordem Eqüestre, e naturalmente Aurélio foi incluído como convidado de honra para o casamento.

Colocada a fascinante viúva, de quem realmente o patrício logo se cansara, os personagens que haviam dado vida aos dramáticos episódios começavam a desbotar em sua memória, enevoados pelo inexorável gotejar da clepsidra. Contudo, para eterno testemunho da aventura, restava ao senador uma lembrança em carne e osso: a ancila Xênia, companheira de malfeitorias de Castor, de cujas mãos rapaces não escapavam nem os magros recursos dos escravos nem a bem-fornida bolsa do patrão.

Aurélio estava justamente pensando num modo de se livrar dela sem ofender muito o seu melindroso secretário quando o intendente Páris bateu à porta do tablino, anunciando a visita de Tito Servílio.

— Salve, Aurélio! — disse o bravo cavaleiro ao entrar, todo pimpão.

Servílio se assemelhava à sua esposa Pompônia não só no bom caráter, mas também no aspecto físico. Como muitos casais bem harmonizados, depois de trinta anos de vida em comum os dois haviam assumido uma fisionomia muito parecida, para a qual contribuía indubitavelmente a abundância das formas, fruto da paixão de ambos pela boa cozinha.

Servílio tinha uma solicitação premente para dirigir ao senador.

Aurélio o escutou, depôs a taça de *cervesia* gelada que esta va saboreando, e depois respondeu secamente:

— Não.

— Ora, vamos, Aurélio — protestou o cavaleiro. — O divino César não economizou despesas, será um acontecimento memorável! O anfiteatro ficará lotado como nunca; toda a Urbe estará presente, não podes recusar-te a assistir!

— Meu amigo — retrucou o senador em tom pacato. — Bem sabes que os massacres me desagradam, em particular aqueles, totalmente gratuitos, que acontecem na arena. Posso compreender que Cláudio utilize os jogos de gladiadores para exaltar a glória do Império e aumentar sua fama junto ao povo. No entanto, compreender não significa compartilhar.

— É um rito, Aurélio: Roma inteira acorre para celebrá-lo!

Roma, a minha Roma, refletiu Aurélio. A Urbe predestinada, o centro do Império, a mãe de uma civilização na qual o patrício, apesar da independência de juízo e de conduta de que se orgulhava, não podia evitar se reconhecer. Roma, a metrópole tentacular, com suas luzes e suas sombras; a capital de um domínio que já se estendia por grande parte do mundo conhecido, generosa disseminadora de cultura e de progresso, à altura da Grécia dos tempos antigos... No entanto, a despeito de tudo isso, a cidade eterna não estava livre de infâmias, baixezas e costumes de inusitada ferocidade: aqueles costumes com os quais o poder costumava celebrar a si mesmo, e que Aurélio, do alto de sua refinada inteligência e de sua sensibilidade epicurista, detestava com todas as suas forças. Mas Servílio, que, ao contrário do amigo, nutria uma paixão desenfreada pelas sanguinárias lutas da arena, não estava disposto a se dar por vencido.

— Aurélio, és um senador — insistiu, procurando convencê-lo. — E, como tal, tens específicos deveres sociais a cumprir. Os jogos serão presenciados pelo imperador em pessoa, que os dedicou ao povo. Seria uma descortesia imperdoável se teu lugar na tribuna coberta, atrás do palanque imperial, ficasse vazio! — protestou.

Os jogos de gladiadores que o imperador Cláudio havia anunciado para o anfiteatro de Statilius Taurus, junto ao Campo de Marte, veriam bater-se os melhores campeões do momento: celtas, bretões, gauleses, etíopes, todos os mais célebres atletas da gladiatura, empenhados num espetáculo que os cidadãos da Urbe não esqueceriam por muito tempo. Como podia o culto e refinado senador Públio Aurélio Estácio, impregnado de cultura clássica e de filosofia epicurista, recusar-se a assistir a tão memorável evento, dando com isso uma prova incontestável de ser desprovido do mais elementar senso esportivo?

— Oh, Aurélio, por favor! — continuou a insistir Servílio. — Pensa na tua dignidade senatorial...

— O Senado não passa de um bando de presunçosos sem qualquer autonomia, e capazes apenas de endossar as decisões imperiais com submissão! — replicou Aurélio.

— Então, considera tua altíssima posição...

— Mesmo assim, permaneceria bem sólida. Quando alguém possui um patrimônio como o meu, pode se permitir mandar para o Tártaro as convenções sociais.

O senador parecia inflexível. Castor, que entrara em silêncio trazendo a cratera de vinho quente e tratava de controlar minuciosamente a temperatura da bebida, achou que devia intervir: não seria bom para ninguém se o patrão, cabeçudo como era, colocasse em perigo o favor de que gozava junto ao imperador, só por causa de uma estúpida questão de princípio.

— De fato, lá estará Roma inteira, *domine*. Flávia Pulcra pretende comparecer acompanhada por Óstilo, o *princeps* do Senado — lançou o secretário, mencionando de propósito o rival com quem Aurélio estava disputando a bela matrona. — Emília irá sozinha, enquanto Telesila será escoltada pela ama. A cortesã Cíntia... ah, eu ia esquecendo: murmura-se que Lólia Antonina retornará especialmente do Oriente para assistir aos jogos! — mentiu Castor despudoradamente, desfiando um após o outro os nomes das mulheres pelas quais o patrão alimentava alguma simpatia. Aurélio era teimoso como uma mula, pensava, e a única maneira de induzi-lo a ceder era apelar para o seu fraco...

— Faz isso pela nossa antiga amizade! — reforçou Servílio, para fornecer ao amigo, que já parecia menos resoluto em sua negativa, alguma aparência de justificativa moral.

— Pois que seja! — cedeu finalmente o senador. — Eu te acompanharei aos jogos, já que insistes tanto. Mas presta atenção: farei tudo para escapulir o mais cedo possível!

— Não te arrependerás — encorajou Servílio. — Será um espetáculo empolgante!

A morte repetida ao infinito, bem vês que belo divertimento, pensou Aurélio, irritado. *Esperemos ao menos que nesse dia suceda algo mais interessante: o futuro está nas mãos dos deuses, e cada instante pode proporcionar uma surpresa...*

— Magnífico! Então, está combinado! *Ave, Cæsar, morituri te salutant!* — bradou o amigo, citando a saudação que os gladiadores dirigiam ao imperador antes dos combates.

— Os que vão morrer te saúdam... — repetiu Aurélio, com muito menos entusiasmo.

"Morituri te salutant"...que loucos!, disse a si mesmo o senador, balançando a cabeça. E o público que se exaltava ao vê-los morrer não era muito melhor. Mas agora havia prometido e não podia recuar. Portanto, compareceria...

NOTA FINAL DA AUTORA

Cave canem é, antes de mais nada, uma homenagem a Agatha Christie (eu estaria tentada a definir o romance como uma *Imitatio Christie*, se o jogo de palavras não soasse irreverente). Tenho consciência do quanto hoje em dia é terrivelmente *out* falar bem de Dame Agatha: manda a moda que ela seja citada sobretudo como exemplo negativo. Já não estamos nos tempos da Christie, com seus cadáveres sepultados no jardim do vigário — é o que se lê. O policial atual — metropolitano, duro, realístico até a medula — é por excelência o romance social que se ocupa de grandes cidades, periferias degradadas, marginalidade, droga, assaltos e bandos armados, dizem muitos, esquecendo que o homicídio mais misterioso e inquietante dos últimos anos foi cometido no *cottage* de um lugarejo de montanha, em perfeita consonância com os temas da rainha do crime, ainda predileta de milhões de leitores.

Que me seja permitida então uma pequena apologia de Dame Agatha, que, fora de moda ou não, sabia escrever policiais brilhantemente. Sem nenhuma pretensão de imitá-la — não seria o momento, e também é muito difícil —, inspirei *Cave canem* nas suas atmosferas, nos lugares fechados, recolhidos e inacessíveis dos seus livros, onde o crime se consuma entre poucos personagens, todos suspeitos desde as primeiras páginas, de tal modo que no último capítulo a meada é destrinçada sem necessidade de recorrer a mordomos disfarçados, vagabundos desequilibrados, agentes da CIA incógnitos ou aos vários templários da vez.

O lugar circunscrito de Dame Agatha é antes de tudo um lugar literário, uma espécie de palco ou, se vocês preferirem, um pretexto. Penso na ilha de *O caso dos dez negrinhos* (à qual um assassino simpaticamente justiceiro atrai suas vítimas, como também, para citar outros "lugares" clássicos da autora britânica, no vagão-leito de *O expresso do Oriente*, na missão arqueológica no deserto mesopotâmico, no navio de cruzeiro pelo Nilo e no chalé onde uma nevasca serve de armadilha para prender desafortunados excursionistas: não por acaso, *A ratoeira*, com todos os seus limites, foi a comédia mais representada no decorrer do século XX.

Da procura por um *habitat* no qual Poirot não desdenhasse mover-se deriva, portanto, a *villa* dos Pláucios no lago Averno, uma cena de crime típica da Christie, que me deleitei em reconstruir de forma maníaca, tornando-a uma residência luxuosa mas um tanto *kitsch*, como a teria desejado, naquela época, um comerciante de peixe enriquecido.

Também a trama de *Cave canem*, que vê os membros de uma família serem exterminados um a um, ecoa a consolidada tradição do *mistery* à inglesa. Os precedentes são muitos e eu não saberia verdadeiramente listá-los todos, porque, como sustenta Umberto Eco — cuja abadia é o "lugar fechado" mais fascinante de toda a história do romance policial —, ao autor ocorre citar inconscientemente até mesmo livros que não leu e de cuja existência sequer tem conhecimento. Sem ter de recorrer a *Os irmãos Karamazov* (no qual, vejam só, em torno do homicídio do pai se movem três irmãos legítimos e um espúrio), meu pensamento se volta para *A série sangrenta*, de S.S. Van Dine, escritor que me deliciou no meu fatídico encontro com a ficção policial e hoje, ao contrário, me parece curiosamente repulsivo: o primeiro amor nunca se esquece, mas, revisto à distância de muitos anos, muitas vezes parece menos fascinante do que a lembrança que tínhamos dele.

Uma família, portanto. Despindo essa instituição dos pesados véus ideológicos com os quais se costuma escondê-la, repentinamente a descobrimos predestinada ao delito: não é de espantar que, na realidade cotidiana, o grosso dos crimes seja cometido por parentes da vítima, porque não há nada tão fértil quanto a estreita promiscuidade, sobretudo se obrigatória, para fazer germinarem as sementes do ressentimento, do ciúme, do ódio e da inveja.

E, já que — pois se trata de um policial — os membros da família Pláucia devem morrer, que morram então de maneira excêntrica, para o meu prazer e o do leitor. Daí o tanque das moréias, deliberadamente escolhidas na medida em que, pobres bichos, gozam de péssima fama por culpa de lendas falsas e tendenciosas que as descrevem ávidas por carne humana, e melhor ainda se for carne de escravos levados ao suplício por ordem de algum pérfido romano. Em *Cave canem*, tentei fazer justiça diante de tais aleivosias, para reabilitar antes de tudo o bom nome dos nossos antepassados quirites, mas também o das inocentes moréias (embora, sobre a mansidão de todos os peixes, eu tivesse algo a opinar, depois de assistir a muitos infanticídios canibalescos no aquário da minha casa).

Depois do tanque, o aviário: por exigências de roteiro, mas sobretudo porque um aviário como o de Pláucio Segundo agradaria também a mim e, no remoto caso de eu vir a possuir uma garça, sem dúvida iria chamá-la Catilina, nome que considero adequado a um pernalta. Contudo, *litterae non dant panem*, e assim devo me limitar a algum saboroso bate-papo com as gralhas do telhado e às costumeiras discussões com o papagaio, que, seja pelo ânimo conservador, seja por desamor à minha voz desafinada, obstinadamente se recusa a aprender as notas de um célebre hino subversivo.

A bem da verdade, com ou sem papagaio, minha relação com os penudos foi sempre problemática, por causa da insana ambição de me apropriar deles em efígie por meio da fotografia; em anos e anos de longas tocaias pelos quatro cantos do mundo, sempre me aconteceu inexoravelmente fixar na película ramos despidos e galhos desertos, bem onde, um instante antes, estacionava o pássaro enquadrado pela objetiva. Oprimida por tal frustração, certa vez cheguei a descer, com o estômago revirado, à fossa nauseabunda onde um bando de abutres dilacerava os restos putrefatos de um bovino: indiferentes à minha presença, os rapaces continuaram o feroz pasto, e aquela imagem histórica permanece até hoje como a única foto ornitológica que consegui bater, em três décadas de tentativas inúteis.

Análogas veleidades insatisfeitas estão na base do aprazível projeto de jardim que aparece em *Cave canem*: confinada no bairro menos verde de uma grande cidade — funcional na Idade Média, um pouco menos hoje, quando o trânsito alcançou níveis intergaláticos —, vejo-me no perene estado de aflição de quem anseia pelo campo mas o preferiria situado em pleno centro, com bares, bancas de jornal, livrarias, bibliotecas, institutos universitários e fliperamas, tudo isso pertinho de casa.

Incapaz de me adaptar a uma existência bucólica, continuo portanto a morar no último andar de um centralíssimo condomínio, mas, como corretivo, encho as sacadas de plantas selváticas: que pelo menos viceje o trevo, que malva e botão-de-prata fervilhem de mamangavas, que floresça o lâmio, que prosperem os caramujos, que me rodeiem as vespas com seu zumbido, que nas noites de verão apareça a lagartixa e, no outono, as folhas secas invadam a casa, emporcalhando todo o piso: assim, vê-se que são verdadeiras, e não de plástico!

Quando, porém, para nutrir minha piedosa ilusão já não bastam as ralas touceiras do peitoril e torna-se enervante a espera junto aos comedouros — ignorados pelos pássaros, aos quais os cafés da rua lá embaixo fornecem guloseimas bem mais apetitosas do que minhas sementes dietéticas —, só me resta inventar o jardim. Assim — no papel —, imagino hortas, olivais, terraços panorâmicos e até um laguinho de verdade, bem diferente do exíguo tanque de salgueirinhas que enlanguescem do lado de lá da porta envidraçada. Depois, já que não custa nada, crio também um bosquezinho propício aos encontros amorosos e um caminho coberto, daqueles que tanto agradavam aos antigos, acostumados a viver e a filosofar sob os pórticos. Desenho o mapa, e o romance surge por si só: aqui um morto assassinado, ali um cadáver caído de costas, adiante o cubículo do velho escravo, acolá uma torreta brejeira, que parece feita de propósito para se consumar ali um adultério.

E agora a cantilena de *Cave canem*, também ela uma homenagem aos antigos autores de romances policiais, eco longínquo das *nursery rhymes* a cujo ritmo se perpetravam os elegantes homicídios do velho *mistery*, desde os pequenos indianos que desaparecem um após outro no livro da Christie ao pisco-de-peito-ruivo que funciona como *leit motiv* em *O bispo morto* de

Van Dine. De poemetos assassinos, porém, os céus mediterrâneos não abundam, e os raros acalantos italianos vertem pouquíssimo sangue: seria árduo construir uma série de crimes cruéis pautada sobre a tradicional e ingênua canção de ninar *La vispa Teresa* (A estouvada Teresa). A salvação, tal como nos tempos dos nossos pais de Roma, afinal me vem dos vaticínios sibilinos: as obscuras sentenças da profetisa se prestam magnificamente à trama delituosa, e então a seqüência dos crimes do Averno pode prosseguir naturalmente, com os peixes, as aves, os insetos e a figueira espúria da horta.

Uma palavra sobre os personagens de *Cave canem*. Servos e patrões, filhos mais ou menos legítimos, irmãos de criação invejosos, senhoras desenvoltas que, no limiar da maturidade, pretendem se arranjar, jovens que se atormentam sobre suas origens incertas — com ou sem reconhecimento final —, mocinhas ousadas e ambiciosas, rebentos de boa família que torcem o nariz para tudo, mães distraídas ou, ao contrário, dispostas ao sacrifício: são ingredientes do folhetim, mais que do romance policial, dirão alguns. A mim me parece que personagens semelhantes se encontram tanto nas comédias antigas como nos policiais, vestidos de toga ou de risca-de-giz cinza, tanto no Fórum como sob a galeria do Duomo.

A última observação se refere às mulheres. Empreendedoras demais, liberadas demais, as antigas romanas dos meus romances? Totalmente, ao menos se dermos ouvidos a Juvenal e Marcial, que talvez exagerem sob o impulso da misoginia, mas, se tanto lamentam a desenvoltura de suas contemporâneas, alguma razão devem ter. Por trás dos ferozes sarcasmos desses autores, percebe-se com freqüência uma humanidade feminina cansada de fiar a lã, de obedecer com submissão e de transmitir aos filhos um modelo de virilidade baseado em conquista-domínio-opressão. Assim, deixemos que os clássicos latinos reservem sua aprovação para as matronas de ânimo másculo — Pórcia, filha de Catão e mulher de Bruto o cesaricida, puxa a fila dessas viragos de castidade a toda prova, prontas, por um motivo de nada, a se lançarem estoicamente sobre o punhal —, mas sejamos livres para duvidar de que tais exemplos (graças aos Numes, diria Públio Aurélio) realmente fizessem escola.

Sejam elas aristocratas de mente aberta, ricas proprietárias, senhoras que fazem carreira ou simples ancilas, as mulheres dos meus romances policiais dão um jeito de sobreviver e prosperar dentro de uma rígida sociedade patriarcal. Já não menores de idade na vida, mas só no papel, mantêm bem apertados os cordões da bolsa e começam a transigir, a condescender, a conceder-se algumas escapadelas para recuperar o tempo perdido: aí estão as Plautilas, as Helenas, as Névias do romance.

Por fim, Pompônia: co-protagonista eclética da série, junto com Públio Aurélio e o liberto Castor, ela exerce muitos e diferentes papéis, de fofoqueira informadíssima a salvadora de crianças em perigo. Em *Cave canem*, surge nas vestes de especialista em cosméticos: eu experimentei pessoalmente sua máscara de beleza e garanto que tem certa eficácia. O difícil é achar os ingredientes: a lama fedorenta, por exemplo, vocês podem encontrar nos Campi Flegrei, perto da solfatara, ou no pântano de Etoliko, na Grécia. É fácil de transportar e se conserva muito bem no freezer.

D.C.M.

APÊNDICE AO ROMANCE

À SOMBRA DO IMPÉRIO

USOS, COSTUMES E CURIOSIDADES DA ROMA DE PÚBLIO AURÉLIO

Sumário:

O Estado romano no tempo de Públio Aurélio
O calendário romano
Os escravos
O lago Averno
Plantas e animais dos jardins romanos
A criação de peixes
As máquinas da Antiguidade
Roma e o Extremo Oriente

O ESTADO ROMANO NO TEMPO
DE PÚBLIO AURÉLIO

Depois das guerras púnicas, Roma se torna a maior potência do Mediterrâneo e começa a varrer, uma a uma, todas as rivais, englobando-as nos seus domínios.

Nasce assim um grande Estado supranacional que se estende por grande parte do mundo conhecido; como conseqüência, a luta se torna sobretudo interna, explodindo numa série de confrontos sangrentos, cuja aposta é a conquista do poder absoluto. Mário contra Sila, César contra Pompeu, Otávio e Marco Antônio contra Bruto e Cássio: não são apenas generais, mas também expoentes políticos que representam diferentes concepções da sociedade e do Estado; os primeiros, ligados à ascensão de novas classes emergentes, e os segundos, fiéis a uma visão aristocrática da *res publica*.

O mundo mudou; Roma já não é uma aldeia de camponeses, mas a capital de um reino imenso: quem triunfa, enfim, são os *populares*, que arrebatam o poder das mãos da restrita classe senatorial dos latifundiários para colocá-lo nas mãos de um único *princeps*. Tal processo, levado adiante por Júlio César, é bruscamente interrompido pelos punhais dos conspiradores. Por outro lado, a vitória destes últimos tem breve duração. De fato, Otávio e Marco Antônio, herdeiros de César, derrotam em Filipos os "tiranicidas" Bruto e Cássio.

A essa altura, explode o último e terrível conflito entre os dois chefes cesáreos: de um lado Otávio, disposto a descer a compromissos com a velha classe dirigente; de outro, Marco Antônio e sua mulher Cleópatra, soberana do Egito, os quais almejam um império de tipo oriental, como o de Alexandre, o Grande. No mar de Ácio o sonho deles vai a pique junto com as trirremes da frota derrotada, e Otávio, agora denominado Augusto, permanece como único senhor do Império.

A seu lado, como esposa e conselheira, Augusto tem uma mulher astuta e inteligentíssima, de antiga nobreza senatorial: Lívia Drusila Cláudia, a "mãe da pátria". Serão os seus descendentes a herdar o supremo poder, e não os de Augusto, que se extinguem um a um por uma série bastante suspeita de enfermidades e desgraças.

Assim, com a morte do *princeps*, quem assume o posto é Tibério, filho do primeiro casamento de Lívia. O povo o detesta, ao passo que idolatra seu sucessor designado, o heróico general Germânico, filho do segundogênito da imperatriz. Germânico, porém, morre na flor da idade — também em circunstâncias misteriosas — e Tibério, depois de haver despojado a mãe de todos os poderes, retira-se por longos anos para a ilha de Capri, deixando a Urbe nas mãos do prefeito do Pretório, Hélio Sejano, um *parvenu* de ambições desmesuradas que batalha por se apoderar do trono. O imperador manda justiçá-lo, mas não usufrui por muito tempo dos frutos da vitória, porque é por sua vez assassinado por um sicário do jovem herdeiro Calígula, filho do falecido general Germânico.

Calígula, porém, logo mostrará quem é: um desequilibrado, capaz apenas, nos seus quatro anos de reinado, de dizimar o que resta da aristocracia senatória e de dilapidar o tesouro imperial. É o próprio prefeito do Pretório, Queréia, encarregado de defendê-lo, que o degola à saída do estádio...

O povo murmura e alguém começa a invocar de novo a república. Os pretorianos se vêem em dificuldade: é necessário de imediato um outro imperador, mas onde encontrá-lo, agora que a estirpe dos Júlios-Cláudios está quase totalmente extinta?

Quando inspecionam freneticamente o palácio, os soldados desentocam um homem trêmulo, prudentemente escondido atrás de uma cortina, esperando que volte a calma: é Cláudio, tio de Calígula e irmão mais novo de Germânico, um estudioso manso, coxo e balbuciante, que conseguiu chegar ileso à meia-idade, por ser considerado inepto demais para constituir um eventual obstáculo na corrida pelo poder.

Diante das espadas desembainhadas dos guardas, o pobre Cláudio cobre a cabeça, esperando o golpe fatal. Mas os soldados gritam "Ave, César!" e o aclamam imperador.

Alçado por acaso ao trono imperial, o homem que todos desprezavam passará à história como um dos melhores príncipes de Roma: devem-se a ele, entre outras coisas, a construção do porto de Óstia, a drenagem parcial da bacia do Fucino, o grande aqueduto cujas grandiosas ruínas se destacam até hoje na *campagna* romana e muitos livros sobre a língua e a cultura etruscas, infelizmente hoje perdidos.

Seja como for, o sábio Cláudio também enfrenta seus problemas. Em particular, não tem sorte com as mulheres: uma é a famosa Messalina, mãe de Otávia e Britânico, pela qual o imperador é profundamente apaixonado. Confrontado com as provas de que a esposa conspira para matá-lo e colocar no trono seu amante mais recente, Cláudio será obrigado, à própria revelia, a assinar a condenação dela à morte. A nova mulher, Agripina, fará coisa pior, ministrando ao marido um prato de cogumelos venenosos, a fim de aplanar o caminho do poder para seu filho Nero.

A despeito de tudo isso, as tumultuosas vicissitudes da família Júlio-Cláudio, tão acostumada a crimes e conspirações, influem muito pouco na vida do cidadão comum do século I d.C.: o Império é rico e próspero, indústria e comércio vão de vento em popa, as artes florescem, uma só língua e uma só cultura unificam o território imenso, sem contar que, pela primeira vez na História — e também a última, antes do nosso século —, as pessoas tomam banho todos os dias...

É esse o mundo, no auge da civilização clássica, em que se desenrolam as aventuras investigativas do senador Estácio.

O CALENDÁRIO ROMANO

Nos tempos arcaicos o calendário romano, baseado nas fases da Lua, contava apenas dez meses: permanecem vestígios disso nos nomes de "setembro", "outubro", "novembro" e "dezembro", que sobrevivem em todas as línguas ocidentais, embora, há muito tempo, já não indiquem o sétimo, o oitavo, o nono e o décimo meses do ano.

Obviamente, com um calendário assim, o ciclo das estações ficava totalmente defasado. Bem cedo, portanto, o ano foi aumentado para 355 dias e se introduziram outros dois meses (janeiro, dedicado a Jano, e fevereiro, em homenagem à deusa Fébrua), acrescentando-se mais um a cada dois anos, para fazer as contas baterem.

Mesmo assim, o ano lunar e o ano solar (isto é, o tempo que a Terra leva para completar uma revolução em torno do Sol) não coincidiam inteiramente; tornou-se então necessária uma nova reforma, e quem a concretizou foi Júlio César, o qual encarregou Sosígenes, o astrônomo de Cleópatra, de resolver o difícil problema.

O cientista alexandrino elaborou um calendário com o ano de 365 dias e ¼, introduzindo a cada quatro anos um dia suplementar após o sexto que precedia as Calendas de março. Esse dia ganhou o nome de bissexto, que significa justamente "duas vezes sexto".

Esse calendário, até hoje em uso, conheceu uma só correção em 2 mil anos: como, na realidade, o ano solar dura alguns minutos menos do que o calculado por Sosígenes, decidiu-se cancelar dez dias do ano de 1582 e suprimir, daquele momento em diante, um dia bissexto a cada 400 anos, tirando-o dos séculos não exatamente divisíveis por 400: de fato, o último século bissexto foi o XVII.

No primeiro século da nossa era, foram mudados os nomes de dois meses, para homenagear os grandes de Roma: assim, quintil e sextil tornaram-se julho e agosto, respectivamente em honra de Júlio César e do seu sucessor Augusto; mas a proposta de dar a setembro o nome de Tibério e a outubro o de Lívia foi rejeitada pela própria família imperial.

Portanto, a duração dos meses usada até o presente, no mundo inteiro, ainda é a mesma estabelecida por Júlio César; completamente diferente, porém, é o sistema de identificar os dias, porque, em vez de numerá-los do primeiro ao último de cada mês, como fazemos hoje, os antigos usavam um sistema bem mais complicado.

De fato, os romanos consideravam fundamentais três dias do mês: as Calendas, as Nonas e os Idos, a partir dos quais calculavam retroativamente os outros dias, ou seja, contando quantos faltavam para chegar a um daqueles três.

Assim, como as Calendas correspondiam ao primeiro do mês, o dia precedente tomava o nome de "Véspera das Calendas", o anterior a este era chamado de "Terceiro dia antes das Calendas", e assim por diante. Para complicar as coisas, as Nonas e os Idos nem sempre caíam na mesma data: nos meses que hoje têm 30 dias, as Nonas eram o 5 e os Idos, o 13; nos meses restantes, as Nonas caíam no 7 e os Idos no 15.

Além disso, existiam divisões ulteriores de conveniência: primeiro as *nundinae*, correspondentes ao período de nove dias entre uma feira e outra; depois, sob influência da astrologia, as semanas. Por outro lado, essas divisões de tempo não tinham grande importância, porque os romanos não conheciam o dia de repouso semanal. Mas estaria errado quem imaginasse nossos antepassados como operosos *workaholics*: apesar da ausência do domingo, na Urbe o número anual dos dias festivos superava até o da Itália moderna.

Em suma, o sistema de datação era complexo mas eficaz. Tal consideração, entretanto, não pode ser estendida ao cálculo das horas: em Roma, o dia começava com o nascer do sol e acabava com o ocaso, e a noite, vice-versa. Tanto o dia quanto a noite, porém, eram divididos exatamente em 12 horas, que assim tinham uma duração diferente a depender das estações: em outras palavras, horas curtas e horas longas, com uma aproximação inconcebível em nossa época, tanto mais quanto as meias horas e os quartos de hora não eram computados em absoluto, e cada hora durava até o momento em que começava a seguinte, para azar da pontualidade...

OS ESCRAVOS

Na sociedade romana, os escravos não constituíam propriamente uma classe social: o termo *servus* denotava uma condição jurídica, e não econômica, tanto que podiam existir escravos riquíssimos, por sua vez proprietários de um grande número de servos.

Além disso, embora a sociedade romana tenha sido a sociedade escravagista por excelência, na Urbe a servidão não era nem intolerável nem eterna. Obter a alforria — com o conseqüente *status* de liberto — era tão fácil que Augusto teve de baixar um decreto destinado a restringir as alforrias excessivas, sobretudo por testamento, as quais poderiam colocar em perigo a economia do Império, levando abaixo do limite mínimo o número de pessoas submetidas ao trabalho obrigatório.

Quanto à atitude dos cidadãos livres em relação aos indivíduos reduzidos à servidão, no mundo antigo foi totalmente inexistente a moderna conotação racista que caracterizou, por exemplo, o tráfico de africanos para o continente americano: o servo não era definido como tal por inferioridade moral, intelectual ou biológica, mas simplesmente por má sorte; tanto que, sob muitos aspectos, ele não era em absoluto considerado de maneira qualitativamente diferente daquela com que se encarava o homem livre. E como poderia ser de outro modo, numa sociedade em que não poucos membros da classe culta — tais como médicos, contadores, professores, artistas, administradores e até filósofos — viveram em escravidão, a par de tantos hábeis artesãos e operários especializados?

Por essa razão, tarefas da máxima responsabilidade eram tranqüilamente confiadas ao escravo, ou ao ex-escravo; assim, viram-se libertos exercerem o papel de conselheiros e onipotentes ministros de muitos imperadores. Como é óbvio, os escravos desse tipo constituíam um capital precioso para seus proprietários, os quais, para além do afeto pessoal, tinham todo o interesse em tratá-los bem e em não deixar que lhes faltassem comida, vestuário adequado e cuidados médicos.

Mas as coisas não funcionavam desse modo em todos os lugares: uma coisa era o servo da cidade, muitas vezes amigo, colaborador e confidente do patrão; outra, o trabalhador braçal do latifúndio, que suava nos campos junto com milhares de outros seus iguais, sem nome nem qualificação.

De fato, a vida de um escravo rural valia bem pouco, desde quando as contínuas conquistas militares haviam colocado no mercado, a preços baixíssimos, uma grande quantidade de mão-de-obra, capaz de fornecer uma energia muscular mais econômica até do que a animal. Fracos, desnutridos, desmotivados, os servos rurais se apinhavam nos *ergastula*, com freqüência imobilizados durante a noite por pesadas correntes; além disso, à diferença dos servos urbanos, raramente conheciam alguma possibilidade de resgate, ou a simples esperança de melhorar suas tristes condições de vida.

A infortunada situação dos escravos — particularmente a dos rurais — não escapou aos pensadores romanos: já os estóicos haviam dissertado longamente sobre a escravidão, reivindicando para os servos um tratamento mais humano e chegando até a analisar o problema da admissibilidade moral de semelhante instituição. Mais tarde, com o triunfo do cristianismo, o debate se acalorou: devia-se chegar à abolição da servidão, interpretando ao pé da letra as palavras de São Paulo: *"Já não há nem judeu nem grego, nem escravo nem livre"*, ou a igualdade evangélica se referia apenas à salvação da alma, e não à realidade terrena, na qual — como o próprio apóstolo exortava! — o servo era obrigado a obedecer docilmente ao patrão?

Como todos sabem, a tendência que prevaleceu foi a segunda: a religião do Império mudou, mas a escravidão permaneceu.

O LAGO AVERNO

Os Campi Flegrei, ou "campos de fogo", constituem uma sucessão ininterrupta de vulcões, fumarolas e solfataras; uma terra inquieta, móvel, precária, que sobe e desce continuamente no bradissismo, arrota minadouros, lamas, vapores de enxofre, borbulha de fedores mefíticos, explode às vezes com violência repentina, alterando completamente o perfil da paisagem, deformada por uma série de crateras — Gauro, Astroni, Agnano —, algumas das quais, como o Averno, encheram-se de água ao longo dos milênios.

Aqui, onde entre a crosta terrestre e o subsolo não há uma verdadeira demarcação, onde as fumaças sulfúreas empesteiam o ar, onde a mutação contínua das coisas recorda o tempo todo a precariedade da vida, os primeiros colonizadores gregos situaram a entrada para o Outro Mundo, reconhecendo nas águas escuras que pareciam sem fundo o cenário da descida aos Infernos do ousado Ulisses (sorte análoga, de resto, coube na época romana ao pio Enéas).

O Além das civilizações clássicas não é sereno: nas "trevas do Orco", onde ladra o medonho Cérbero, as sombras dos mortos vagueiam ao sabor de um lamento perene, e reúnem-se para invocar um sorvo daquele sangue sacrificial que lhes permite falar ainda. Os espectros profetizam, sim, mas sobretudo choram a vida perdida, e para retornar a ela até o orgulhoso Aquiles se disporia a renascer escravo do mais humilde dos mortais.

Portanto, o lago Averno era a porta do Hades, a cancela do Érebo, a entrada do Tártaro, ao qual se chegava depois de atravessar a lagoa Aquerúsia na barca do decrépito Caronte, em troca de uma mísera moeda que, especificamente para esse fim, era escondida sob a língua do defunto antes das exéquias. Nada, em conseqüência, podia ser considerado mais sacro do que o lugar caro a Perséfone, a Hera ctônia e à ninfa Calipso, em cujos bosques vaticinavam as Sibilas e para onde se dirigiam os heróis míticos a fim de interrogar o oráculo dos mortos, oferecendo em holocausto cordeiras e cabras negras como o ébano.

Contudo, por mais supersticiosos que fossem, os romanos eram sobretudo um povo de mestres-de-obras e engenheiros, bem atentos à realidade cotidiana, e, diante de prementes exigências concretas — como, por exemplo, uma guerra em curso —, não davam grande importância à cólera dos deuses, tratando talvez de aplacá-la com um belo sacrifício expiatório.

Assim, no ano 37 a.C., durante o confronto entre Otávio e Sexto Pompeu, o general Vipsânio Agripa não hesitou em violar a sacralidade do Averno, tirando-o do seu secular isolamento para construir ali um estaleiro naval. Despreocupado com as divinas represálias, também mandou suprimir os istmos que uniam o lago infernal ao Lucrino e este último ao mar, formando um único e enorme complexo portuário. A madeira para a construção das trirremes veio justamente das densas selvas que durante milênios haviam recoberto as encostas da cratera proibida, mas, para garantir o fornecimento contínuo, tornou-se necessária a abertura de uma galeria que pudesse colocar rapidamente em comunicação o Averno com a antiga cidade grega de Cumas, a fim de dar acesso às novas reservas da Silva Gallinaria.

Tal encargo foi confiado ao arquiteto Cocceio Aucto. Tratava-se de um simples liberto, o mesmo a quem se deve também, segundo o geógrafo Estrabão, a famosa *crypta neapolitana* que, atravessando a colina de Posilipo, assegurou a ligação entre Nápoles e Pozzuoli desde a Antiguidade até os primeiros anos do século XX.

A galeria de Cocceio sob o monte Grillo é ainda mais imponente: com mais de um quilômetro de extensão, perfeitamente retilínea, larga e bem arejada, era dotada de amplas clarabóias abertas na montanha, e por ela podiam passar comodamente duas carroças lado a lado.

Esse túnel (a mais grandiosa realização de viabilidade subterrânea que a técnica romana concebeu) é uma verdadeira obra-prima de engenharia civil, capaz de desafiar os séculos: após a restauração pelos Bourbon, continuou perfeitamente transitável até a Segunda Guerra Mundial, quando foi usado como depósito de munições, com devastadoras conseqüências. Visto do lago Averno, hoje em dia só se percebe dele a entrada, que se tornou escura por causa do rebaixamento do solo.

Depois da invasão profana do general Agripa, contudo, o oráculo necromântico se calou para sempre, e no Averno desconsagrado logo surgiram termas e templos, ao mesmo tempo em que a cratera era povoada de residências senhoriais, cujos proprietários, atraídos pela vizinhança da mundaníssima Baia e pelos tráficos de Pozzuoli — na época, o principal porto da Campânia —, não mostravam nenhuma relutância em viver a um passo do reino dos mortos.

Enquanto as areias invadiam o estaleiro já em desuso, o lago dos Infernos descobriu sua vocação termal, tornando-se um apêndice do litoral de Baia: até hoje é visível na margem do Averno uma ruína imponente, conhecida outrora como "Templo de Apolo", que não é senão a ampla sala de um antigo estabelecimento de banhos.

PLANTAS E ANIMAIS DOS JARDINS ROMANOS

As variedades de plantas ornamentais cultivadas pelos romanos são bastante conhecidas, não só a partir das fontes literárias (em particular, a *História natural* de Plínio), mas também por meio dos afrescos das *domus*, os quais muitas vezes representam hortos e jardins: as muitas pinturas encontradas nas cidades vesuvianas podem ser vistas em grande parte no Museu Nacional de Nápoles, enquanto as da Casa de Lívia, em Primaporta, deverão dentro em pouco ser expostas na Capital, no Palazzo Massimo.

Por outro lado, nos últimos anos a arqueologia dedicou atentos cuidados ao exame dos restos paleobotânicos encontrados nas escavações. Assim, ao lado das raízes carbonizadas do jardim de Oplonti, hoje podemos admirar as espécies originais, digno resultado da excelente restauração a que foi submetida a *villa* de Popéia, a segunda esposa de Nero.

Além disso, no *Antiquarium* de Boscoreale é possível ver, junto com muitos outros testemunhos da vida cotidiana de vinte séculos atrás, as sementes e os frutos que os pompeianos abandonaram sobre as mesas, nos armazéns e nas despensas naquele dia de agosto de 79 d.C., quando o Vesúvio enlouqueceu, acarretando resultados funestos.

Os jardins latinos, contudo, assemelhavam-se muito pouco aos nossos. Embora aficionados das plantas com flores, os romanos possuíam poucas variedades delas, porque ainda não se havia iniciado o processo de seleção que levaria às atuais espécies decorativas. A rosa como nós a conhecemos, por exemplo, só será produzida alguns séculos mais tarde, na Pérsia, ao passo que nossos antepassados quirites deviam se contentar com uma corola de poucas pétalas, derivada diretamente das touceiras selváticas.

As outras flores de bordadura também eram mais ou menos as mesmas que cresciam espontaneamente nos campos. Para criar as manchas de cor, os viveiristas antigos dispunham de algumas plantas bulbosas, tais como o jacinto, o narciso, o gladíolo e uma liliácea de flores pendentes, provavelmente identificável como o lírio-martagão. Em compensação, não faltavam violetas, rosmaninhos, murtas-cheirosas, verbenas e sobretudo cravos.

Assim, o jardim romano — ao qual se dedicavam os especialistas em *ars topiaria*, hábeis em podar as touceiras nas mais estranhas formas — era montado quase inteiramente com base nas esfumaturas da folhagem, de preferência sempre-verde: loureiros, buxos, azevinhos-do-campo, coníferas e, onde o ambiente o permitia, forrações com espécies de sombra, tais como o trevo-da-areia e a avenca, elegante ornamento das úmidas grutas artificiais esculpidas na pedra-pomes, tão em moda nas casas de campo. As árvores mais usadas eram pinheiros, ciprestes e plátanos; completavam o trabalho as frutíferas de rutilante floração como a macieira, a pereira e a ameixeira, às quais se acrescentaram, na época imperial, os pessegueiros e as cerejeiras que o general gastrônomo Lúculo havia importado do Oriente.

Um elemento quase indispensável no jardim romano era a água, que, jorrando de fontes marmóreas ou de nichos decorados por mosaicos multicoloridos, era conduzida ao longo do gramado em valetas artificiais, chamadas pelos exóticos nomes egípcios de "euripos", "canopos" ou até mesmo "nilos". Um bom exemplo desses regos pode ser visto ainda hoje na chamada casa de Loreio Tiburtino, em Pompéia, onde o riacho brota entre os alvos mármores de uma pequena pirâmide no centro do gramado.

No jardim romano não podiam faltar nem mesmo os animais, sobretudo as aves. A ave ornamental por excelência era o pavão, mas os afrescos também nos mostram pombos, melros, pardais e, às vezes, íbis e garças.

As aves comestíveis ou raras, que se prestavam mal a um regime doméstico de semiliberdade, eram mantidas em viveiros gigantescos, dentro dos quais muitas vezes passava um curso d'água, para dar a ilusão de que os animais ainda se encontravam em seu ambiente natural. Neles, os quirites mais refinados — por exemplo, Lúculo, em sua *villa* de Tuscolo — mandavam preparar a mesa com os triclínios para os convidados, permitindo-lhes saborear os bocados mais esperados em companhia da mesma caça presente naquele momento no prato principal.

Outra espécie de ave exótica, embora ainda pouco difundida, já era bem conhecida em Roma: a dos papagaios. De fato, o imperador Augusto compensava de bom grado as saudações deles com alguma moeda; mas, quando a notícia da simpatia do *princeps* pelos penudos falantes se espalhou, os postulantes tornaram-se muito numerosos e o imperador parou de distribuir as costumeiras gorjetas, até o dia em que, diante de sua recusa, uma ave particularmente hábil lhe respondeu: *"Operam perdidi!"*, ou seja: "Trabalhei a troco de nada!", possibilitando que seu astuto dono recebesse a tão merecida gratificação.

A CRIAÇÃO DE PEIXES

Os romanos, incuráveis glutões, eram fanáticos por peixes e mariscos. Não satisfeitos com pescá-los, bem cedo deram um jeito de tê-los à disposição em grande quantidade e durante todos os meses do ano. Ilustres generais e estadistas dedicaram-se com tenacidade à criação, tanto que alguns deles passaram à História mais por suas paixões culinárias do que pelas conquistas militares, a exemplo do célebre Lúculo e de tantos personagens de nomes evocativos, tais como Licínio Murena ("Moréia"), criador dos primeiros tanques de peixes, ou Sérgio Orata ("Dourada"), que equipou o lago Lucrino para servir como criadouro de ostras.

Embora os custos de construção e manutenção das instalações fossem muito altos, a criação de peixes de água salgada nos *vivaria* revelou-se extremamente rendosa: sozinha, a *villa* marítima de Caio Irrio, fornecedor de César, rendia quatro vezes o patrimônio mínimo exigido de um proprietário de terras para ser admitido na ordem senatorial.

De fato, as instalações hídricas eram um tanto sofisticadas. A temperatura devia ser mantida sempre sob controle e era necessária uma contínua renovação da água, em geral obtida comunicando-se os criadouros com o mar por meio de grades adequadas. Além disso, os tanques que continham os peixes mais delicados eram parcialmente recobertos por placas de vidro durante a má estação e protegidos dos raios do sol nos dias quentes. Em geral, cada viveiro abrigava uma espécie diferente: múrices, ostras e vieiras eram aclimatados em reservatórios especiais, com o fundo recoberto de limo fértil.

Como freqüentemente acontecia no caso dos viveiros de aves, às vezes, no centro dessas piscinas, construía-se uma plataforma reservada aos banquetes que o dono da casa pretendia oferecer. O grande tanque redondo da chamada "*Villa* de Lúculo" no Circeo parece apresentar um espaço semelhante.

Depois de pescado, o peixe era cozido, e a essa tarefa dedicavam-se cozinheiros especializados, bem diferentes dos que se ocupavam das carnes e dos molhos.

Para temperá-lo, intervinha sempre o *garum*, o célebre molho, também à base de peixe, que os romanos usavam como condimento em todo tipo de prato.

O produto mais requisitado era a moréia. Assim, Apicius, em sua obra intitulada *Gastronomia*, estende-se em detalhes sobre como cozinhá-la:

Ingredientes do molho para a moréia assada: pimenta, levístico, segurelha, açafrão, cebola, damascos, vinho com mel, vinagre, mosto cozido, azeite e *garum*.

Ingredientes do molho para a moréia cozida: pimenta, levístico, aneto, sementes de aipo, sumagre, cenoura, mel, vinagre, folhas de mostarda, mosto cozido, azeite e *garum*.

Ingredientes do molho para o peixe frito: pimenta, cominho, sementes de coentro, orégano e arruda, a triturar e misturar com vinagre antes de acrescentar um caldo de cenouras, mosto cozido, mel, azeite e *garum*.

Depois do cozimento vinha a apresentação à mesa, em geral um tanto fantasiosa. Por exemplo, o peixe era reconstruído em sua inteireza depois de recheado, ou então decorado em baixo-relevo com uma hábil manipulação da polpa, ou até fantasiado de frango ou ganso, inclusive com bico e penas, num jogo de mistificações brincalhonas que acabavam ganhando uma importância igual, e até superior, à da arte culinária propriamente dita.

AS MÁQUINAS DA ANTIGUIDADE

A ciência e a técnica do mundo antigo eram mais desenvolvidas do que habitualmente se acredita: muitos, até hoje, espantam-se ao saber que o astrônomo Aristarco de Samos havia concebido o sistema heliocêntrico 18 séculos antes de Copérnico; ou então que, no mesmo período, Eratóstenes de Cirene sabia calcular com exatidão o diâmetro terrestre, ao passo que nos tempos de Colombo julgava-se o globo muito menor do que na realidade é. E o que dizer da primeira máquina a vapor, projetada por Heron de Alexandria com mais de 2 mil anos de antecedência em relação ao britânico James Watt?

Os engenhos de Arquimedes, entre os quais uma fortaleza flutuante e os míticos espelhos incendiários, capazes de queimar os navios inimigos focalizando sobre o alvo a luz do sol; o mecanismo de Antikythera, apto para calcular em qualquer data possível as fases da lua e dos planetas; as bonecas semoventes e os autômatos dos engenheiros alexandrinos; os moinhos hidráulicos de Vitrúvio; os relógios de água presentes em toda *domus* romana; as máquinas de guerra de inaudita potência; os navios acionados por rodas de pás; os elevadores que introduziam as feras na arena; os condutos de ar quente sob os pavimentos das termas; os aquedutos quilométricos que levavam a água até lugares hoje desérticos; as pontes impecáveis e as galerias que perfuravam os montes com uma precisão até hoje invejável: diante dessas maravilhas, alguém até já se perguntou por que a revolução industrial não decolou nos primeiros anos da nossa era, no momento do máximo desenvolvimento da ciência helenística, da técnica romana e de um imenso mercado comum, política e culturalmente homogêneo.

Em geral, a abundância de mão-de-obra a baixo custo, o escasso desenvolvimento da metalurgia e uma mentalidade que via no trabalho manual uma atividade indigna do homem livre são apontados como principais causas da não ocorrência de uma revolução industrial greco-romana.

A História, porém, não se faz com os "se", e um tal debate pode apenas ser objeto de curiosidade. O fato é que as fabulosas máquinas dos engenheiros antigos raramente foram aplicadas à produção e quase nunca ao trabalho nos campos, que continuou, mesmo nos períodos mais prósperos, a ser efetuado com instrumentos rudimentares e pouquíssima eficiência.

ROMA E O EXTREMO ORIENTE

Roma e a China, os dois maiores impérios da Antiguidade, embora durante muitos séculos não mantivessem relações diretas, tinham certamente conhecimento de sua recíproca existência.

Descoberta, no tempo de Cláudio, a possibilidade de viajar para as Índias com o auxílio das monções, os romanos afinal tiveram contato com as mercadorias orientais e se apaixonaram por elas. Em pouco tempo, as riquíssimas e refinadas classes dirigentes da Urbe tornaram-se excelentes compradoras dos produtos de luxo, tais como as gemas preciosas, os tecidos exóticos e as especiarias, entre as quais sobressaía a pimenta, muito usada também na confecção de doces.

Em meio a todos os novos tesouros que provinham do Oriente, a seda chinesa foi o que mais encantou os quirites, fazendo com que se instaurasse entre os dois impérios um fértil comércio, pela mediação dos mercadores indianos, árabes e partas.

Mas para os chineses, exasperantemente etnocêntricos, nada do que se produzia fora do Império Celestial era digno de algum interesse. Seu conceito de comércio internacional baseava-se num só princípio: comprar o mínimo possível e vender ilimitadamente, fazendo-se pagar em ouro. Assim, a balança comercial dos romanos, ávidos por seda — cuja técnica de fabricação era envolta no mais denso mistério —, começou a entrar no negativo, com efeitos que, a longo prazo, se revelaram muito graves.

Enquanto isso os chineses, que haviam farejado o negócio, fizeram uma tentativa de contatar Roma sem recorrer a intermediários: em 97 d.C., Kan Ying, embaixador do Filho do Céu, partia em direção à Urbe, com o encargo de estabelecer relações comerciais diretas.

Mas Kan Ying só chegou até Antioquia. De fato, os astutos mercadores partas, temerosos de perder seus profícuos ganhos, persuadiram-no de que ele ainda se encontrava muito longe da Capital, e para chegar até lá teria de sulcar uma imensa extensão de água: *"O mar é muito vasto; se os ventos forem desfavoráveis, pode-se levar até dois anos para atravessá-lo"*, escreveu o diplomata ao seu soberano, e deu marcha a ré, perdendo uma oportunidade histórica.

No século seguinte, foram os quirites a tomar a iniciativa. Já desde o fim do século I, os traficantes da Urbe haviam chegado até o delta do Mekong, na atual Indochina, trocando seus produtos pelos dos orientais, como testemunham os pratos de vidro de fabricação itálica encontrados em túmulos de príncipes coreanos.

Finalmente, em 166 d.C., alguns mercadores latinos, fazendo-se passar por enviados de An-tun (Marco Aurélio Antonino), puseram os pés no Império Celestial: *"No nono ano do período Yen-hsi, durante o reinado do imperador Huan-ti, Na-tun, rei de Ta-ch'in, o país além do mar* — como os chineses chamavam

Roma —, *mandou uma embaixada que trouxe marfim, chifres de rinoceronte e cascos de tartaruga; presentes, no entanto, bem pouco preciosos"*, escreveram os analistas chineses, com certa presunção.

Mais uma vez, portanto, os romanos só conseguiram vender muito pouco e tiveram de se contentar com adquirir, contribuindo para aquela hemorragia de metal precioso que viria a ter tantas conseqüências tristes sobre a economia da Urbe, no decorrer dos séculos seguintes.

GLOSSÁRIOS DOS TERMOS GREGOS, LATINOS OU INCOMUNS, DOS PERSONAGENS HISTÓRICOS E DOS LUGARES GEOGRÁFICOS

GLOSSÁRIO DOS TERMOS GREGOS, LATINOS OU INCOMUNS

Ab Urbe condita: desde a fundação de Roma. Literalmente: "desde a cidade fundada". A data tradicional do nascimento da Urbe é 21 de abril de 753 a.C.

Âmbula: pequeno recipiente de vidro ou de cerâmica, bojudo e de gargalo estreito; ampola.

Ambulatio: caminho coberto, pórtico destinado ao passeio.

Ancila: escrava, criada.

Arca: caixa, arquibanco, mas também caixa-forte, cofre.

Argivo: relativo a Argos, antiga cidade grega, no Peloponeso.

Armaria: grandes móveis de madeira, freqüentemente entalhada, destinados a guardar livros ou roupas. Estas últimas, porém, eram na maioria dos casos conservadas no arquibanco (*arca*, ver).

Armilla (plural, armillae): bracelete, pulseira.

Asse ou ás: antiga unidade monetária romana, mais tarde substituída pelo sestércio.

Ave *(plural, avete)*: saudação de encontro.

Ave atque vale: salve, e adeus. "*Et, in perpetuum, ave atque vale*", como lembrado no romance, é a saudação que o poeta Catulo reserva ao irmão defunto.

Balneatores: banhistas.

Basternari: escravos encarregados da condução das mulas.

Bulla: pingente redondo e oco, em geral contendo amuletos, que os *ingenui*, isto é, os nascidos livres, usavam desde o nascimento até o dia em que envergavam a toga viril.

Calcei: botinas altas, atadas com correias de couro. As dos senadores eram pretas, com quatro tiras e uma lúnula de prata como decoração.

Calidarium: a piscina quente das termas.

Camilha: espécie de canapé. Ver *triclínio*.

Capsário: escravo encarregado de cuidar do vestuário.

Caupona: taberna, locanda.

Cervesia: cerveja, bebida de pouca difusão entre os romanos.

Clientes: protegidos de um alto personagem, acostumados a prestar homenagem ao patrono em troca da *sportula*, ou seja, gratificação com algum objeto ou em dinheiro.

Côngio: medida de capacidade equivalente a cerca de três litros.

Cratera: aqui, taça de grandes dimensões; espécie de jarra para levar vinho e água à mesa.

Cosmetica: escrava encarregada da toalete e da maquilagem.

Cubicular: na Roma antiga, criado de quarto, camareiro.

Dolium (plural, dolii): jarrão, ânfora de grandes dimensões.

Domina: senhora, patroa. Desse vocábulo derivou a palavra "dona".

Dominus *(vocativo, domine)*: senhor, patrão.

Domus: grande casa unifamiliar situada ao rés-do-chão, da qual restam numerosos exemplos em Herculano e em Pompéia. Existiam menos de 2 mil *domus* em toda a Roma, onde, dado o custo proibitivo do terreno edificável, eram muito comuns as *insulae* (ver).

Ergastula: dormitórios dos escravos rurais, que muitas vezes passavam a noite acorrentados. Desse vocábulo derivou a palavra "ergástulo".

Estilo: entre os antigos, instrumento de metal ou de osso, com uma extremidade afilada, para escrever sobre tabuinhas enceradas, e a outra alargada, para eliminar a escrita espalhando a cera.

Estola: antiga veste feminina, comprida, com ou sem mangas, presa em cada ombro com uma fíbula e dotada de uma faixa abaixo dos seios, além de outra à altura dos quadris.

Euripo (ou canopo): canalzinho de mármore pelo qual corriam as águas dos jardins.

Feria: dia festivo; daí os termos "feriado", "férias". No calendário romano do período imperial, os dias de festa eram mais de cem.

Ferula: vareta usada pelos mestres para corrigir os alunos indisciplinados.

Fíbula: espécie de broche ou fivela que servia para prender as vestes de uma pessoa.

Funalia: tochas de resina que eram presas à parede para fornecer iluminação noturna.

Ganimedes: rapaz bonito, bem-apessoado. Na mitologia clássica, nome do jovem que, por sua beleza, foi raptado por Zeus e levado para o Olimpo, onde se tornou copeiro dos deuses.

Gravitas: a atitude solene que se esperava de um cidadão romano.

Gustatio: antepasto.

Insula (plural, insulae): edifício condominial de vários andares, até cinco ou seis, geralmente dividido em apartamentos de aluguel. As ruínas de muitas *insulae* ainda são visíveis nas escavações de Óstia Antiga.

Kyria: senhora. Termo grego, de significado equivalente ao latino *domina*.

Lares: os espíritos dos antepassados, protetores da casa, aos quais em cada *domus* era dedicado um pequeno altar, chamado *lararium*. Eram venerados junto com os *Penates*, os deuses protetores de cada família em particular.

Laticlavo: larga faixa vermelha que ornava toga e túnica dos senadores. Os cavaleiros também usavam uma faixa vermelha, porém mais estreita.

Lectus lucubratorius (plural, lecti lucubratorii): espécie de sofá no qual os persas se reclinavam para ler ou estudar.

Lex Iulia Municipalis: decreto de Júlio César que proibia a circulação diurna dos veículos de tração animal na Urbe, tornando-a de fato uma imensa ilha de pedestres.

Lúnula: meia-lua de marfim que decorava os *calcei* dos senadores.

Lupa (plural, lupae): "loba", prostituta.

Mal divino: epilepsia.

Mos maiorum: o antigo costume dos mais velhos, isto é, o conjunto das normas éticas, jurídicas e de comportamento estabelecidas pela tradição.

Nundinae: dias de mercado, assim como o período de nove dias que intercorriam entre um dia de mercado e outro.

Pais conscritos: senadores.

Paelex: concubina, amante de um homem casado.

Pagus: aldeia.

Palla: sobreveste feminina.

Partenopeu: relativo a Partênope, antigo nome de Nápoles.

Paterfamilias: o homem mais velho de uma família, a cuja autoridade todos os descendentes eram submetidos, qualquer que fosse a idade deles.

Psittacus: papagaio.

Pugillares: tabuinhas recobertas de cera, sobre as quais se escrevia sulcando com o estilo.

Quirites: cidadãos de antiga estirpe romana.

Quíton ou quitão: veste de origem grega, usada particularmente pelos jovens.

Siringe: flauta campestre, formada por um ou mais pedaços de bambu atados entre si, também chamada flauta de Pã.

Subligaculum: faixa inguinal masculina.

Sudatorium: aposento para o banho de suor, aquecido mediante condutos instalados sob o piso ou embutidos nas paredes.

Synthesis: veste masculina grega, particularmente usada nas ceias de gala.

Tablino: aposento da casa romana antiga, usado como gabinete, sala de estar ou de refeições.

Tata: papai.

Thermopolium: equivalente romano de um botequim, dotado de balcões nos quais eram inseridas grandes jarras de terracota para as sopas quentes. Esses locais eram difundidíssimos tanto na Urbe quanto nos centros de província: podem-se ver numerosos exemplos deles em Pompéia, Herculano e Óstia.

Toga *praetexta*: a veste usada pelos meninos romanos até o dia em que envergavam a toga viril; como a toga dos senadores e dos cavaleiros, era ornada de uma faixa vermelha.

Triclínio: sala de refeições com três leitos inclinados, cada um com três lugares, dispostos ao longo de três lados da mesa, e nos quais se recostavam os comensais; por extensão, cada um desses leitos, camilha.

Vale *(plural, valete)*: fica bem. Saudação de despedida.

Verna: vernáculo, escravo nascido na casa.

Villa: grande residência de campo, destinada não só ao *otium* como também à produção agrícola.

GLOSSÁRIO DOS PERSONAGENS HISTÓRICOS

Catilina: político que, no século I a.C., urdiu uma famosa conspiração denunciada por Cícero.

Cláudio: imperador romano. Tendo sucedido ao sobrinho Calígula em 41 d.C., Cláudio restaurou a autoridade do Senado, concedeu a cidadania romana a numerosas colônias, favoreceu a ascensão sociopolítica da "classe eqüestre", reforçou o domínio do Império sobre a Mauritânia, a Judéia e a Trácia. Casado em terceiras núpcias com Messalina, depois desposou sua sobrinha Agripina, a Jovem, que o fez adotar o filho que tivera de Domício Enobarbo: o futuro Nero.

Epicuro: filósofo grego. Em 306 a.C., inaugurou em Atenas uma escola filosófica (o *Jardim*), aberta tanto às mulheres quanto aos escravos. O tema da reflexão epicurista era a busca da felicidade; questão que o filósofo resolvia indicando o instrumento liberador da *ataraxia*, ou seja, um sóbrio, sereno e equilibrado distanciamento das paixões da vida.

Afastando-se progressivamente de sua originária matriz grega, e a despeito de não poucas oposições (entre as quais as dos primeiros pensadores cristãos), a filosofia epicurista teve grande sucesso no mundo romano, auxiliada pela "divulgação" que Lucrécio fez dela em *De rerum natura.*

Espártaco: gladiador de origem trácia. Nos anos 70 a.C., encabeçou uma revolta de escravos contra o poder romano. Fortalecido por um exército de 40.000 homens, enfrentou, com vitórias e derrotas, as legiões de Licínio Crasso e Pompeu. No fim, porém, a revolta foi dominada e a ordem restabelecida, enquanto Espártaco perdia a vida.

Fábulo: pintor romano que, durante o império de Nero, foi chamado para fazer os afrescos da *Domus Aurea*, trabalho que realizou num estilo completamente novo. De suas obras — descobertas nas ruínas que durante muitos séculos eram tidas apenas como grutas subterrâneas — veio o nome das chamadas pinturas "grotescas" ou "grutescas", imitadas por muitos artistas do Renascimento.

Heron: matemático e físico grego que viveu no século I a.C. Ocupou-se de ciência, engenharia e geometria, elaborando um farto conjunto de projetos e invenções. Em óptica, formulou as leis que governam a reflexão, enquanto em geometria se aplicou ao estudo das propriedades dos triângulos.

Messalina: esposa muito amada de Cláudio e mãe dos seus dois filhos, Otávia e Britânico. Foi condenada à morte pelo imperador quando, após repetidos adultérios, tramou contra ele para entregar o trono ao seu amante Sílio.

Sêneca: filósofo romano, expoente de relevo da doutrina estóica. Depois de ser perseguido por Calígula, viu-se envolvido, no reinado de Cláudio, numa intriga palaciana que lhe custou o exílio na Córsega. De volta a Roma, tornou-se preceptor e conselheiro de Nero, de cuja conduta política e moral, contudo, logo se dissociou. Condenado à morte por haver aderido a uma conspiração contra o imperador, preferiu suicidar-se.

Varo: general romano. Enviado por Augusto à Germânia, foi atraído à floresta de Teutoburgo por Armínio, chefe de uma conspiração de bárbaros contra o domínio de Roma. Em Teutoburgo, o exército romano foi dizimado (ano 9 d.C.) e Varo se suicidou.

GLOSSÁRIO DOS LUGARES GEOGRÁFICOS

Alestum: a moderna Arles.

Baia: chamada *pusilla Roma*, "pequena Roma", era um imenso centro termal e a mais elegante estação de férias da Antiguidade. Ali os ilustres personagens da Urbe, inclusive o imperador mantinham suas residências de verão. No decorrer dos séculos, o bradissismo fez afundar no mar um grande número de construções romanas, mas no Parque Arqueológico ainda são visitáveis as ruínas dos salões termais e de algumas casas senhoriais.

Lucrino: lago costeiro entre Pozzuoli e Baia, famoso na Antiguidade pela criação de ostras. Os fenômenos geológicos comuns nos Campi Flegrei, particularmente a erupção vulcânica que, em 1538, levou à formação do Monte Nuovo, reduziram grandemente sua extensão.

Neapolis: a moderna Nápoles.

Pausilypon: a moderna Posilipo.

Pithecusa: a moderna Ísquia, também chamada pelos romanos de Aenaria.

Puteoli: a moderna Pozzuoli.

Taprobana: o moderno Sri Lanka (ilha de Ceilão).

Tuscana: a atual Tuscânia, na província de Viterbo.

Este livro foi composto na tipologia Arrus BT
em corpo 11/16, e impresso em papel off-white
90g/m² no Sistema Cameron da Divisão Gráfica
da Distribuidora Record.

Seja um Leitor Preferencial Record
e receba informações sobre nossos lançamentos.
Escreva para
RP Record
Caixa Postal 23.052
Rio de Janeiro, RJ – CEP 20922-970
dando seu nome e endereço
e tenha acesso a nossas ofertas especiais.

Válido somente no Brasil.

Ou visite a nossa *home page*:
http://www.record.com.br